JN244018

久生十蘭

アヴオグルの夢

玲瓏無惨傑作小説集

長山靖生・編

小鳥遊書房

アヴオグルの夢

久生十蘭　玲瓏無惨傑作小説集／目次

アヴォグルの夢

玲瓏無惨傑作小説集　目次

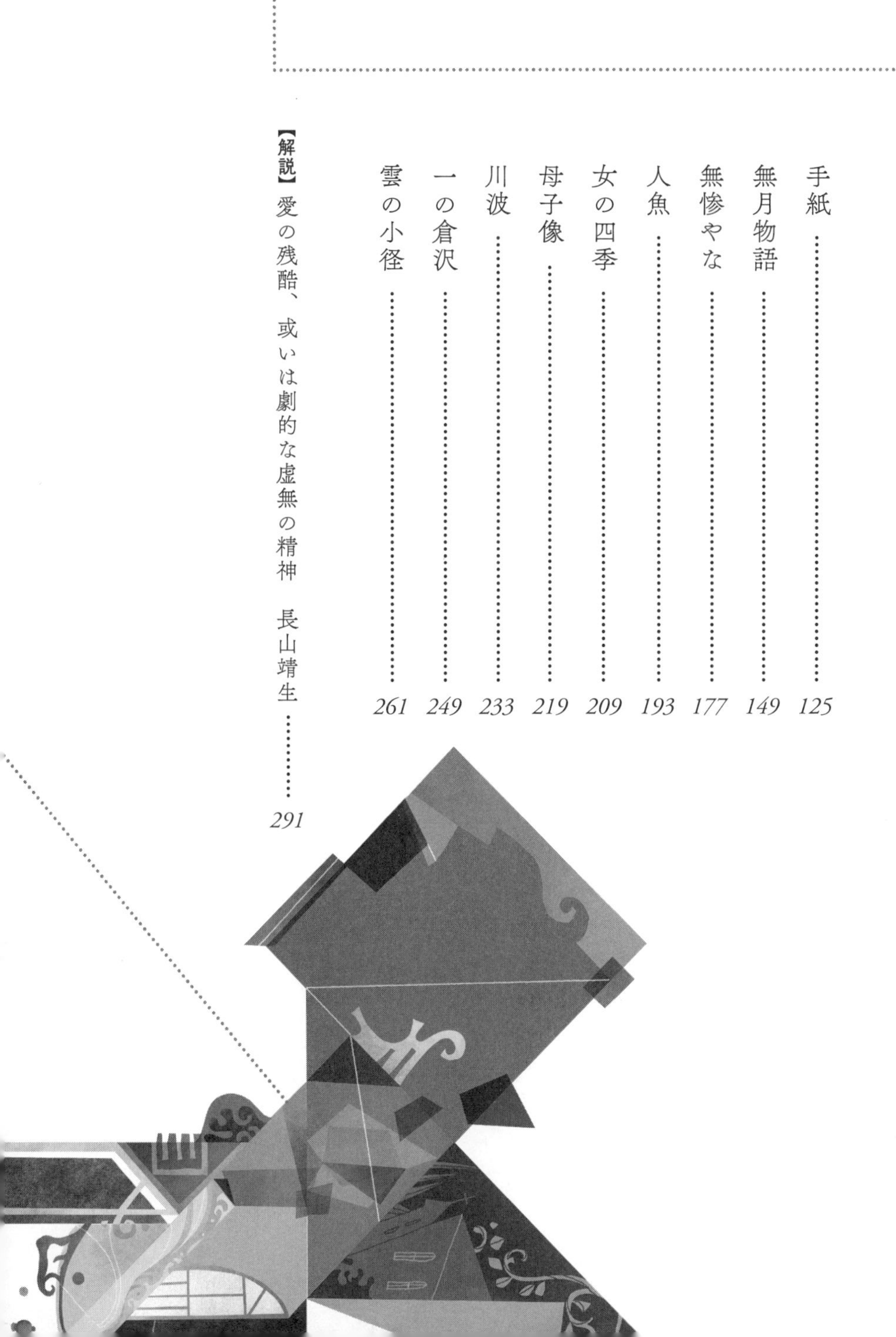

つめる

私（わたくし）のは妙な話ですが、ある娘と半年近く方々流れ歩いた末、東北のある町でどうしても別れなければならないと言う破目になりました。いろいろ考えて見ても、いまこゝで別れると、もう二度と再びこの世で廻（めぐ）り合うという望みがない。それじゃ仕様がないから、せめて、死んだら必ず幽霊になって逢いに行こう、逢いにゆくと、固い約束をして別れたのです。その娘との交渉（いきさつ）はあまり名誉でもないから、こゝでは略しますが、その時私は二十三、その娘は十七。結核質の大きな目をした、器量のいゝ、物を言うにも掌（てのひら）で口を蔽（おお）いながら話すと云う風な妙に謙遜（へりくだ）った内気な娘でした。それから二年ほどの間に三度ほど、熱海とか雲仙とかの消印のある長い手紙が来て、死ぬとあなたのところに逢いに行けるからそれが楽しみだと、そんなことを繰返して書いてありました。なにしろ、その手紙は消印だけで自分の住所（ところ）が書いてないから訪ねようにも訪ねる宛がありません。私も逢いたくてたまらないがどうする事も出来ませんのでした。それからまた二年ほど経ったある秋、妹のことでお話したい事があるからこちらへ訪ねて来てくれ、と言う突然な手紙を受取って、宛名の通り茅ヶ崎まで訪ねて行くと、その宿屋で、姉という人がいろいろ話をしてくれました。死ぬ少し前にはすっかり面変（おもかわり）りしてしまって、話は普通にし、元気もいゝのだが、もうまるで生きた人間のようには見えませんでした。目を覚ましてから眠るまで、あなたの話ばかりで、やはり頭も少し悪くなったのではないでしょうか、この話はまだしなかったわ、ねと言って、同じ話を繰返し繰返しするのです。合槌を打つのも大抵なことではありませんでしたよ。それで、そんなにお話ししたいなら来て貰ったげましょうか、と云うと、呼んでくれなくたって逢いに行けるけど、でも、もうこんな顔になってしまったからそれも駄目ね、と言っていました。あなたは妹にキッスなすったそうですが、本当にそれだけだったのでしょうか。なにかもし外にありましたらどうぞおっしゃって下さい。父も、あのような仕方をしましたので、今では本意ながって居りますから、もし娘のまゝで死んだのではないのでしたら、死んだ妹に対しても、いくぶん心が軽くなるだろうと思うのです。実は目を閉る二日ほど前に、もう死にますから片附物の手伝いをして頂戴、と云って、あなたの手紙や、お片身のシャツの釦などをみな枕元で焼かせ、その時父も呼んで、あたし近いうちに死にますけど、少し理由があるのですから、焼かないで、どうぞこのまゝ土葬にして下さい。と切りに頼みますので、自家は真言宗ですけど、妹だけは母方の浄土宗の墓地を借りてそのまゝ土葬にいたしました。それで妹の肉体に、なにか焼かれたくないような、あなたのお印でもあったのではないでしょうか。くどいようですけど、もしそんな事がありましたらお隠しにならずに、どうぞ仰言って頂きとうございます。却ってお礼を申し上げたい位いに思っているのでございますから、と云うのです。なるほどそれらしい事は一度あるにはありました。しかし、残念ですが、お妹さまは清浄のまゝでお死亡なりになったと申し上げるより仕様がありません。またなぜ特別に土葬をお撰みになったか私にも一向合点のゆかぬ事ですが、たゞ、死んだら必ず亡霊になって逢いにゆくと云うお約束をいたしましたから、そんなことで土葬をお撰みになったのではないでしょうか。と云いますと、姉という人は始めて合点が行ったように首肯きながら、それで思い当ることがありますわ。妹の話ですと、あなたと旅をしていた時は妹は断髪にして木靴を穿いて歩いていたそうですわね。死ぬ前にいろいろ細かく言い残しましたので、遺骸は恰度そんな風にして棺へ納めました。きっとむかしあなたに愛して頂いた頃のような姿でお逢いしに行くつもりだったのでしょう。でもあんなに面変りしてしまったので、さぞ情けなかったことでしょう。それで千代はもうあなたのところへお訪ねしたでしょうか。と訊ねますので、いゝえ、まだおいでにはなりません。どういう訳か夢にさえも見ないのです。そういう訳ですから、さっきこゝへお伺いして、お死亡(なくな)りになったということを承知しましてから、あれほどの固い約束を裏切られたように感じまして、なんとも不快でたまらないのです。あなたは真面目に聞いて下さいますから愚(おろか)なことを申しあげますが、この約束だけは私は露ほども疑ってはいなかったのです。あなたの父上のご監視がどんなに厳重であろうと、また、二人の間が幾百里離れていようと、死んでしまえば霊魂の交通は自在になりますから、必ずどういう形であれ逢いに来て下さるものと信じていました。それに形は愚(おろか)夢にさえも見えないのですから、あの約束はやっぱりいゝ加減なものであったと思うより外に仕様がありません。そう言いますと、いゝえ、それは約束を守らないと言うのではないと思います。私が心配していた通り、千代は死ぬ前に、まともに見られないような恐(こわ)い顔になってしまったので、それを恥じてあなたのところへ上りかねたのだろうと思います。ご承知の通り千代という子は内気な娘ですけれど、思った事や約束をしたことは必ずやり遂げるという執着(しつこ)いところがあった子ですから、それほどのお約束でしたら、破るの忘れるのと言う事はない筈だと思います。現に私が差上げたあのお手紙には、名古屋市というだけであなたのお住所(ところ)は書いてありませんでしたでしょう。それだけでもきっと届くから、と千代が言い置いたこともあったのでその通りに投函(だし)ましたが、いまお伺いしますと、あなたはずっと以前からもう名古屋にはいらっしゃらず、ずっと東京においでになったそうですが、それでいてやはりちゃんと手紙をお受取りになって、こうして訪ねておいで下すったと言うのには蔭でいろいろ骨を折った千代の力があると思うより仕様がありません。私はこれだけでもうすっかり千代の気持が判るように思います。多分自分でお訪ねする代りにこちらへお招きして、こうして自分の代理に私をあなたに逢わせているのではないでしょうか。私と妹とは異母姉妹でどこと言って似通ったところはありませんし、それに私の頬にはこんなみっともない火傷の痕があったりして、とても千代の身代りだなどとはお思いになれないでしょうが、千代の仕方に何か思い当るところがあって、可哀そうだとお思いになりましたら、どうぞ私を千代だと思って赤裸々たお話をなすって下さい。千代とあなたのことはどんな些細なことでもみな暗記て、すっかり身について、なにもかもまるで私の過去にあったことのようにさえ思われる位ですから、私が千代になってお話しするのは訳のないことだと思います。あなたさえ許して下さいますなら、もっと遠慮のない言葉遣いもいたしますし、千代のつもりでお抱き下さるなら、お抱き下すっても結構ですわ。と云っているうちに、なにか急に声音が変ってしまって、あたしどんなにお目にかゝりたかったか知れませんでしたのよ。でもとうとうお目にかかりましたわ。と妙なことを云い出しますので、姉という人の顔を改めてつくづくと見ますと、むかしの千代よりは、心持ち痩せてはいますが、くりくり動く大きな眼にしろ、荒れ性の唇の形にしろ、また前歯の丸い虫食いの穴でも、まるっきり千代に違いないのですから私も驚きまして、あなたは本当は千代子さんではないのですか。私はもうなつかしさで胸がいっぱいになって、姉という人の手をぐいぐいと引立てるようにしながら、千代、千代。やはり君だったの。僕は君のやり方があまりひどいものだから長い間腹を立てたり焦れたりしていたのだよ。君の手紙にはいつも住所が書いてないから、こちらで手紙を出そうにも出せないではないか。あんまりなことをするものだ。もう少しで僕は君を嫌いになるところだったよ。と云いますと、姉という人は、私の腕に右手を搦せ、どうぞ、かんにんして頂戴。あたしが手紙をあげて、もしお返事が来なかったり、また、いやなお返事だったりしたら、あたしの大切な夢が壊れてしまうのですもの。それこそ死んでも死にきれないだろうと思って、それが恐かったからですわ。でも、あたし死ぬとすぐあなたのところへ逢いに行きましたわ。でもあなた判らなかったでしょ。なんか思い当ることない。それは本当。さあ僕には判らなかったけど。すると姉と云う人は急に萎(しお)れたようになって、あなたこの間、女の方と飯坂(いいざか)温泉へいらしたでしょう、あの日よ。先月の二十八日。するとあの日僕んところへ来てくれたの。えゝ、そうよ。あなたは女のひとにあんないやなこともなさる方なのね、お隠しになっても駄目よ。そうかい、すまなかった。でも思った程悲しくはなくってよ。あたしもう死んでいるんですもの、仕様がないわね。どうして君、僕にもわかるようにはっきり見えてくれなかったの。あたしあなたに判って頂こうと思っていろんな事をしましたわ。廊下でいくどあなたを追越したか判らなくてよ。それからあの椽側(えんがわ)の沓脱石(くつぬぎいし)の上に木靴(サボ)が一足あったでしょう。それからあとでそれが無くなったでしょう。気がつかなかって。木靴(サボ)を見たらあたしのことを思い出してくれると思ったのよ。それはすまなかった。夜になって青い色眼鏡をかけた婢(じょちゅう)がお給仕に出たでしょう。そう。あなた、その婢に、君なんて名って訊いたでしょう。その婢、そうしたらなんて返事をして。思い出せませんか。あたし千代です、ってはっきり言ったでしょう。あなた思い出せないの、悪い方ね、つねってもいゝこと。そう言って、その姉という人は私の手の甲を強(したた)かつめったんです。

アヴオグルの夢

遠近法を捜す透明な風景

私は鬱金香(うこんこう)の葩(はなびら)を撫で、微(かすか)にクロトンの匂いのする温かい風の中に座っています。

(私にセラフモーイッチの「炎の馬」を読んで下すった黒丸さん、いつもお砂糖とインクの匂いのする土井さん、私がこう申したら、私の周りにどんな風景があるか、きっと想像して下さるでしょう)

ご存じの通り、あたしは僅(わず)かしか友達を持っていません。――私の姉、蒲(かば)のむく毛のようなテス、いつも忙しそうなA、それから、あなた達がまだご存じのない私の求婚者(プレタンダン)のK。

けれど、あたしはいまゝで一度だってそれを物足りなく思ったりはかなく思ったりしたことはありませんでした。殊にKが私の傍へ来るようになってからは。

それなのに、どうしたというのでしょう。あたしは此頃、私の手で触ることが出来ない程遠くにいる人達と、何かお話しをして見たくてしょうがなくなりました。私が一々覚え切れない様な手をしたひと達が、私について何か考え、遠くから私とKの婚約を祝って下さるとしたら、何と言う嬉しいことでしょう。

私はこの素晴らしい思い付きのために昨夜はまるで眠っていないのです。よっぴて前歯を叩いたり声をあげて笑ったりしてました。

私が話す。姉がこれを不思議な仕方で点字にしています。親切なAは、これを大勢のひとに、読んで頂けるような方法を考え出してくれるに違いありません。Aは二月の末でなくては駄目だと言いますけれども、そんなに遅くだとつまりませんわね。あたしはこれがみなさまに読まれる日のことを思うと、いまから手に痛みを覚える程なのです。

吉田かほる

こんにちは。みなさん。

あたしが一度も触ったことも無いみなさまへ、こんなに突然お話ししても失礼にはならないでしょうか。もしそうでしたら、どうぞおゆるし下さい。なぜなら、私はこんな晴れがましいのは初めてなので、どういう風に挨拶していゝか知ってはいないからです。

私の身体（からだ）のどこかに、多少ひとゝ違ったところがあるそうです。けれども、私を可愛（かわい）そうだとお考えになるには及びません。私はその事を恥たり、寂しいと思ったりしていないからです。

私をはじめて見る方は、私の眼や顔のことを、普通のひとゝちっとも違っていないと言います。その言葉の調子に私を慰めたい願いが籠っているようですが、しかしどういうのが普通なのか、まるっきり私には判っていないのです。

普通と言うのは、溝を落ちずに飛び越えたり、珈琲（キャフェ）をこぼさずに注（つ）いだりすることが出来るひとのことだと、姉が私に教えてくれました。だが、それは訳のないことだと思います。私が姉の年位になれば、自然に覚えるに違いありませんから。

しかし、私があまり長く遊び過ぎたことは本当です。私は十五の時まで、毎日張出し窓の下に座って、掌（てのひら）で雨を受けたり、クッションの花模様を撫でたりして遊んでいました。その頃はたゞ風の冷たさと温かさで夜と昼を知るだけでした。点字も極（ごく）やさしいお話を読む力しかありませんでした。だが、此頃は違います。私はいろいろの詩を暗記し、また、ご飯の時に子供らしい粗忽(そそう)をすることは決してなくなりました。

それだと言っても、私が普通のひとのようになるには、まだまだ勉強しなくてはならないのです。この間も道を歩きながら、大きな声で、

「まあ、よく咲いているわね」

と、姉に言いましたら、姉は急に泣き出してしまいました。

後で聴いたら、そこには花などは無かったのだそうです。ですけれども、私がそう言えばなぜ姉が泣くのか、私は訝(いぶ)かしくてたまりませんでした。私の側を通るひとたちはみな、

「よく咲いていたっけね」

と話し合っていましたから。

そのことについて、Aが私に教えてくれた通りお話しすると、私が花に触っていますね。その時は「花が咲いている」と言うのだそうです。それから二十歩程歩いて、そこで立止まると、今度は「花が咲いていた」と言うのだそうです。これは決して花に限ったことではないのです。

その点でAは私より年が上であるだけに色々なことを研究しています。色の数なども私より多少よけい知っているようです。

数多き大小の水路なる
藍色青いろ灰色の水の上にて
われらヴェニスを走り回れり

というレニエの詩がありますね。Aはその藍色も青いろも、灰色もみな知っていると言いますが、それはきっと半分は嘘なのでしょう。なぜなら、それがどんな色だか、どうしても私に判らせることが出来ないからです。

Aはポプラの葉を私の眼にあて太陽の方へ私の顔を向けて、それが緑だなど、戯談を言います。だが、それは誰が見たって黒い色に違いありません。――黒いポプラなんておかしいですわね。

私はいま、三つの色を知っています。赤と黒と紫と。

私が電気の丸い球に眼を近づけてきつく眼を閉じますね。その時は赤です。急にスイッチを捻りますね。パチンと音がするでしょう。そして、一分位経つとそれが紫、五分位経つと黒です。だが、青だの灰色だのをAより早く覚えるには、一体どうすればよろしいのでしょう。

また、私が不思議に思うことは、姉やAの読む本の点字は、私のものより大分違うことです。それは非常に滑らかで、鋭いコールタールに似た匂いがします。私が触れても殆ど一語も読むことは出来ません。そして、姉は非常に早く書き、Aは私などの真似の出来ない程急いで歩きます。つまずいたり、物につき衝ったりすることはありません。そんなことは少し私をさびしくさせますが、私は落胆しないつもりです。勉強さえすれば、いまにきっと姉と同じようになるとAが保証してくれましたから。みなさまもきっとそう思って下さるでしょう。

求婚者のKが私を訪ねてくれましたのは、たいへん風の烈しい朝でした。湿ったすいかずらの花が窓から吹き込み、テスが柳の枝にほえついていました。

私は張出し窓の下で爪を噛んでいましたら、姉と聴き覚えのない声で話す紳士が私の側に来ました。そして、その声は、こんなことを言いました。

「私の仕方がどんなに無躾(ぶしつけ)なものか、よく知っています。だが、私はただ一目おめにかかればよかったのです。ただ一目だけ……そうなんです」

そして、レコードの様な声で、

「少しばかりこの方とお話ししてもよろしいでしょうか」と言いました。姉は長い後で、

「は、少しなら……」と答えましたが、その調子には、何かむずかしい問題に答える時の様ないかめしさがあったと思います。

そのひとは非常に厚い毛織物の着物を着ていました。襟のところはすみれの匂いをさせ、よく撓(しな)う指と鞣皮(もみかわ)の様な掌(て)を持っていました。そして、私の側に座って、私と話の出来たのは非常に幸福だと言ったり、また、あなたがうちとけてくれるので本当に勇気が出た、などと言いました。

私もとりとめの無いことを滅茶滅茶に喋(しゃ)べった様です。もう、それは止め途(ど)もなく。——なぜって、そのひとは、私をまるで普通のひとのように扱ってくれたのが私を喜ばしたばかりでなく、私は生れてからAとも三四人の友達と姉の外(ほか)の誰れとも話したことがありませんでしたから、この新しいひとと話するのが愉快でたまらなかったからです。

だが、しばらく話している内にこの人が私に、何を言おうとしているかを了解して、身体中がストーヴの様になってしまいました。私がいつか読んでもらったラシイヌのミトリダートにこれとそっくりの

場面があったからです。

このひとは私と結婚したがっていたのです。だから、その次の日実に勇敢に、アナトールの様に勇敢に、私に結婚を申込みました。しかし、私はそのひとをアナトールの様に浮(うわ)ついているとは思いません。テーブルの様にしっかりしていて、カアル・モアルの様に親切です。額は瀬戸もの丶ように固くて、吃驚(びっくり)する程高い鼻を持っています。

勿論、私だってその時は、もうどうにもならない程、そのひとを好いていたのですから、出来るだけしとやかに申込みを承知しました。そして私の部屋で、それから毎日草や木や、これからわれわれの住むであろう家の話をしました。私の部屋――なぜなら、私は私の部屋を一番好いて居り、この部屋のどこに何があるか、すっかり暗記していましたから、この部屋では私は、姉やAほど上手に「普通らしく」振舞うことが出来たからです。たゞ困った事は、時々そのひとが持って来てくれる本は、Aや姉の読むような滑らかな点字で書いたむずかしい本なことです。けれども私は、それがまだ読めない事を、一度もこのひとに話しはしないのです。なぜって、もしそんな事があのひとを寂しくさせ、その事から少しでも私を嫌いになるようだと、本当にたまらないからです。

ところが、このことは大変姉やAを不愉快にしたようです。出来るだけKを私から遠ざけ、私にKを悪く思わせようとしているようです。たとえば、Kは結婚するとすぐ私をいやになるにきまっている、と言ったり、Kは私のことを大変な考え違いをしているなどと言います。けれども私は信じません。あのひとは私がまだ上手に歩けない事位で、私を嫌になるほど悪いひとではないからです。

私はKから離れるなんて、そんな事はいやです。みなさん、Kはラマルテイヌでもリルでも、誰の詩でもみな暗記しているのですよ。あんな立派な紳士が、神様のお助けなしで、二度と私のところへなど来て下さる筈はないからです。わたしはどんなことがあっても、結婚するつもりです。なぜって、わたしたちはもう、どうしても離れられない訳があるからです。Aや姉は反対しても、みなさまはきっとわたしの結婚に賛成して下さるに違いないと信じています。

典雅なる自殺者

心臓を失った憂鬱な論理学

私はいま非常に幸福だ。一二の事実を除く外は、みな私を満足させるに足る。この相対主義的な人生に於て「富」にまして精確に、幸福の言葉の意味を説き明かす秘府は、断じてあり得ないからである。この真実は共産主義者流の、如何なる横着なまやかしを以てしても、絶対に害ねられる事は無い。それは宛も朗かな構図と、蠱わしい色調を持った優れた絵画のようなものである。その魅力は靭やかで、しかも飽くまで強く、容易にそれから脱れることが出来ないのを感じさせる。そしてそれはいつもわれわれを讃嘆せしめ満足せしめると共に、それ自身無尽の活力と想像力を持っている。実際、魯鈍なわれわれの幾人が富のために、新な情念を啓示され睿智の眼を開かれたことであったか。更にまた、いま私の指の間で仄かに息づいている一本の葉巻、オランダのクレンバーグで巻かれたこの一本の葉巻の価が、十人の寡婦を満腹させ、十人の詩人を快活にすることが出来ると言うのは、何と言う浪漫的なことであろう。――ただ一本の葉巻でしかないのに。

私の所有地、モーリス・バレスの言葉を借りるならば「ジオットの俯けるつつましさと、ギルランダジョの沈静なる形態と、ロレンツォ・ディ・クレディの精確・雅致・均整とを観るものの心の上に感じさせずには措かない」と言うフローランスの地形よりも、一層秀れた形と力を持つ野と山だ。

しかし、私がこの自然に対して感じる限りない悦びと満足は、そこに生うる樹や草とはあまり関係のない事を事実に於て信じなければならない。私の場合に於ては、夕陽に輝くその山の顚まで、みな私のものであるという事実と、あの山の向うに、いつも空腹を感じている衣嚢のようなひとたちが住んでいることを思い出せばそれで足りる。

だから私は美学の法則や経験を必要としない。そんな言葉や精神はむしろ私を憂鬱にさせるのに役立つだけだ。ではそれは何、私の必要とするのはいつも豪華（リュックス）の法則だけである。

それは断じてそうであった。私が内庭（パチオ）を作る。しかし、それは其処（そこ）で私が漫歩し自然を楽しむためではない。自然以上の楽欲を感じ、気紛れな独創を認め得ればそれでよかったのである。だから私の内庭では薔薇とうまごやしが楽し気に手を引き合い、高貴な龍舌蘭（りゅうぜつらん）と蠅取艸（はえとりぐさ）が重なり合い壮大な長春樹（ちょうしゅんじゅ）とネープル産の杉が各自（おのおの）爪立ちし、少しも高く伸び上ろうとしていた。思いがけない通路と無秩序に置かれた大理石の噴水盤——そして私は獣の満足を味わいながら、豪華な庭の中をうろうろと彷徨（ほうこう）するのだった。

……夜である。窓の外は薄明の柔かい揺曳（ようえい）の中にあるが、灯火（ともしび）の点（とも）っていない室内は、陰暗として殆ど物を見分け難い。この声のない薄暗（うすやみ）の中に、大きなコリント風の廊柱と、怪奇な姿をした諸々の彫刻が凝然と私を取包（とりま）いている。血に塗（まみ）れたアルルカンを描いた古い油絵が、柱廊のかげに薄青く微（かすか）な明かるさを帯びて現れる。この形容し難いほどの重々しい静かな空気の中にあって、私はいま限りなく幸福だ。それは一点の雲翳（うんえい）も細波（さざなみ）も喚（よ）び起すことなしに、全心の上に蔽（おお）いこぼれている。

私が能（あた）う限りの真実を以て創り上げた、愛すべきこれらのすべてから、永久に袂別（べいべつ）しようとしているいま、何（ど）の様な力が駆りて私を微笑（ほほえ）ますのか。——これは実に奇妙な感念の背馳（はいち）である。

私は嘗（かつ）て憐れな一個の浮浪者（ロオファア）に過ぎなかった。ある春は山地の荒い風景の中に居り、ある冬は緑と赭（あか）

を交えた岬角（こうかく）を歩き廻っていた。その放浪と貧苦は絶えざる他人への嫉妬と侮蔑の感情と共に、私の生涯を貫く運命の串の様に見えた。

ある夏、私は河の岸で魚を釣っていた。河の対岸には一帯の山影が、月光の中に浮び出ていた。――ヤパン川を沿うるキトウシの山脈である。いくつかの星が、その淡い山影の中に、目くばせする様にちらめき、そこはかとなく山百合の匂いが漂っていた。

しかし、私は餓えを充すために魚が必要であったのではなかった。この河に住む貪欲極まる魚どもを思いきり膺（こら）しめてやりたかったからに過ぎない。

実にそれは貪欲極まる魚どもであった。猫楊（ねこやなぎ）の穂を水につき入れると、烏（からす）の様な毒々しく赤い口をした小魚が二秒と措かずに喰いついて来るのである。そしてそれは宛（あた）かも私自身の如く無関心で、しかも小才に満ちた面持をしていた。

私は魚を釣り上げては土の上に叩きつける仕事を幾度となく繰返した、だが一体それは何と言う佗しい怒りであったろう、――ブルジョアジイに諂諛（てんゆ）するあわれな自分の姿をこの魚どもに示されたからに違いなかった。

このヒステリックな情感がやゝ長い間続いた後で、私は限りなく寂しくなった。思いがけない甘い涙が私の眼に満ち、ありありと魚どもの精神を私の心臓で理解することが出来た。新らしい感慨は胸にせまった。

私は着物を脱いで、魚どもと話しするために水の中に入って行った。

さて、私はその河の底で何を見出したか。――それは限定された性質に於て、われわれが金と呼ぶものに紛れなかった。

私が如何に幸福であるかに就いてはもう幾度も繰返している。しかし、私の不満についてはまだ一行も書いていなかった。

よろしい諸君、私はいまフラスカッチの一杯を命じ、蠟燭の蕊(ずい)を切ってまた書き続ける事にしよう。

私の不満は私の鼻の形に於て全部尽される。これに就て語ることは、私の最も嫌悪する事柄に属すが、これを書きしるさずに私の自殺の理由を理解せしめるということは、鍵を持たずに迷語を解くより一層困難なことに違いない。

私は実に醜い鼻を持っている。諸君の一人がもし私の鼻を見たとしたら、その紳士はそれを指して躊躇なく「舌」と呼ぶに違いない。実際、私の場合に於て、それは鼻でなく舌である、鈍赤色をした愚劣な肉片が、恰度(ちょうど)目の下から唇の上迄垂れ下り、しかもその表面に舌苔(ぜったい)に似た生毛(うぶげ)の様なものが生えている。頬には濃い髯(ひげ)があるがそれは威厳を示さず、その鼻と照応して諧謔(かいぎゃく)的な印象を深めるに役立つばかりである。

私がこの小さな肉片のためにどれ程人生を狭め、友情や社交に興味を持たなくなり、暗く固い悲しみの中(うち)に沈潜して過して来たか、聡明な諸君の想像に及ばぬ筈はない。

私は嘗てロスタンのシラノ・ド・ベルジュラックを読んだ、そして此処(ここ)に私の真実の友となり得る

「一個の人間(アン・ノンム)」を発見して悦(よろこ)びの声をあげた。その悦びの大きさは、こうして読んでいることが、今迄見馴れた夢の一つでないかと訝(いぶ)かられた位であった。

それから私は幾度となく読返し、主人公の鼻を出来るだけ醜怪に想像することに依って、次第に快活になり、明るくされていた。

けれどもこの慰めも、たゞ内部に反映する小さなランプに過ぎなかった。外見に於てはそれは些(いささ)かの憶心もなく、依然として頬の安楽椅子にふかぶかと身を沈め、爪先を暖炉に伸ばして眼をつぶっている物悲しい鼻であった。

柱列の不秩序。白と赤の配色の奇異――美と壮大の果てしない曠野の様なこの部屋で、私は何年の間、孤独を嚙みしめ、鬱(いぶ)せく沈淪(ちんりん)して来たろう。ああ今日の喜悦が深ければ深い程、嘗(かつ)てありし日の荒涼と沈黙の魂の痛さを苦痛なしで思い浮べる事は出来ない。

私が彼(か)の女(じょ)に逢ったのは、よく晴れた晩春の午後であった。薄鈍色(うすにびいろ)の黄昏が迫って山襞は煙のように暈(ぼ)けかゝり山頂は夕陽の光りを受け恰度(ちょうど)薔薇の花弁を其処に置いた様に鮮かに燦(きら)めいていた。

私は突然人の気配を風の様に感じて、いつもの通り素早く身を隠す身構えをしたが、私が身を退(ひ)くには、その人はあまり私の身近にいた。

私はこの最も恐れる位置に自分を見出した時、度を失って呆然と佇立(ちょりつ)してしまった。

それはあまりにもみじめな事実であった。私の呪われた肉腫は蔽うことなく、残映の中に露出(むきだし)になっていた、そして、私の鼻に向きあって立ったひとは、私が嘗て夢にさえも見た事が無い美しいひとであったから。

それは実際現実(レアル)の美しさではなかった。「聖カタリナの結婚」のなかのカタリナの面輪(おもわ)「十字架上の基督(キリスト)」のなかのマリアの面輪が、リュイニの時代から四百数十年を経た今日、尚こゝに存在しているのを感じないわけにはゆかなかった。その眼は晴れて朗かでありながら静かで深い影を失わず、涼しい風が吹き充ち、その鼻はなよやかにのび、皮膚は近代的な蒼白さと艶を持っていた。そして私の前につゝましやかに立ち、微笑みながら私をみつめていた。

あゝ嘗て私の顔を見返るむすめ達が唇の近くに嘲りの皺をよせ、または噴き出して笑わずにいたものが一人でもあったろうか。それなのにこの娘はのびやかに私を見まもり好意に満ちた微笑すら浮べているのである。

私が困惑を感じて宏大な巣に逃れ帰ってから二ヶ月の長い間それに就てさまざまに思いめぐらした——その微笑が嘲りを示したのか好意を示したのか、たったそれだけの事に就て。

そこで私はある限りの力を以て私の笑うべき希望を鎮め、強いて私の魂を暗く固い片隅に押しやろうと努力したが、しかし、如何なる力を以てしても、その微笑の中(うち)に、純真な発意と温かい同情以外のものを感ずることが出来なかった。

私は階調を失った。新しい情感と香気に充ちた混雑が奔流の様に私の上に流れ落ちて来た。私は紫色のあらせいとうの花の下に座り彩玻璃の窓に鼻を押しながら恭しくその娘を私の魂の上に招じあげ、慇懃に挨拶をしたり、楽し気に囁きかけたりした。――まさに狂愚と呼ばるべき熱情を以て。

私が彼女――（吉田かほる）のヴィラを訪れたのは風の劇しい朝であった。風景は白々しくさゝくれ立ち、河床には丸い石が現れていた。

……私が其処でどういう風に扱われたか。それは一言で言えば足りる。私の生活の中に隕石の様に「恋の場」が墜ち込んで来たのだと。

あゝこれは夢ではなかったか。私の耳の傍で喧しく鳴るのは太鼓の音ではないか。そして、光と色のすさまじい波の中で私の求婚は許された。

彼女は非常に聡明である、殊に詩を好んでいる様に見える。この美点こそ如何なる点にも先んじて彼女のために数えねばならぬ処だ。私はそれに適応する様に毎日、ラマルティヌやリルの詩を百行以上も暗記しなければならなかった。また彼女は決して大袈裟に歩き廻ったり、気まぐれに眼を動かす事はない。いつも張出窓の下の長椅子にじっと坐っている。私はいつもその側により添いわれわれがこれから住むであろう家の話をする。それは非常に彼女を喜ばす様に見えた。

さて諸君、諸君はこの二人が結婚することを望むであろうか、諸君は必ず否と言うだろう。そして人生は小説の如く数奇を極める。

私はいま段々飽かれて来たのを感ずる。——ある日（それは昨日のことだ）かほるは不意に私の鼻を撫でた。そして急に黙り込んでしまった。恐らく彼女は今日まで、私の鼻が仮装舞踏会で使うあの作り鼻だと思っていたに違いない。そして、それが全く私の肉体の一部であるのを知って寂しくなったのに違いない。これは決して私の思い過ごしでなく、たしかな事実になって表れて来ている。現に私が散歩に誘うと彼女は、

「私まだよく歩けませんから」と答えた。諸君、彼女は小鹿の様に長い脚を持っている、彼女がもし私を愛しているなら、こんな断り方をするであろうか。

私はいまキニーネを思い切って多量に飲む。——私はマラリヤでも何でもないから、それは自殺する以外に目的のあろう筈はない。

諸君、これに就て色々批評したり、議論するのは止してくれ給え。何故なら自殺するは私であって、決して諸君ではないからだ。

私は再びこの荒涼とした部屋を眺めながらドン・キホーテのうえを思い出した。あの悲しむべき滑稽な希望を以て索漠な荒野を辿る姿は——あゝそれは「人間の希望」の持つ勇ましさと憐れさを示すものでなくて何であろう。私のまさびしい姿でなくて何であろう。冷嘲と幻滅と絶望が交る〴〵私に押し寄せる。私は恋を失いまた明日は「富」に対する満足を失うだろう。そしてこの部屋にどういう風の状態で私が取り残されるかよく知っている。だから私はせめてまだ幸福の余炎が残っている内にこの故郷を逃れて新しい城を求めようとするのだ。

さ、諸君私はいまこれを飲むぞ。そして慇懃にさよならと言おう。

（アヴウグルの夢――二）

黒い手帳

黒いモロッコ皮の表紙をつけた一冊の手帳が薄命（はくめい）なようすで机の上に載っている。一輪挿しの水仙がその上に影を落している。一見、変哲もないこの古手帳の中には、ある男の不敵な研究の全過程が書きつけられてある。それは象徴的ともいえるほどの富を彼にもたらすはずであったが、その男は一昨日舗石（ほせき）を血に染めて窮迫の孤独のうちに生を終えた。

この手帳を手にいれるために、ある夫婦が人相の変るほど焦慮していた。けっきょく望みをとげることが出来ず、恨（うらみ）をのんで北のほうへ旅立って行った。そしていい加減なめぐり合せで、望んでもいない自分が、遺品といった意味合いでうやむやのうちに受取るような破目になった。運命とは、元来かくのごとく不器用なものなのであろう。

今朝着くはずであった資料の行李は、事故のために明日まで到着せぬことになった。焦（いら）だたしい時間をまぎらわすために、手帳をめぐって起った出来事を、彼とある夫婦の間の微妙なもつれをありのままに書いて見よう。

当時、彼は六階の屋根裏に、夫婦は四階に自分は中間の五階に住んでいた。この二組の生活を観察しようと思うなら、同じ数だけ階段を昇降するだけでよかった。自分は階下で夫婦と談話し、すぐその足で六階へ上ってゆく。たがいに関知せず、そのくせ微妙に影響し合う興味深い二つの生活を、あますところなく両面からながめていたのである。

自分は文学者ではないから、面白いようにも読みやすいようにも書くことは出来ない。が、ものを見る眼だけは、たいして誤らぬと信じる。自分は見たままに書く。これを書く動機は充分にあるのだが、それまでうちあける気はない。懺悔のためとも、感傷のためとも、勝手にかんがえてくれてよろしい。

一、この年の中頃から邦貨の為替相場は不幸な下降線を辿っていた。三月目にはむかしの半分に、半年の終りには約三分の一になってしまった。留学にたいする年金は、一定の額に釘付けされているので、研究に必要な所定の年月だけパリに止まるためには、相場の比率に応じて生活を下落させてゆかねばならない。そういう理由によって、半年の間に三度移転した。一度毎に趣味が悪くなった。三度目のこの宿は、もうこれ以上穢（きたな）くては、人間として面目を保つことはできまいと思われるほどのものだった。

手すりのかわりに索をとりつけた穴だらけの暗い、嶮（けわ）しい階段を、非常な危険をおかしてのぼってゆく。五階のとっつきに、その部屋があった。鉄棒をはめた小窓と瓦敷（かわらしき）の床、むきだしの壁には二三日前の雨じめりがしっとりとしみ透って、ところどころに露の玉をきらめかせている。これを人間に貸そうというのである。着想のすばらしさに感動し、その部屋を借りることにした。相手方の下落も急にはここまで追いつくまいから、当分、移転のめんどうだけははぶけるというわけである。

寝台に腰をおろして、なすこともなく腕をこまねいていると、扉を叩いて、びっくりした子供のような不可解な顔をした男がはいってきた。髪は遠慮なく薄くなりいかけているが、顔のほうは二十一二歳で発達をとめたものとみえる。

自分の部屋を訪れるために、無理に上衣の釦（ボタン）をかけてきたのだろう、その釦を飛ばすまいとして、一生懸命に下っ腹を凹ましているようだった。通例の挨拶の後、舌ったらずな口調で、

「わたしは、この階下に住んでいるものですが、お差支えがなかったら、おちかづきのしるしに晩餐をさしあげたい」といい、

「なにしろ今日は、降誕祭（クリスマス）前夜のことだから、ひとりで夜食をなさるのは、さぞ味気ないだろう。それ

に、妻も非常に希望しているから」
という意味のことを、きわめてぼんやりとつけくわえた。
一、貧困なりにも、夫婦の部屋はやはり家庭だとうなずかせる和やかな雰囲気があった。その中にたいへん小柄な女が立っていた。これが細君だった。前髪を眉の上で切り揃え、支那の女のようにしている。二十四五歳であろうか。どんな男をもどきりとさせずにおかぬような煽情的な眼付で手を握ると、「ようこそ」といった、それが自分には、Je t'aime（汝を愛す）といわれたような気がした。そんな錯覚を起させる過度なものが、たしかに抑揚（アクセント）の中に含まれていた。
アメリカの生れのいわゆる二世同志で、夫のほうは声楽、細君のほうはピアノの勉強をしているということだった。食事と身上話がすむと、お定まりのアルバムが出てきた。いずれの前例に劣らず退屈千万なものだった。その中に博徒のような無慚（むざん）な人相をした角刈の男の写真があった。親族かとたずねると、それは布哇（ハワイ）の大漁場主で、赤の他人なのだが、二人の勉強ぶりに感激して、義侠的に三年間の巴里（パリ）遊学の費用をひきうけてくれ、いまここで勉強しているのは、その人物の後援によるものだといった。

部屋へ帰ろうとしてたちあがろうとしたとき、窓にそって、はるか階上から盛んに落下する物音をきいた。尿（いばり）の音にちがいなかった。自分は爽快さを感じ、どんな奴の仕業かとたずねると、あなたのすぐ上にいる日本人がやるんです、もとは画かきだったということですが、毎日部屋にとじこもって、なにか計算ばかりしているんだそうです。この宿にもう、十年以上もいると聞きましたといった。
一、一月一日の朝のことである。上の部屋で傍若無人に飛びはねる粗暴な物音で眼をさました。上の部屋の住人は、これまでにも夜っぴて部屋を歩きまわったり、椅子を倒したりして悩ましたが、この朝の騒ぎはじつに馬鹿馬鹿しいもので、天井の壁土が剝離して、さかんに顔のうえに落ちてくる。これには我慢がなりかねた。

無言で扉をおしあけると、眼の前に、いささか常規を逸した光景が展開した。広い部屋の床全面に、二尺ほどの高さでおどろくべき量の紙屑が堆積し、壁にはいたるところに数字と公式が楽書してあった。床の上で自在に用便するのだとみえ、こんもりと盛りあがった固形物が紙屑のあいだに隠見していた。

長椅子の上には四十歳位と思われる痩身の半白の人物がいて、敵意に満ちた眼で自分のほうを凝視していた。それは何千人に一人というような個性的な顔で、額は異様に広く、顎は翼のようにつよく張りだし、房のような眉の下に炎をあげているような強烈な眼があった。彼は無断侵入が憤懣（ふんまん）に耐えぬようすで「貴様なんだ」と叱咤した。自分はほとんど眼も口もあけられぬ異様な悪臭に辟易し、

「臭くてこれじゃ話もなにもできない。いま窓を開けてから話す」と答えながら斜面の天井についている窓をおし開けた。「天井の壁が落ちてきて、物騒でしょうがない。暴れるのもいい加減にしておけ」

すると彼は急にうちとけたようすになって、

「じつはナ、今日うれしいことがあって、だれかと喋りたくてしょうがなかったところなんだ。おれが騒いだために、貴様がやってきたというのは、なかなか運命的な話だ……争われないもんだ。貴様があんな口調でものをいったのが、おれの感情にピッタリした。忙しくなかったら、しばらくそこへ掛けて行ってくれ。実はナ、おれの研究はまさに完成するところなんだ。間もなくおれは無限の財産を手に入

れることになる。無限だ、無限、無限！　突飛にきこえるだろうが、おれは狂人じゃないよ。おれはね、この十年の間ルゥレットの研究をしていた。屑箱の中の屑のようなものを喰って、寝る目も寝ずに計算ばかりしていた……いったい丁半に方則がないというのが定説だ。早い話が、ポアンカレとかブルヌイユなんていうソルボンヌの大数学者が精密な計算を例にひいて証明している。たとえば奇偶(ハザアル)の遊びで、いま出た目とそのあとの目というものは、そのたびに永久に新規だという。これがかれらの学説なんだ。よろしい……ところがわれわれは千回骰子(さいころ)を振ると、いつも半々ぐらいの割合で奇偶が出ることを知っている。もし目がいつも新しいものなら、もし奇偶に法則がないものなら、なぜ奇数ばかり、あるいは偶数ばかり千回つづけて出るようなことがないのだろう。それは不可能じゃない、と数学者はいうだろう。それア不可能じゃない」

といいながら壁に書きつけた公式を指さした。

「君はどういう研究を専門にやっているひとだね？　あの公式の意味がわかるひとなのかね？」

壁の上にはこんな公式があった。

$$n=\frac{37r+2}{18r\cdot 31\cdot}+r-2$$

めんどうくさくなったので自分はわからないとこたえた。「この公式はナ、たとえばルゥレットの赤・黒(ルージュノワール)の遊びで、赤だけがつづけて百回出るようなことは、一世紀に、たった一回しかないということを証明しているのだ。なにかしらの法則に支配されていて、けっして出鱈目(でたらめ)なものでないことがわかるだろう。それどころか、研究してみると、目の出かたは、じつに秩序立った法則があることが判然する。ただしこの法則を発見するには、五十万以上の組合せと同じ数だけの順列と取っ組まなくてはならん……五十万！　どんな困難な仕事か君には想像も出来んだろう。おれは五年でやってのけるつもりでいたが、休みなしにやって、十年もかかってしまった。そして、おれはとうとう発見した。もう九分九厘というところまで行っている」

　そういうと、ふところから黒い手帳を出して顔の上でふりまわしながら、

「その公式はこの中にある。おれにとって、ルゥレットはもはや僥倖(ぎょうこう)を期待するあさはかな賭博ではない。おれにとって、それは組合せと順列の簡単な遊戯にすぎない。百万法(フラン)を勝つのはわずか半日の暇つぶしですむのだ……どうだ、無限の富を握るといったわけがわかったろう。……賭博の研究に十年も寝る目も寝なかったといったら、ひとは笑うだろうが、これは卑劣な利欲心だけではじめた仕事じゃない。じっさいのところ、撰り好みしようにも、ほかにどんな金儲けの能力も持ってなかったからなんだ……おれはこれでも絵かきだったんだぜ。十七の年から十五年の間、不退転の精進をした。そして十年前に巴里へやってきた。胸をおどらせてルゥヴル博物館へ飛んで行った。無数の傑作をながめて、おれは茫然自失した。やがて自分にいいきかせたね。これだけ優れた絵がたくさんあるのに、まだ自分の出場(でば)があると思うのか……おれはその日から絵筆を折った。才能もないくせに、絵の勉強などをはじめ、ろくに楽しい思いもせずに空費した青春のことを考えると、五十になってようやく十万円貯めたなんていう、しみったれた儲けかたでは我慢がならなかったんだ」

　賭博の絶対的な方則などはありえない。虚在の対象を追求して、十年の歳月を空費した愚かな執着の

すがたを自分はあわれ深くながめた。

一、次の日から部屋に籠り、一週間ほど多忙な日を送っていたので、どちらの部屋もおとずれる機会がなかった。仕事がひと区切りついたので、夕方、夫婦のいた四階へおりて行くと、夫婦は長椅子に並んで掛けていたが、夫のほうは放心したような中心のない顔をし、細君のほうは、せっかくの魅力のある眼を赤く泣き腫(はら)していた。

聞いてみると、その朝、不幸な手紙を受取ったのである。布哇(ハワイ)のれいの後援者の漁場が大海嘯(おおつなみ)にやられ、彼自身一夜にして無一文になってしまった。不本意ながら、援助が出来なくなったといってきた。寝耳に水とは真にこのことだ。ちょうど半年分の送金が届く定例の月で、それを待ちかねていたくらいだから、手元には千法とちょっとしか残っていない。どんなに倹約したって二カ月ともちはしない。すると、そのあとはどうなるだろう。

「夫は、歌をうたうほか、なにひとつ出来ない能なしだし、あたしはミシンもタイプライターもだめなんです。いやしい仕事だといって、パパがやらしてくれなかったのよ。アメリカならどうにかなるでしょうが、こんなせち辛い巴里じゃ、日本人の働く口なんかあるわけはないんだし、友達はみなじぶんのことだけで精一杯で、他人のことなんかにかまっていられない貧乏なひとたちばかりなんだから、いずれは餓死するか自殺するか、あたしたちの運命は、もうきまったようなもんですわ」

いかにもしんみりと口説くと、同情を強要するような、雅致のある泣きかたをしてみせた。つまるところ、助けてくれというわけなのであろうが、こちらにはそんな気がない。聞くだけ聞いてひき退(さが)ってきた。

一、それから三日ほどしてから、なにかの用事で夫婦のところへ行くと、発育不良の子供面が待ちかまえてでもいたようにいそいそと椅子から立ってきた。
「喜んでください。ぼくたちは餓死しないでもすみそうですよ。いや、ひょっとすると大金持になるかも知れないんです。まア、これを読んでごらんなさい」

喜色満面といったていで、前日の夕刊をさしつけた。なんにしても結構な話にちがいない。それはよかったといいながら、指されたところを読んでみると「モンテ・カルロの大勝」という見出しの下に、ウィンナムという英国の婦人が、一夜のうちに二十万法勝ちあげ、モンテ・カルロ海浜倶楽部(ビーチクラブ)がその婦人に祝品を贈呈したとか贈呈するところだとか、そういった埒もない記事が載っていた。

夫のほうは悪いグロッグでも飲みすぎたようなしどろもどろの口調で、

「どうです。凄いじゃありませんか。一と晩に二十万法！　ともかくモンテ・カルロは最近つづけざまにやられているんですよ。先週も三人組の独逸人に百万法近くやられて、三日の期限付でモナコ公国にモラトリアムが出たばかりのところなんです。それで、ぼくはちょっとしたシステムを知っているから、最後の千法を賭金にして一と旗あげてみるつもりなんです。万一、負けたって自殺することにかわりはありゃしない。次第によっては、まるっきり運命を変えることができるんだから」

額際まで赤くなって熱狂しながら、緑色の賭博場(カジノ)の週報、全紙数字ばかり羅列したモンテ・カルロ新聞 La revue de Monte-Carlo の最初の頁を指さし、

「一昨日、モンテ・カルロの No.2 の卓で、朝の八時から夜の十二時までの間に、こんな順序で数字が出たんです。家内にこれを読ませて、朝からシステムの実験をしているんですが、場で出た目のとおり

なんだから、モンテ・カルロのカジノでやっているとかわりはしないです。だいぶ成績がいいですよ。五法賭けで、小さくやっているんですが、あらかた、千法以上勝った計算になっているんです……わかりますか。五法でやって千法、百法でやっていたら二万法、千法でやっていたら二十万勝っている理窟なんです。いま実験してお目にかけますから、見ていてください。……さア、いまのつづきをやろう」

と細君にいい、勿体ぶったようすで机の前に坐りなおした。

細君はモンテ・カルロ新聞をとりあげると滑稽とも悲惨ともいいようのない真面目くさったようすで斜（しゃ）にかまえ、賭博場（カジノ）の玉廻し（クルウビエ）そっくりの声色で、「みなさん、張り方をねがいましょう（フェート・ヴォ・ジュウ・メッシュウ）」のアノンセをし、無智と卑しさも底の底までさらけだしたギスばった調子で「三十五（トラントサン）……黒（ノアール）……奇数（アンペア）……後目（パッス）……」などと一週間も前に出たモンテ・カルロのルゥレットの出目を読みあげて頃合のところで方式どおり「張り方それまで（リヤン・ヌ・ヴァ・プリュ）」と声をかけた。

夫のほうは眼玉を釣りあげてギョロギョロしていたが、首だけこちらへねじむけて、

「ごらんなさい。赤（ルージュ）が十回もつづけて出ている。こんなことってあるもんじゃない。こんどは黒（ノアール）に崩れるにきまっています」

と説明すると、

「黒へ五百法！」と叫び、賭けたしるしにノートへ N−500と書きつけた。

赤が出た。

「赤が出たら、どこまでも赤に乗って行く約束だったじゃありませんか。勝手にシステムを変えるからいけないんです」

と細君がやりこめた。夫のほうは見るもみじめに狼狽して、

「システムといったって、博奕（ばくち）のことなんだから、百パアセントに正確なもんじゃない。負ける回数をうんと少くし、出来るだけ勝つ回数を多くして、その差で自然に儲けるようになっているシステムなんだから、一回や二回負けたって、たいしたことはないさ。もっとも、いまは勝手にシステムを変えたからいけなかった。きめたシステム通り赤へ乗ってゆく。こんどは大丈夫……赤へ五百法」

黒が出た。

自分は見かねて、六階にいる男もルゥレットの研究をしているのだが、十年もやって、ようやくものになりかけているそうだという話をした。それほど研究しても、かならず勝てるとはきまっていない。こんなにあやふやな思いつきでルゥレットにたちむかうなんて愚劣なことは、よしたがよかろうとたしなめたつもりだったが、二人にはまるで通じぬらしく、たちまちはげしい渇望の色をあらわして、ぜひそいつを教えてもらうことにしようといいだした。自分は、

「十年もかかって研究したものを、そうかんたんに教えてくれるはずはなかろう」

と苦い調子でいうと、夫は、

「ええ、ですから、ただ教えてもらうんじゃない。ぼくのシステムをむこうへ公開するんだから、つまりは交換教授です。これなら、先生も、まさかいやとはいわないでしょう」

そして夕食に招くという名目で、うまく連れだしてほしいとたのんだ。事を好むほど若くはないつもりだが、夫婦の厚顔（あつかま）しさが癇にさわり、無理にも六階の住人をひっぱってきて、こっぴどくとっちめてやりたくなった。

一、彼は長椅子に寝ころがって煙草をふかしていた。

部屋の紙屑は残らず消え、意外に清潔なようすになっていた。机の上にも埃がたまっていて、しばらくそこに倚(よ)らなかったことを示していた。

彼は元気よくはね起きて、「おれが逢いたいと思っていると、かならず貴様がやってくる。おれと貴様の間には、感応(かんのう)し合う電気のようなものがあるのかも知れぬな」といった。「じつはお前を晩飯に誘おうと思ってやってきたのだ。もっとも二人きりじゃない。四階の夫婦もまじるのだが」

案の定、彼はうんといわなかった。女は苦手だとか、おれはもう社交の習慣を忘れてしまったとか、いろいろな口実を設けて頑強に反抗した。自分はそこで、「バタを載っけた炙牛肉(シアトオブリアン)と、鰻と、生牡蠣と、鶏と……これだけのご馳走が、お前のために用意してある」といい、それらの料理について、精細な描写をした。

彼は頭を抱えて呻(うめ)いていたが、

「貴様はひとの弱点をつくようなことをする。策略にのるのは忌々しいが、抵抗は出来ん。よし行く」

といって立ちあがった。

貪食(どんしょく)ぶりは言語に絶した壮観で、挑みかかるようにありったけのものを喰いつくすと、喉を鳴らして遠慮なく噯気(おくび)をした。食事がすむと、亭主が、自分は最近すばらしいルゥレットのシステムを発見したが、座興までに実験してみる。お望(のぞみ)なら公開してもいいといいながら、素早く机の上にノートをひろげた。

彼はたちまち嫌悪の色をあらわし、険しい眼つきでこちらへふりかえった。彼はなにもかも察したらしかったが、それについては一言もいわなかった。

れいの通り細君が玉廻しになり、亭主が賭り方へまわった。この日ははじめから調子がよくて、二十分ほどのあいだに、かなりの額を勝ちあげた。彼は頬杖をついて黙然とながめていたが、とつぜん、

「たわけたことを……そんなものがシステムであってたまるもんか」

と叱咤した。子供面はむきになってノートをふりまわし、

「現にこの通り勝っているじゃないか」

と叫んだ。彼は、

「勝っていることも事実だが、いずれ負けてしまうのも事実だ。お前のような馬鹿野郎を納得させるには、理屈では駄目だから実例を示してやる。おれが読むから、やってみろ」とモンテ・カルロ新聞をとりあげた。

珍妙なことがはじまった。黒へ賭ければ赤が出る。奇数へ賭ければ偶数が出る。面白いほど、いちいち反対の目が出た。それは、涯しない鼬ごっこだった。亭主は躍起となって賭りつづけたが、間もなく仮想の全財産を失って、しおしおと賭博台を離れた。

「出目を三つおきに読んだだけだが、こんなことで屁古たれるようなものはシステムでもなんでもありはしないのだ。馬鹿をここでわからしてもらったことを、有難くおもえ。賭博場で自分の馬鹿がわかったと来たら、首を縊らなけりゃならんのだ。こんなものがシステムだなんて出かけて行ったら、モナコ三界で路頭に迷うぞ。及びもつかぬことを考えぬがいい」

それ自身貧困である欧羅巴では、なんの生活力ももたない孤立無援の東洋人夫婦にとって、この場合、

窮死は空想ではなく、極めてあり得べき事実なのだ。能なしの夫婦にとって、賭博だけが最後の希望だったが、彼等を悲運から救ってくれるはずだった唯一の希望が、あとかたもなくケシ飛んでしまった。この打撃はどんなにひどいものだったか、夫婦は虚脱したように椅子の中へめりこんでしまった。絶望のさまは見るも無残なくらいだった。

彼はまじまじと夫婦のようすをながめていたが、懐中から黒表紙の手帖をとりだすと、数字のギッシリつまった頁をペラペラとはぐって見せながら、「システムってものは、無限大の数字を克服して、はじめて獲得できるようなものなんだ。おれは十年やった。しかし、そのおれでさえ、まだいっこうにわからん。君等はおれがかならず勝つと思っているかね？　そんなことはあり得ないのだ。ルゥレットというものはどれほどむずかしいものか、その証拠をみせてやろう」

「モンテ・カルロ新聞のどこからでもいいから、勝手に読んで見たまえ」といいつけた。

彼は細君が読みあげるのを頬杖をついてきいていたが、無雑作に、「黒へ最高賭額（マキシマム）（一万二千法）！」といった。

黒が出た。また黒へ賭けた。黒が出た。

つぎは赤へ賭けた。赤が出た。たった三回で（資本の一万二千法を差引いて）五万法も勝ってしまった。彼は無頓着なようすで黒へ二度、赤へ二度、黒へ一度、赤へ三度……それから前へ戻って、黒へ二度、赤二度というぐあいに、最高額を賭りつづけていた。

ふしぎな現象がおきていた。われわれは遅まきながら、ルゥレットがいま黒と赤と交互に、（黒2回―赤2回―黒1回―赤3回）（2―2―1―3）という秩序立ったアッパリションを飽くことなく繰りかえしていることを発見した。

単純極まる反覆を十回もつづけたのち、ルゥレットは別の配列へ移っていた。今度は（赤1回―黒1回―赤1回―黒2回）また始めへ戻って（1―1―1―2）という反覆運動だった。彼は機械的にそれを追従していたが、一時間ののち、ただの一度の失敗もなしに八十万法勝ちあげてしまった。仮想の賭博にすぎぬが、われわれはうず高い金貨の山と尨大な銀行券の束を、ありありと机の上にながめる思いだった。

夫婦は酔ったような赤い顔をし、はげしい渇望の色をあらわしながら荒い息づかいをしていたが、細君がだしぬけに床に土下座をして彼の手をとった。

「助けて下さい」

哀切きわまる眼つきで彼を見あげながら、

「どうぞ……そのシステム……」といった。

彼は守銭奴が宝を隠すときのように、あわてふためいて手帖を内懐へおしこむと、悲哀とも憤怒ともつかぬ調子で、「賭博にシステムはない」と叫び、荒々しく戸をあけて出ていった。

一、それから二日ばかりののち、自分はまた夫婦の部屋をおとずれた。自分が入ってゆくと、夫は急に夕刊をとりあげ、いまタルジュ事件について論じていたところだったといった。たった二日のうちに夫婦はひどく憔悴してしまい、眼のまわりに黒い輪のようなものが出来ていた。眼の中には刺すような光があらわれ、声には陰惨な調子がまじり、誇張していえば、人相が変ってしまったといってもいいほどだった。

タルジュ事件というのは、細君が莨菪(ろうとう)の煎汁(せんじゅう)を飲ませて夫を殺した、最近の事件であった。病中の躁暴(そうぼう)状態が異様だったことを女中が近所にいいふらしたので発覚した。

夜が更けてから部屋へ帰ろうと立ちあがるとピアノの上に一冊の見なれぬ本が載っていた。なに気なく手にとって見ると「摘要毒物学」R.A.Witthaus, Manual of Toxicology という標題がついている。思わず夫婦のほうへふりかえると、細君は、私は以前探偵小説を書いたことがある。さいわい「探偵(デチクチーヴ)」という雑誌の編集者と懇意だから、またそれをはじめて生活の足しにするつもりだ、そのためにいま速成の勉強をしているのだという意味のことを説明した。

一、帰るとすぐ寝床へはいったが、夫婦が殺人を企てているのではなかろうかという疑念のために、どうしても眠りにつけぬのであった。強いて頭を転じようとしたが、どうしても眠れない。それでどういう動機によって疑念をおこすにいたったかを考えて見ることにした。

第一は、夫婦の部屋にはいって行ったときの印象である。自分が入って行くと、いまタルジュ事件について話しているところだといった。しかしその時の印象によればそれ以外のなにか非常に険悪な犯罪に類したことを話しあっていたのではなかったかというような気がした。

第二は、タルジュ事件にたいする夫婦の興味のもちかたである。普通にわれわれがもつ社会的な興味を超えた異状な熱心をあらわし、しかも、話題の中心は毒殺というところにあった。第三は、毒物学の本である。自分がこれをとりあげたとき、夫の眼には、あきらかに狼狽の色がうかんだ。しかるに細君は、それがこの場所にあるゆえんを、沈着に釈義した。それはあまり沈着すぎるために、かえって、相手に疑念を抱かせるような種類の沈着で、細君の意志を裏切って、その説明が虚偽であることを明白に申し立てていた。すると、毒物学の本はどういう目的のため購求されたのであろう？　人間の頭の発展の仕方には特別なスタイルがあるものではない。悲境を打開する方法を勤勉に求めず、賭博に求めるような衰弱した性格では、渇望するものを手に入れる方法として、容易に殺人を思いつくであろう。

　さて、ここまで考えたところで、新たな想念に煩わされることになった。それは異様なもので、われながら不快を感じたのであるが、そのアイデアとは、殺人を遂行するまでの経過を冷静に観察して見たいというそれであった。

　いま一人の人間を殺そうとして、ある人間が計画をたてている。それは細心に考案され、徐々に対象の命に迫ってゆく。さまざまな曲折を経たのち、それは成功する。（あるいは失敗する）いま自分の眼前で謀殺の全過程と全段階が展開されようとしている。人間が徐々に殺されてゆく経過をこの眼で見るなどは、千載一遇の機会であらねばならない。しかも殺人と被殺人者の両方の面からこれをながめ、「運命」の操り手を楽屋から見物し、「運命」のやりとりかたというものを、仔細に観察することが出来る。しかし自分は悖徳者（はいとくしゃ）ではないから、殺人に加担するのではない。あくまでも観察にとどめるのは無論である。殺人者にたいして、いかなる誘導も、いかなる示唆も与えず、被殺人者にたいしては、いかなる同情も憐憫も感じない冷酷な心を用意しておかねばならない。殺人者を嫌悪せず、被殺人者を嘲笑せぬ公平な心が必要である。自分は出来るだけ冷静に観察するつもりであるが、かならずしも殺人の成功を望んでいるのではない、結果はどうあろうと、教訓になる。

　よりよく観察するためには、もっと両者に接近しなくてはならない。彼のほうはいいとしても、夫婦のところへ毎日出掛けていく口実がない。しかしこんなぐあいには出来る。不便だという名目で、夕食の世話をして貰う。相当以上の費用を払ったら、承諾するにちがいない。さいわい、自分の放心ぶりは、彼等に愚直凡庸な人物であるかのような印象を与えているから気兼ねなく振舞わせることが出来るであろうと思う。

観念内の遊戯として弄ぶぶんには無難であるが、実行に移した場合のことを考えると、倫理感情は不快な圧迫を受ける。いかなる消極的な意味においても、共犯以外のなにものでもないからである。

一、翌朝になっても熱望は薄らいでいない。自分は階下におりて夕食の件を依頼した。案の定、細君は快諾した。殺人計画の進行を仔細に知るためには、対抗上、毒物学の知識が必要であるとかんがえ、その足で図書館に行き、細君の手元にある、Witthaus, Manual of Toxicology. Kunkel, Handbuchder Toxikologie. その他、二冊を借りだした。

一、一月十三日、今日から観察を開始することにきめ、手帖を一冊用意して、医家の臨床日記のような体裁で、夫婦の言動にあらわれた犯罪的徴候を逐一書きとめておくことにした。詭計を用いて意図をさぐりとることは容易であろうが、飽までも観察者の位置にとどまることを欲するものであるから、その方法は好まない。自然発生的にあらわれた外部的徴候と、多少の心理的打診による以外に状勢を察知する手段がないが、あたかも自分の専門の研究は一段落をつけたところなので一日の全部の時間を観察にあてることが出来る。それで一日を三分し、午前を毒物学の研究のために割き、午後は六階の住人の部屋で、夜は夫婦のところで過すことにきめた。

ところで、ここに一つの困難というのは、六階の住人を訪問する口実がないことである。彼はすぐれた洞察の才をもった男であるから、いい加減な言い抜けでは意図を見抜かれるおそれがある。大人気ない思いつきから、不快をあたえたあの夜以来、彼に逢う機会がなかったが、その折の手ちがいの陳謝をしながら適当な口実を見つけようと思って、六階へあがっていった。

彼は窓に倚り、茫然と暮れかかる巴里の空をながめていたが、こちらへ振返ると、当惑したようすでだまって椅子をさししめした。なにか都合が悪そうだと見てとったが、それには拘泥せず、

「この間は失礼した。あの浅薄なやつらをたしなめてもらうつもりで、ちょっと詐略をしたのだが、意外な結果になって、不快をかけてしまった。どうもすまなかった」と詫びをいった。

あの夜のことに触れたくないようすで、始終そっぽを向いていたが、唐突にこちらへ向きなおると、なんとも形容のつかぬ愁然たる面もちで、

「そんなことはどうだっていい。あらたまって詫びるほどのことでもないが、おれはあの晩、異常な経験をし、そのために、またはじめから研究をやりなおさなけりゃならないことになったんだ」といった。

そうして極度の失意をあらわしながら、

「哲学的な意味で、賭博をリードするシステムなんてものはありえないというが、たしかに真理だ。あの晩おれは愕然と悟った。おれの今までの研究はなんの価値もない。この黒い手帳に書きつけた公式や法則は、それ自身無に等しいということを発見した……おれはナ、あの晩、夫婦の愚かな計画を思いとまらせるために、わざと負けてみせてやろうと思ったのだ。十年も研究したという男が、だらしのない負けかたをしてみせたら、いかに無謀な夫婦でも、ルゥレットで一旗あげようなんてことは思い切るだろう。そこで、おれは出鱈目な組合せをつくって、どこまでも機械的に押しとおしてやろうとかんがえた。この方法では、絶対に勝つはずはないのだ。

「まず黒を頭にした（2―2―1―3）という組合せを、何度でもくりかえしてやろう。いきなりはじめたところが、ご覧の通りの結果になった。そこで（1―1―1―3）というでまかせな組合せで抵抗することにした。するとどうだ、またその通り目が出るじゃあないか。負けようとあせればあせるほど、勝ちつづけるのだ……おれがなにをいい出すつもりか、貴様にはもうわかったろう。勝負にたいして絶対に無関心な人間だけが、ルゥレットを征服できるということだ。ルゥレットに立ち向うには、システムだけではなんの役にも立たない。勝負にたいする絶対なる無関心……純粋に恬淡な心が必要だ。システムを活用できるのはそういう破格の精神の持ち主にかぎるのだ。仮りに賭博にシステムがあるとすれば、そのような微妙な状態においてのみ存在する……しかるに、このおれはまるで餓鬼のように勝ちたがっている。おれはどんな守銭奴よりも強欲だ。このおれがシステムなんか持って出かけていたら、かならずやられてしまったにちがいない……慄然としたおれはこれからそのほうの研究をはじめる。修業しぬくつもりだ。そういう心の用意ができるまでは、絶対にルゥレットはやらん……しかしだナ」

といってニヤリと笑うと、

「そういう高邁な精神を持つようになったらルゥレットなんかやる気はなくなるだろう……あの晩の貴様のやりかたは愉快ではなかったが、この点では感謝してもいい。それからもうひとつ……いや、これは言うまい」

彼はなぜか頬を紅潮させて窓のほうへ眼をそらした。憔悴した頬が少年のそれのように生々とかがやき、あたかも真紅の薔薇が咲きだしたかの如き印象をあたえた。やがて彼はいった。

「ひとりでしゃべったが、貴様の用はなんだ」

自分は、これから毎日、話しにきたいといった。

「むしろ忝（かたじけ）ない」と彼がこたえた。

一、五日目にはじめて彼を訪ねた。毎日訪問することにしておいたが、夜を除く以外の時間をもって、大急行で毒物学の智識を摂取する必要があったからである。今日の主たる目的は、殺される人間というものは、その直前どんな人相をしているものか、それを見届けるためであった。一般に上停に赤斑が現れるのは横死の相だという。そんなものがあらわれはじめているであろうか。

彼は頭を抱えて長椅子に仰臥（ぎょうが）していた。その顔には苦悩の影がやどっていたが、不吉を感じさせるようなものは見られなかった。彼はチラリと目だけうごかして自分のほうを見ると、

「おれはみょうなことになったよ」

と、とつぜんにいった。

「おれは熱烈にあの細君を愛するようになってしまった。これだけは君にも告白しないつもりだったが、苦しくて我慢できないからいう……どうしてこんなことがはじまったか説明は出来ない。おれは過去にこんな経験を持たぬので、これを恋愛だと認めるのにさえ、だいぶ暇がかかった。はじめは、たぶん情欲だけの問題だとかんがえたので、スファンクス（巴里で公認女郎屋の名）へ出かけてみた。そしてこの感情は肉体の飢餓でなく、心の飢餓によってひきおこされたものだということを知った。

四十三才ではじめて恋愛をしたといったら貴様は笑うかもしれない。どういう激烈な状態ではじまるものか、それだけは察してくれるだろう。この十日の間はどのくらい悶え悩んだか、説明したところで通じるはずはない。ただおれは人間が我慢するであろう苦悩の最も深刻なものを経験したとだけいって

おく。率直にいうが、おれはあの細君に愛されたい。おれのものにしたい。あこがれ、渇望して、いまにも気が狂いそうになる。しかし、それはもとより不可能だ。芸術と賭博と、二つの愚かなもののために、恋愛する資格を消耗してしまった。おれには青春も健康も精力も残っていない。のみならず、彼女は人の妻だ。これは厳粛なことだ。おれの道徳はどんな理由があろうと、それを侵すことはゆるさぬ……苦痛だが、なんとかしてこの感情を圧し殺してしまうつもりだ」

自分はついにひと言でも発することができなかった。低調な精神をもって、壮烈な魂になにを言いかけようというのか。そして、ここに運命の明瞭な初徴を見た。意估地なまでに無器用なやりかたを。

一、その夜、部屋へひきあげようとすると亭主が、

「このごろ南京虫がふえてやりきれないから、部屋を密閉して、燻蒸消毒をするつもりだ。ついでだから、あなたの部屋もやってあげましょう。二日だけ近所のホテルへでも行ってくればすむのだから」と云った。

「やってもらってもいいが、燐などを燃されると標本が駄目になってしまうが」というと、

「いや、そんな心配はありません。ピュネリマという無害の燻蒸薬です」とこたえた。

部屋に帰るやいなや、ピュネリマとは、いかなるものかを、調べて見た。それはシャン化物で、燻蒸する際に発する水シャン化酸瓦斯の微量を吸いこむと、もはや絶対に助からないのみならず周到な解剖と精密な毒物検出試験によるのでなければ、死因がなんであるか証明することが出来ぬのである。

オリヴァの「中毒死及その実例」に、六年前、ニースのホテルで起った事例が記述されている。ホテルの支配人は空部屋に燻蒸消毒を施したが、二階の部屋に寝て居た男が、わずかばかり階下から洩れて

来た瓦斯のために死亡したのである。死因は全然不明であったが、ある個人的な理由によって、再三、精密解剖と毒物検出の実験が施されたすえ、かろうじて判明した、自分の部屋でシャン化の燻消を行い、その瓦斯の微量が上の彼の部屋へ洩れて行ったら……その結果は、きわめて明瞭である。

階下の部屋を消毒することが、上階の人間の死を意味するなどと、誰が思いつくだろう。巧妙な夫婦の計画には、驚嘆の念が禁じえない。意図を知りつつ部屋を明けわたせば、積極的に彼等の計画を助けたことになる。

つぎの朝至急の勉強中であるから、部屋を動くわけにはゆかないと謝絶し、その足で六階へのぼって行くと、彼は風邪の気味で赤い顔をして寝ていた。そして、これでは食事にさしつかえるから、細君に病中の用事を達してもらいたい、君から頼んでくれるわけにはゆかぬかと、臆し、赤面しながら、遠まわしにその意味をつたえた。

不憫な恋情がいとしまれてならない。苦しい心の中はもとよりよくわかるが、むざむざ夫婦に機会を与えるような取りはからいは出来ない。

「それくらいのことで、細君を煩わす必要はない。おれがやってやる」といった。

果して、彼は落胆した、以来、よそよそしくするようになった。無情を怨むような眼つきをし、時には自分の来ることを好まないような態度さえ露骨に示す。

一、三日ほど後の夜、六階の住人を夕食に招きたいから伝言を頼むと細君がいった。自分さえ喰えないやつが、なんで人を招く。また新奇な方法を案出したと見てとったので、彼は風邪気味だから、招待には応じられまいと告げた。夫婦が彼に接触する口実になりはせないかとおそれたのである。

つぎの夜、細君が、寝床で丸薬を飲んでいた。丸薬の箱にポリモス錠と書いてあった。病気かときくと、「このごろなんとなく元気がないから、強壮剤をのんでいる」とこたえた。

食事ののち、夫婦に背を向けて新聞に読み耽っていたが、そのうちに、なにげなく顔をあげ、ピアノの黒漆(くろうるし)に映じているものを見た。夫婦はたがいに目でうなずき、瞋恚(しんい)と憎悪のいり交ったるごとき、凄じい視線を自分のほうに送っていた。

生れて以来、いまだ感じたことのないような、深刻な恐怖のうちに夜を明かした。徴候を察知しようとするあまり、いささか打診しすぎ、夫婦に企図を察しられてしまったのである。まだ疑いという程度のものであろうも、危険の程度は同じである。夫婦の計画を知っていると感づいたら、たぶんこのおれも生かしては置くまい。そのためには機会はあり余るほどあるのである。

一、翌朝、「売薬処方便覧」でポリモス錠の処方を調べ、その丸薬には、強壮素として亜砒酸の極微量が含まれていることを知った。なんの目的で彼女が亜砒酸の極微量を服用しているか、意図はすでに明瞭である。極微量から大量へと、漸次、増量服用し、われわれとともに致死量を飲んでも、生命に危害を及ぼさざらんとする目的である。自分は急いで亜砒酸の解毒薬を調べてみた。最も効果のあるのはメチレェヌ青 Bleu de Méthylène の静脈注射である。メチレェヌ青……しかし、それをどうして手に入れるか。残された方法としては、対抗的に自分もまた亜砒酸の極微量を増量服用することであるが、命を賭けてまで観察にふけるほど愚ではない。

一、入ってゆくと、亭主が飯ごしらえをしていた。細君はとたずねると、六階の看護をひきうけて、そっちへ行っているとこたえた。役にも立たぬ一冊の古手帳のために、夫婦は惨酷な機会をつかんでしまった。彼が毒殺されるのはもう時間の問題である。たぶん亜砒酸の過度の定服によって身体の諸機能を退行させられ、消えるように死んで行くのであろう。

六階へ行くと、彼は額にうっすら汗をかいて眠っていた。はかない冬の夕陽が顔にさしかけ、一種、蒼茫たる調子をあたえている。顔は急に彫が深くなり、鼻が聳え立っているように見える。抜群の精神と、少年のごとき純真な魂をもったこの男は、低雑下賤な夫婦のために殺される。自分の心のなかでつぶやいた。貴様はもう死ぬ……交際の日は浅かったが、年来の友と死別するような悲哀の情を感じた……。この男も薄命であった。

つぎの日の夜あけごろ、前の廊下を駆け歩くあわただしい足音を聞いた。扉をあけて走ってゆく細君をつかまえてきくと、彼が頑固な嘔吐をはじめたので医者を迎えに行くところだとこたえた。行ってみると、彼はとめどもなく嘔吐しつづけていた。もう吐くものがなくなり、薄桃色の液を吐いていた。

夜あけ近く、六階へあがって行った。扉をひきあけると、思いがけない光景が展開した。夫婦は睡眠不足で赤く眼を腫らして、緊張したようすで動きまわっていた。細君は湯タンポを入れ換え、襁褓(むつき)をひきだし、亭主のほうは彼の裸の胸へ足をおしつけて体温で温めようと、一心になっていた。ときどき彼の口のほうへ耳をよせ、呼吸がすこしでも休まり、顔から苦痛の色がうすらぐと、夫婦は涙ぐんだ眼で、うれしそうにうなずきあうのだった。困惑した頭では、この成りゆきに解釈をあたえることができず、茫然たる心をいだいて部屋に帰った。

一、二週間にわたる夫婦の看護で、類似赤痢から奇蹟的に命をとりとめ、彼は寝台のうえに坐っていた。自分を寝台の横にかけさせると、彼は唇のはしに皮肉な皺をよせながらいった。

「おれは自殺するつもりで毎晩、あの雨受けの腐れ水を飲んでいたんだ。これ以上生きながらえていると、賭博の研究で次第に消耗してしまう。そんな死に方では、死にきれなくなったんだ。おれのシステムが完成して、千万の金をもうけたって、おれの肉体は過労で困憊して、その金をバラ撒く力さえ残っていないだろう。芸術の夢と賭博の幻にとりつかれ、四十三年、恋愛ひとつせずに克服してきたが、たとえ、どのような富が将来に約束されていようと、このうえ、こんな生活をつづけるのがいやになった。いささかでも自分の胸に恋愛を感じ得るやわらかな情緒の残っているうちに、人間らしい死にかたで死にたくなったんだ。賭博のためでなく、恋愛のために死にたくなったんだ。生涯たった一度の恋愛をし、愛人に看護されながら死ぬなら、それこそ、本望でないか。それを、あの夫婦がむやみに介抱して、とうとう、治しちまいやがった」といった。

一、二日ほどのち、お別れだといって夫婦が部屋へはいってきた。細君が、懺悔したいことがあるといいだした。

「あたしたち、六階の先生を殺そうと思っていたんです。なんの目的かいわなくともおわかりでしょう。でも、それはかんがえるほどたやすいものではありませんでした。いざ、やろうとなると、二人で顔を見あわせて、溜息をついてしまうんです……そのうちに、あのかたを看病することになって、いつでもやれるようになりましたが、そうなると、あたしのいないうちに夫がやりはしまいか、容体がすこし悪くなれば、自分が毒を飲ましたと思われはしまいかと、たがいにさぐりあい、監視しあって、敵同志のようになってしまったんです……。そのうちに、こんなに苦しむなら、たとえ餓死をしても、よそうといいだしました。そこへ、あの急変でしょう。このまま死なせると、あたしたちの思いで殺したようになるので、死身に看護して、とうとうなおしてしまいました」

亭主は白耳義（ベルジック）のスパ（温泉場）へ行って、自分のシステムでルゥレットをやって見ること、大勝をする気なぞない、毎日細く食べて行けるだけ勝てば満足であること、

「もし、いけなかったら、そのときは夫婦心中をするんです」といって細君のほうへ振返った。細君は夫の手の上に手を載せた。それが同意のしるしでもあるように。

夕方、夫婦は白耳義（ベルジック）へ発っていった。タクシーの窓の中で手を振りながら。
一、五日ほどのち、六階へ上ってゆくと、彼はたぐまったような恰好で寝台に横になっていた。すごく痩せ細り、顔などは、びっくりするほど小さくなっていた。入って行くのをもどかしそうにながめながら、彼は、肝癪（かんしゃく）をおこしたような声でいった。
「おい、おれはこうやって、三日も貴様を待っていたんだぞ……おれは動けなくなったんだ。手も足も萎えてしまって、身動きひとつ出来やしないんだ」

どうしたのかとたずねると、彼は忌々しそうに唇をひきゆがめながら、

「なあに、自殺するつもりで、いろんなものを出鱈目に飲んでやったんだ。眼薬だの、煙草の煮汁だの、写真の現像液だの……そして、眼をさまして見たら、こんなことになっているんだ」

火のついたような眼で自分の眼を見つめながら、

「貴様を待っていたのは、おれを窓から投げだして貰いたいからなんだ。手足がすこしでも利いたら、這って行っても、じぶんでやる。死ぬのに、ひとに手数をかけたくないが、いまいったように、指一本、動かせやせぬ。だからたのむのだ。金もなく、身よりもない外国で、中風になって生きているのは、ど

んなに悲惨か、貴様にもわかるだろう。余計なことをいう必要はない。友達がいに、最後のいやな役をうんといって承知してくれ。遺書は書いて、あのとおり机に載せてある。どんな意味でも、貴様に迷惑のかからないようになっている……そして、へんないいまわしをすれば、貴様に投げだしてもらえたらどんなにうれしいだろうと思って……なにしろ、フランスくんだりの……、こんな汚い部屋で……一人で壁をながめながら……死ぬんじゃあないからな……最後に、貴様の手の温みを……身体に感じながら……」

「よし、投げだしてやる。いますぐで、いいか」

彼はうなずいた。

自分は猶予なく彼を抱きあげた。これが肉体かと思うような軽さだった。彼は満足そうにつぶやいた。

「システムは完成した。とうとうポアンカレをとっちめてやった。どんな方法か、読めばすぐわかる。手帳は、胸のかくしに入っている」

「それを、おれにくれるというのか」

「やるとも」

彼のかくしから手帳をぬきとって上着のポケットへ放りこむと、彼を窓框（まどわく）に立たせ、しばらく、巴里の屋根々々をながめさせてやった。

彼は顔を顰（しか）めて、「もういい」といった。

自分はうしろから強く突いた。彼は勾配の強いスレートの屋根の斜面を辷（すべ）り、蛇腹の出っ張りにぶちあたってもんどりをうち、足を空へむけた妙な恰好で垂直に闇の中へ落ちて行った……。

空が白んできた。このへんでやめよう。手帳はストーヴへ投げこみ、この出来事にキッパリとした結末をつけるつもりだ。二度と思いだすまい。

黄泉から

一

「九時二十分……」

新橋のホームで、魚返(おがえり)光太郎が腕時計を見ながらつぶやいた。

きょうはいそがしい日だった。十時にセザンヌの「静物」を見にくる客が二組。十一時には……夫人が名匠ルシアン・グレエヴの首飾(ペンダント)のコレクトを持ってくることになっている。午後二時には……家の家具の売立。四時には……詩も音楽もわかり、美術雑誌から美術批評の寄稿を依頼されたりする光太郎のような一流の仲買人(アジャン)にとっては、戦争が勝てば勝ったように、負ければまた負けたように、商談と商機にことを欠くことはない。

こんどの欧州最後の引揚げには光太郎はうまくやった。みな危険な金剛石を買い漁って、益もない物換えにうき身をやつしているとき、光太郎はモネ、ルノアール、ルッソオ、フラゴナール、三つのヴェルメエルの作品を含むすばらしいコレクションを糶(せ)りおとし、持っていた金を安全に始末してしまった。

仲介業者の先見と機才は、倦怠と夢想から湧きでる詩人の霊感によく似ていて、この仕事に憑(つか)れると抜け目なく立ち廻ることだけが人生の味になり、それ以外のことはすべて色の褪せた花としか見えなくなる。

光太郎がホームに立ってきょうの仕事の味利きをしていると、鸚鵡(おうむ)の冠毛のように白髪をそそけさせた六十歳ばかりの西洋人が、西口の階段からせかせかとあがってきた。

「おや、ルダンさんだ」

上衣はいつもの古ぼけたスモオキングだが、きょうは折目のついた縞のズボンをはき、パラフィン紙で包んだ、大きな花束を抱えている。ジュウル・ロマンの喜劇、「恋に狂う翰林院博士トルアデック氏、花束を抱えて右手から登場」といったぐあいである。

メタクサ伯爵夫人が早稲田大学の仏文科の講師をしていたのは二十年も前だが、ルダンさんはそれよりもまた十年も早いのだから、もう三十年ちかく日本に住んでいるつつましい老雅儒(がじゅ)で、光太郎が記憶するかぎりでは、こんなようすはまだいちども見たことがなかった。

ルダンさんの家庭塾(フォアイエ)には光太郎ばかりではなく、光太郎のただひとりの肉親である従妹のおけいもお世話になっていて、ルダンさんの指導で大学入学資格試験の準備をすすめ、この戦争がなければソルボンヌへ送りこんでもらっていたところだった。

ルダンさんは弟子たちをじぶんの息子のように待遇する。弟子のためなら智慧でも葡萄酒でも惜しげもなくだしつくしてしまう。どうやら資格も出来、いよいよフランスへ出発ときまると、貧乏なルダンさんが、アルムーズとか、シャトオ・イクエムとか、巴里の「マキシム」でもなかなかお目にかかれないような、ボルドオやブルゴーニュの最上古酒を抜いて門出を祝ってくれる。

光太郎もこうして送りだされた一人で、フランスで美術史の研究をするはずだったのが、新進のアジヤン・ア・トゥフェ(万能仲買人)になって八年ぶりで日本へ帰ってきた。

ルダンさんの家は光太郎の家からものの千メートルと離れていないが、さすがにばつがわるく、いちど玄関へ挨拶にまかり出たきりで、その後、それとなくごぶさたしていたのである。

光太郎は困ったと思ったが、隠れるところもないホームの上なので、ままよと観念してとぼけている

と、ルダンさんは光太郎を見つけて、

「おお、光太郎」

といいながらそばへやってきた。

「ごぶさたして居ります。きょうはどちらへ」

ルダンさんは光太郎の手提鞄（セルヴィエット）をじろりと見てそっぽをむくと、

「きまってるじゃないか。きょうはお盆だから、墓まいりさ」

と、つっけんどんにいった。

七月十三日……そういえばきょうはお盆の入りだった。それはともかく、十月二日の「死者の日」には、いつも亡くなられた夫人（おく）さんの写真に菊の花を飾るが、お盆に墓まいりとはきいたこともなかった。

「失礼ですが、どなたの墓まいりですか」

とたずねると、ルダンさんはめずらしくフランス語で、

「アンシュポルタブル！（手がつけられない！）」

とつぶやいてから、

「この戦争でわたしの弟子が大勢戦死をしたぐらいは察しられそうなもんじゃないか」

と、とがめるような眼つきで光太郎の顔を見かえした。

あゝそうだったと思って、さすがに光太郎も眼を伏せた。

「ほんとうにたいへんでしたね。何人ぐらい戦死しましたか」

「十八人……一人も残らない。これで少なすぎるということはないだろう。日本へ来てまでこんな目に

あうなんて」

ハンカチを出して鼻をかむとそれを手に持ったまま、

「まあ、愚痴をいったってはじまらない。ともかく、よかれあしかれ、この戦争の『意味(サンス)』もきまった。なんのために死んだかわからずに宙に浮いていた魂も、これでようやく落着くだろう。だから、今年のお盆は、この戦争の何百万人かの犠牲者の新盆だといってもいいわけだ。それできょうはみなに家へ来てもらって大宴会(パンケエ)をやるんだ」

「なんですか、大宴会(パンケエ)というのは」

「わたしはみなに約束したんだ。戦争がすんだら王朝式の大宴会(パンケエ)をやるって。つまり、これからその招待に行くんだ……本式にやれば、提灯をつけて夕方お墓へ迎いに行くんだろうが、みなリーブル・パンスウルだから形式にこだわったりしないだろう。もっとも、間違いのないように名刺は置いてくる」

「でも、降霊術(ネクロマンシイ)のようなものは、カトリックでは異端なんでしょう」

「どうしてどうして、カトリックの信者ぐらい霊魂いじりのすきな連中はない。故人がうんざりするほど呼びだして、愚問を発して悩ますんだ。一年に一度、迎い火を焚いて霊を待つなんていう優美なもんじゃない。来ないと力ずくでひっぱりだしかねないんだから」

「では、わたくしもお供しましょうか」

「まあ、やめとけ。死したるものは、その死したるものに葬らせよという聖書の文句は素晴らしいね。昨日わたしはみなの墓を廻ってみたんだけれども、掃除をしてあるのはただの一つもなかった。日本人は戦争で死んだ人間などにかかずらっているひまはないとみえる。それも一つの意見だろうが、死んだやつは間抜け、では、あのひとたちも浮ばれまいと思うよ」

「それで、おけいも呼ばれているのですか」

「君はだんだんフランス人に似てきたね。それも悪いフランス人にさ。そういう質問は、冷酷というよりは無思慮というべきものだよ。おけいさんの遺骨はまだニューギニアにある。これは遠いね。ちょっと迎いに行けないが、おけいさんはきっと来てくれるよ。君のような俗人にはわからないことだ」

「ひどいことをいわれますね」

「ひどいのは君さ。君はこの八年の間、一度もおけいさんに手紙を書かなかったそうだね」

「おけいがそんなことをいいましたか。あいつだって八年の間一度も手紙をよこしませんでしたよ」

「それはそうだろうさ。君が書けないようにしたんだよ。君がおけいさんをあまり子供扱いにするので、おけいさんは手も足も出なくなってしまったんだ。おけいさんは君が好きだったんだが、あきらめてしまったらしい。おけいさんが別れに来た晩はたいへんな大雪でね、雪だらけになって真青になってやってきた。そして君のことをいろいろいっていた。君にだれかと結婚してもらって、はやく楽になりたいといっていた」

「あの子供が？」

「あの子供がさ……そうして、君が帰ってきたら、じぶんの友達の中からいいひとをお嫁さんに推薦するんだといっていた……つまらない、もうやめよう。おけいさんがしょっちゅう君のことばかりかんがえていたといってみたって、それがいまさらどうなるんだ。もう死んでしまったひとなんだから……さあ、さあ、君は早く事務所へ行って取引をはじめたまえ。日本橋へ行くんだろう。ほら、電車がきた」

二

神田で降りると、ここの市場もたいへんな雑踏で、炎天に砂埃とさかんな食物（くいもの）の匂いをたちあげ、修羅のようなさわぎをしていた。

売るほうも買うほうも、動物的な生命力をむきだしにしてすさまじいコントラストを見せ、三百万人も人が死んだ国のお盆にふさわしい哀愁の色などはどこにもなかった。

光太郎はふと十月二日の巴里のレ・モール（死者の日）のしめやかなようすを思いだした。巴里中の店は鎧扉をしめ、芝居も映画も休業し、大道は清々（すがすが）しい菊の香（か）を流しながら墓地へいそぐ喪服のひとの姿しか見られなくなる。

巴里の山手、ペール・ラシューズの墓地の上にBelle-vue de Tombeauという珈琲店がある。「墓地展望亭」とでもいうのであろうか。そこのテラスに掛けると、眼の下に墓地の全景を見わたすことが出来る。

光太郎は「死者の日（レ・モール）」によくそこへ出かけて行った。手をひきあう老人夫婦、黒い面紗（ヴォアール）をつけた若い未亡人、松葉杖をついた傷痍（しょうい）軍人、しょんぼりした子供たち……喪服を着たものしずかな人達が、いま花束を置いてきたばかりの墓にもういちど名残りをおしむためにこのテラスへやってくる。みなテーブルに頬杖をつき、悲しげな眼ざしを糸杉の小径のほうへそよがせる。どの顔も死というものの意味を知り、それを悼むことの出来る深い顔つきばかりで、こういう国ならば死ぬこともたのしいかなと、感慨にしずんだことがあった。

「これはどうもいけなかったな」

とつぶやいて、光太郎は汗をふいた。

光太郎の一族はふしぎなほどつぎつぎと死につぎ、肉親というのはおけいひとりだけになってしまったが、それが婦人軍属になってニューギニアへ行き、カイマナというところで死んだときいたときもかくべつなんの衝動もうけず、きょうルダンさんに逢うまではほとんど思いだしたことさえなかったのである。

光太郎は事務所へ行くと、きょうの約束をみな電話で断ってしまった。明日からまた卑俗な世渡りにあくせく追いたてられるのであろうが、せめてきょう一日だけは全部の時間をおけいの追憶についやそうと思った。

光太郎の家は下町にあったので、祖母が生きているころまでは、お盆のまつりはなかなか派手なものだった。真菰（まこも）の畳を敷いてませ垣をつくり、小笹（おざさ）の藪には小さな瓢箪と酸漿（ほおずき）がかかっていた。巻葉を添えた蓮の蕾。葛餅に砧巻。真菰で編んだ馬。蓮の葉に盛った団子と茄子の細切れ……祖母がさあさあ、どなたも明るいうちにおいでくださいなどといいながら迎い火を焚いていたことが記憶に残っている。

霊棚（たまだな）をつくり、苧殻（おがら）を焚いて、古いしきたりのようにして迎えてやったらどんなによかろうと思うのだが、棚飾りのようすがぼんやりと思いだせるだけで、細かい手続きはなにひとつ知っていないのが口惜しかった。

光太郎は椅子に沈みこんでかんがえていたが、このうえはもう自己流でやるほかはないと思って友達に電話をかけた。

「きょうはひとつ骨を折ってもらいたいね」

「むずかしそうですな……モノはなんでしょう」

「ショコラ、キャンディ、マロン・グラッセ、ブリュノオ……まあそんなものだ」

「へへえ、いったいどういうことなんですか」

「それから、女の子が飲むんだから、なにか甘口のヴァン・ド・リキュウルがあったろう」

「これは恐れいりましたな。オゥ・ソーテルヌならあてがありますが」

「ああ、それをもらおう。どうだね。夕方の五時までということに」

「かしこまりました。お届けいたします」

夕方、届いたものを包みにし、銀座のボン・トンへ寄ってキャナッペを詰合わせてもらい、それを抱えて家へ帰ると、居間の小机へごたごたとならべてみたが、どうもしっくりしない。暖炉棚(マントル)へ移したり、ピアノの上へ飾ってみたりいろいろやったが、形式がないというのはしょうのないもので、どうしてみても落着かない。

写真でもと思って、さがしてみたが一枚もない。八年前、欧羅巴(ヨーロッパ)へ発つとき、ひっかかりになっていた芸者の写真といっしょに焼いてしまったような気もする。

手も足も出なくなってぽつねんと椅子にかけて蟋蟀(こおろぎ)の鳴く声をきいていると、これでもうこの世にひとりの肉親もないのだという孤独なおもいが胸にせまり、じぶんにとっておけいは、かけがえのない大切な人間だったことがつくづくとわかってきた。

いまさらかえらぬことだが、じぶんにもうすこしやさしさがあったら、おけいを巴里へ呼びよせていたろうし、そうすればニューギニアなどで死なせることもなかったわけで、いわばじぶんの冷淡さがおけいを殺したようなものだった。

おけいが肉体のすがたをあらわすとは思わないけれども、来たなら来たでなにかしらおとずれがあるはずで、光太郎の感覚にそれがふれずにすむわけはないのだが、露台からそよそよと風が吹きこむばかりでなにひとつそれらしいけはいは感じられなかった。

「どうして、どうして」

ピアノの上にしらじらしく立っている葡萄酒の瓶や、生気のない皿のキャナッペをながめながら、光太郎はじぶんの虫のよさに思わず苦笑した。

ルダンさんのところはどうだろうと思って露台に出てみると、食堂の窓からあかあかと電灯の光が洩れ、もう宴会がはじまったのだとみえ、ルダンさんが上機嫌なときに奏（ひ）くまずいピアノがきこえていた。

光太郎のうちはもと銀座の一丁目にあって、おけいの家は新堀（しんぼり）にあった。

おけいは父の五十五の齢に産れたはじめての女の子だったが、上の三人はみな早く死んでいたので、そのよろこびかたといったらなく、一家中気がちがうのではないかと思われたほどだった。

そのころ堀川はまださかんなもので、派手堀川といわれた先代がまだ生きていて、福井楼へ百人も人を招（よ）んでさかんな帯夜（おびや）の祝いをした。芸者の数だけでもたいへんなものだ。その夜の料理は一人前四百円についたというので評判だった。

たぶんおけいが六歳ぐらいのことだった。光太郎が堀川へ遊びに行っているとおけいの父の新造が、きょうおけいとお月見をしますが、あなたもと誘った。

おけいのお守りに芸者が七人、橋光亭から船をだして綾瀬まで漕ぎのぼると、おけいの父が用意してきた銀の総箔の扇を山ほどだして、さあ、みなでこれを放っておくれといった。芸者たちが、おもて、みよし、艫とわかれておもいおもいに空へ川面へ銀扇を飛ばすと、ひらひらと千鳥のように舞いちがうのが月の光にきらめいて夢のようにうつくしい。おけいは中ノ間の座布団に坐って父の膝にもたれ、ニコニコ笑いながらながめていた。

こんな育てられかたをしたので、鷹揚なことはこのうえもなく、放っておけば一日でもご飯を食べずにおっとりと坐っている。けっしてものをねだったり、催促したりしない娘だった。

昭和十年の冬、堀川が自火をだして丸焼けになり、両親は東京を遠慮するといって鵠沼へひっこんだが、間もなく死んでしまった。おけいは赤坂表町の須藤という弁護士の家へあずけられ、三崎町の仏英和女学校へ通っていたが、水曜日にはルダンさんのところへきてフランス語の勉強をしていた。いまにして思うと、光太郎がフランスへ連れて行ってくれるものときめ、その用意をしていたわけだった。

日本を発つ前の晩、おけいは別れにきた。茄子紺の地に井桁を白く抜いた男柄の銘仙に、汚点ひとつない結城の仕立おろしの足袋というすっきりしたようすでやってきて、おばあさまの琴爪をちょうだいといった。

おばあさまの琴爪というのは、琴古の名人だった光太郎の祖母が死ぬとき、これはおけいに、といって遺したものだった。

光太郎がどうしたんだとたずねると、あなたはもう日本へ帰っていらっしゃらないでしょうから、きょういただいておかないと、もういただけなくなってしまうからといった。

「お客さまでございます」

という声がした。おどろいて顔をあげると女中さんが立っていた。

「だれだい」

「あの、二十二三の若いお嬢さまでございますが」

光太郎は、えっといって椅子から立ちあがった。

三

玄関へ出てみると、眼に張りのある、はっきりした顔だちの、いかにもお嬢さんと呼ぶにふさわしいような品のいゝひとが立っていて、

「失礼ですけど、こちらさま、もと銀座にいらした魚返さんではございませんかしら」

とたずねた。

光太郎がそうだとこたえると、やはりそうだったわ、とうれしそうに口の中でいった。

居間へ通ると、千代は日本人にしては長すぎる脚を斜に倒すようにして椅子にかけて、

「あたくし、もと銀座に居りました今屋（いまや）の伊草（いぐさ）のもので、千代と申しますんですけど、こんどニューギニアから帰ってまいりましたので、おけいさんのこと、すこしお話しもうしあげたいと思って、それで、お伺いしましたのよ」

若々しい、そのくせよく練れた落着いた声でそういった。

「それはどうも、ごしんせつにありがとうございます。おけいの霊代(たましろ)もありませんので、こんなみょうなことをやって居りますが、お差しつかえなかったら、どうかゆっくりしていらしてください」

「ありがとうございます。じつは帰りますとすぐにおたずねしたかったのですけど、こちらさまのお住居(すまい)がわからなかったものですから」

「今屋さんの建物は、むかし銀座の名物でした。明治初年ごろの古い洋館で、油絵具をはじめて輸入なすったので、よくおぼえて居ります。それで、おけいとはニューギニアで、いつごろ」

「おけいさんはすぐカイマナへ行かれたのですけど、あたくしどもはさんざん追いつめられ逃げこんだので、おけいさんにお逢いしたのは終戦の半年ぐらい前でしたの」

「カイマナというのはどんなところですか」

「帰りましてから、ジイドの『コンゴ紀行』を読んでそう思いましたんですけど、あの中の（パンギとノラ間の大森林）という章の描写にそっくりなのよ。……見あげると眩暈(めまい)のするような巨木が一列になって歩き廻っていると書いてありましたけど、ちょうどそんな感じのところなんですの」

「わかるような気がしますね」

「あたしたちの仕事は、それは辛いんです。半年の間、毎日滝のように降りつづけていた雨がやんで雨季があけますと、急に温度があがるので、活字が膨脹してレバーであがってこないのに印字ガイドまで狂って、どうしたってミスばかり打つんですの……ちょうどババ作戦の最中で、作戦関係の文書はみな暗号ばかりですから、五日がかりでしあげた大部なものでも、一字でもミスがあれば打ちなおしを命じられます。それはまるで命をけずられるようなひどい明暮れで、あたくしどもは宿舎へ帰ると、もうなにをする元気もなくてすぐ横になってしまうんですけれど、おけいさんは池凍帖(ちとうじょう)を置いてお習字をしたり、お琴をひいたり、ひとりでたのしそうに遊んでいらっしゃいましたわ」

「琴って、十三絃のあの琴のことですか」

「ええ、そうなんですの。病室の衛生兵に秋田というひとがいて、これは京都の有名なお琴師さんだそうで、おけいさんの部屋に琴爪があるのをみつけて、そんなら琴をつくってあげようといって、あのへんのラワンやタンジェールなどという木で琴をつくってくれましたの。甲におもしろい木目のある本間(ほんけん)の美しい琴でしたわ」

「そんなこともあるのですか。かんがえもしませんでした」

「あたくしたち、夜直でおそくなって、月の光をたよりに帰ってきますと、ジャングルの奥から『由縁(ゆかり)』なんかきこえてきますと、なんともいえない気持がいたしましたわ」

光太郎は下目に眼を伏せてきいていたが、玲瓏と月のわたる千古の密林を洩れる琴の音は、どんなに凄艶(せいえん)なものだろうと思っているうちに、あの琴爪で琴をひいているおけいのようすが眼に見えるようでふと肌寒くなった。

「おけいさんはあんな方ですから、なにもおっしゃらなかったのですが、そのころはもうだいぶお悪かったのです。終戦のすこし前でしたが、雨に濡れてお帰りになってたいへん喀血なさると、ずんずんいけなくおなりになって、病室へ移すとまもなく危篤ということになりました……それで、あたくしみなさんを代表してお別れにまいりますと、枕元に『謡曲全集』なんて本が置いてありますので、こんなものお読みになるのとたずねますと、ええ、ほんとうにいいコントばかりよ、すばらしいと思うわといって、『松虫』のはなしをはじめて、枯野を友とあるいているうちに、その友がいつの間にか死んでいたというところまできますと、だしぬけにふっとだまりこんで、大きな眼でじっと天井を見つめていらっしゃいますのよ。どうしたのだろうと思って顔をみていますと、ちっとも眼ばたきしないようなので、おけいさん、おけいさん、どうなすったのと大きな声をだしますと、おけいさんは夢からさめた人のような眼つきであたしの顔をごらんになりながら、面白かったわ、あたしいま巴里へ行って来たのよとおっしゃるの……そう、どんな景色だって、とたずねますと、あれはマドレーヌというのでしょう、太い円柱が並んでいるお寺の前の道を、光太郎さんが煙草を吸いながら歩いていたわ、とそんなことをおっしゃいました」

「それは、いつごろのことですか」

「六月二十七日。お亡くなりになる朝のことでした……日が暮れて、いよいよご臨終が近くなると、なんともいえない美しい顔つきにおなりになって、あたし『松虫』は文章がきれいだからすきなのよ、とおっしゃって、いい声で上げ歌のところを朗読なさいました。

そこへ部隊長がいらして、ご苦労だった。こんなところで死なせるのはほんとうに気の毒だ。お前、なにかしてもらいたいことはないか。遠慮しないでいいなさい。どんなことでもいい、といわれますと、おけいさんは、では、雪を見せていただきますとおっしゃいました。

雪……雪って、あの降る雪のことか。ええ、そうですわ。これは困った、神さまでないかぎり、ニューギニアに雪など降らせられるわけはなかろうじゃないかといいますと、おけいさんは笑って、冗談ですわ。内地を発つ晩、きれいな雪が降りましたので、もういちど見たいと思ったのです、とおっしゃいました。

そのとき、軍医長が部隊長になにか耳打ちしますと、部隊長は眉をひらいたような顔つきになって、じゃ、そうしようといっておけいさんを担架に移して下の谷間のほうへ運びだしました。

あたくしたち、なにがはじまるのだろうと思って担架について谷間の川のあるところまでまいりますと、空の高みからしぶきとも、粉とも、灰ともつかぬ、軽々とした雪がやみまもなく、チラチラと降りしきって、見る見るうちに林も流れも真白になって行きます。

部隊長はおけいさんに、さあ、見てごらん。雪を降らしてやったぞと高い声でいわれますと、おけいさんはぼんやり眼をあいて、雪だわ、まあ美しいこととうっとりとながめていらっしゃいましたが、間もなく、それこそ眠るように眼をとじておしまいになりました」

「その雪というのは、なんだったのですか」

「ニューギニアの雨期明けによくある現象なんだそうですけど、河へ集まってきた幾億幾千万とも知れないかげろうの大群だったのです」

「ありがとうございました。これを聞けなかったらなにも知らずにしまったところでした」

といっているうちに、この家をだれから聞いたろうとふしぎになって、

「この家はながらくひとに貸してあったのを、つい一昨日明けさせて越してきたばかりで、どちらへもまだ移転の通知をしてありませんが、よくここがおわかりになりましたね」

というと、伊草は光太郎の顔を見ながら、

「えゝ、あたくし、きょうこの先の宋林寺へお墓まいりにまいりましたのよ。いつも六阿弥陀のほうか

ら帰るのですけど、きょうはなにげなく長明寺(ちょうめいじ)のほうへ曲りますと、すっかりわからなくなって、このへんをいくどもぐるぐる廻っているうちに、ふと見るとお宅の表札に魚返と書いてありますでしょう。いちどおたずねしなければと思って居りましたもんですから、ふらふらと玄関へ入ってしまいましたのよ。でも、かんがえてみますと、ずいぶん頓狂なはなしね。あたしいやだわ」

といってうっすらと顔を赧(あか)らめた。

光太郎は、おけいが光太郎のお嫁さんはじぶんの友達を推薦するといっていたという、今朝のルダンさんの話を思いだし、この娘をここへ連れてきたおけいの意志をはっきりと理解した。

急に別な眼になってそのひとを見なおすと、いままで気のつかなかったいろいろなよさがだんだんわかってきた。

月の光を浴びたような無垢な皮膚の感じも、張りのある感覚のよくゆきとどいた深い眼の表情も、健康そうな生の唇の色も、どれもみないつかおけいに話してきかせた光太郎の推賞する科目だった。薄い梔子(くちなし)色の麻のタイユウルの胸の襞のようなものは、よく見ると、大胆な葡萄の模様を浮彫のように裏から打ちだしたもので、葡萄の実とも見えるガーネットの首飾と照応して、日本ではたいていの場合みじめな失敗に終るバロック趣味を成功させていた。

伊草の娘が帰ると、光太郎はそのまま玄関に立って腕を組んでいたが、おけいはこれからルダンさんのところへ行くだろうと思うと、せめて門までも送って行ってやりたくなった。

「提灯をつけてくれないか」

女中がおどろいたような顔をした。

「さあ、提灯は……懐中電灯でいけませんか」

「いや、提灯のほうがいい」。

光太郎は提灯をさげてぶらぶらルダンさんの家のほうへ歩いて行ったが、道普請(みちぶしん)の壊(く)えのあるところへくると、われともなく、

「おい、ここは穴ぼこだ。手をひいてやろう」

といって闇の中へ手をのべた。

予言

安部忠良の家は十五銀行の破産でやられ、母堂と二人で、四谷谷町の陽あたりの悪い二間きりのボロ借家に逼塞していた。姉の勢以子は外御門へ命婦に行き、七十くらいになっていた母堂が鼻緒の壺縫いをするというあっぷあっぷで、安部は学習院の月謝をいくつもためこみ、どうしようもなくなって麻布中学へ退転したが、そこでもすぐ追いだされ、結局、いいことにして絵ばかり描いていた。

二十歳になって安部が襲爵した朝、それだけは手放さなかった先考の華族大礼服を著こみ、掛けるものがないのでお飯櫃に腰をかけ、「一ノ谷」の義経のようになって鯱こばっていると、そのころ、もう眼が見えなくなっていた母堂が病床から這いだしてきて、桐の紋章を撫で、ズボンの金筋にさわり、

「とうとうあなたも従五位になられました」と喜んで死んだ。

安部は十七ぐらいから絵を描きだしたが、ひどく窮屈なもので、林檎しか描かない。腐るまでそれを描くと、また新しいのを買ってくる。姉の勢以子は不審がって、

「なにか、もっとほかのものもお描きになればいいのに」といい、おいおいは気味悪がって、「林檎ばかり描くのは、もう、やめてください」と反対したが、安部がかんがえているのは、つまるところ、セザンヌの思想を通過して、あるがままの実在を絵で闡明しようということなので、一個の林檎が実在するふしぎさを線と色で追求するほか、なんの興味もないのであった。

安部は美男というのではないが、柔和な、爽やかな感じのする好青年で、一人としてこの年少の友を愛さぬものはなかった。仲間の妹や姪たちもみな熱心な同情者で、それに、われわれがいいくらいに嗾しかけるものだから、四谷見附や仲町あたりで待伏せするようなのも三人や五人ではなく、貧乏な安部のために進んで奉加につきたいのも大勢いたが、酒田忠敬の二女の知世子が最後までねばりとおして、

とうとう婚約してしまった。

　酒田はもとより、知世子自身、生涯に使いきれぬほどのものを持っているので、そちらからの流通で安部の暮しもいくぶん楽になり、四年ほどはなにごともなく制作三昧の生活をつづけていたが、安部が死ぬ年の春、維納（ウィーン）で精神病学の研究をしていた石黒利通が、巴里のヴォラールでセザンヌの静物を二つ手に入れ、それを留守宅へ送ってよこしたということを聞きつけた。

　セザンヌは安部にとって、つねに深い啓示をあたえる神のごときものであったから、そうと聞きながら参詣せずにおけるわけのものではない。紹介もなく、いきなり先方へ乗りこむと、石黒の細君が出てきて、

「まだ、どなたもごぞんじないはずなのに」と、ひょんな顔をしたが、こだわりもせずにすぐ見せてくれた。

　一つは陶器の水差とレモンのある絵で、一つは青い林檎の絵であった。画集ではいくども見たが、ほんものにぶつかったのははじめてなので、これがセザンヌのヴァリュウなのか、これがセザンヌの青と黄なのか、物体にたいする適度の光、じぶんと物体の間にあるなんともいえぬ空気の適度の量、セザンヌが好んだといわれる曇り加減のしっとりとした午後の光線までありありと感じられ、ただもう恐れいるばかりだった。

　それ以来、安部は石黒の留守宅に入りびたっているようだったが、むかしの待伏せ連が、「安部さんも案外ね」というようなことをいいだすようになった。安部が石黒の細君とあやしいというのだが、どうしたいきさつからか、石黒の細君がヴェロナールを飲んで自殺するという大喜利（おおぎり）が出、それを毎夕新

聞が安部の名と並べて書きたてたので、だいぶうるさいことになった。

いちど安部に誘われてその絵を見に行き、石黒の細君なるものに逢ったが、臙脂（えんじ）の入った滝縞のお召に古金襴（こきんらん）の丸帯をしめ、大きなガーネットの首飾をしているというでたらめさで、絵を見ているわずかな間に酒の支度が出来、

「お二人とも、きょうは虜（とりこ）よ」などと素性の察しられるようなことをいいながら椅子に押しつけると、安部の手をひっぱったり、しなだれかかったりして、しきりに色めくのだが、安部はすうっとした恰好で椅子に掛け、飲むでもなく飲まぬでもなく、ゆったりと笑っている。石黒の細君は焦れたのか照れたのか、いきなりわっと泣きだし、なにかいいながらむやみに顔をこするので、鼻のあたまや頬がひっぱたかれたように赧（あか）どす色になった。もともと眉が薄く、眼がキョロリとしているので、上野の動物園にいたオラン・ビン・バタンという赤っ面の猿そっくりの面相になり、とても見られたざまでない。手も足も出るどころか、どんなものずきな男でも、懐手でごめんをこうむってしまうだろうという体裁だった。

石黒の細君とのとやかくのいきさつについては、安部は、「べつに、なにもなかった」というだけで弁解もしなかった。知世子は健康で美しく、知世子はべつにしても、そういう種類の情緒なら、安部の周囲にありあまるほどある。雪隠（せっちん）でこっそりと饅頭を食うようなケチなことをしないのが安部の本領なので、おおよそ考えたって、世間でいうようなものでないことは、安部を知るくらいのものはみな承知していた。石黒の細君の自殺もへんなもので、嫌われたぐらいで突きつめるような人柄とも見えない。そのころ、石黒はシベリヤの途中まで来ていたが、それが日本へ帰りつく前に安部を陥落させようと、

あれこれ手管をつくしているうちに、ついお芝居に身が入りすぎたというようなことだったのだろう。

それから十日ほどして石黒が帰ってきた。一面、滑脱で、理財にも長け、落合にある病院などもうまくやり、理知と世才に事欠くように見えなかったが、内実は、悪念のさかんな、妬忌と復讐の念の強い、妙に削げた陰鬱な性情らしく、新聞社へ出かけて行って安部の讒訴をしたり、なんとかいう婦人雑誌に、「自殺した妻を想う」という公開状めいたものを寄稿し、安部が石黒の細君を誘惑したとしかとれないようないいまわしをするので、世間では、なにも知らずに安部を悪くいうようになった。

酒田は腹を立てて告訴するといきまいたが、なんといっても、亭主の留守へ入り浸ったという一条があるので、強いことばかりもいえない。それで、仲間と伯爵団の有志が会館へ集まっていろいろ相談した結果、このままでは、懲罰委員会というようなことにもなりかねないから、いっそ早く結婚させて、二人をフランスへでもやってしまえということになり、式は十一月二十五日、日比谷の大神宮、披露式は麻布の酒田の邸でダンス付の晩餐会、船は翌二十六日横浜出帆の仏国郵船アンドレ・ルボン号と、ばたばたときまってしまった。

結婚式の前日、維納から帰ったばかりの柳沢と二人でいるところへ、安部がモネのところへ持って行く紹介状をとりにきて、しばらくしゃべっていたが、思いだしたように、

「石黒って奴はえらい予言者だよ。僕は今年の十二月の何日かに、自殺することにきまっているんだそうだ」と面白そうにいった。

前日、石黒から手紙がきたが、それが蒼古たる大文章で、輪廻とか応報とかむずかしいことをながな

がと書いたすえ、つらつら観法するところ、お前は何日に西貢へ着くが、その翌日こういうことがある。何日にはジプチでこういうことが起る。何日にはナポリでこういうことをするが、その場の情景はこうと、アンドレ・ルボン号が横浜を出帆する日から向う何十日かの毎日の出来事を、そのときどきの会話のようすから、天気の模様までを眼で見るように委曲をつくし、トド、なにかむずかしいいきさつののち、安部が知世子と誰かを射ち殺し、その拳銃で安部が自殺する段取りになっていると、予言してよこしたというのには笑った。

「なにを馬鹿な、でたらめをいうにもほどがある。摩訶止観とか止観十乗とかいって、観法というのはむずかしいものなんだ。静寂な明智をもって万法を観照するというから、一種の透視のようなものだが、そんなことが出来たのは増賀や寂心の頃までで、現代には止観文を読めるようなえらい坊主は、一人だっていやしないよ。どうして石黒のような下愚が」

と、いきまくと、安部は出来るなら和解したいと思って石黒を披露に招んだが、それがかえって気に障ったのかもしれないといった。

柳沢は煙草をふかしながら聞いていたが、

「寂心や増賀のことは知らないが、ダニエル・ホームのようなやつなら、欧羅巴にうようよしているぜ」

といいだした。

「いま石黒の話が出たようだが、石黒には、前にこんな話があるんだ。墺太利の代理公使をしていたカレルギー伯爵と結婚して墺太利へ行った、れいのクーデンホフ光子夫人ね、あのひとが維納の近くに住んでいるが、そこへよく日本人が集まる。テニスのデヴィス・カップ戦がすんだあと、S選手と女流ピアニストのTがベルリンから遊びに来ていたところへ石黒がやってきたら、SとTが顔色を変えて石黒をやっつけはじめた。なんでも、Tの友達の女のひとに、石黒が悪いことをしたというんだが、あまりこっぴどくやっつけるので、光子さんが見かねて仲に入ったくらいだった。それから間もなく、Tがベルリンでくだらない交通事故で死んでしまった。見ていた人の話だと、止れの標識が出ているのに、夢遊病者のようにふらふらと前へ出てやられてしまった。あまりわからない話なので、一時は自殺だという評判が立ったくらいだ。その翌年だよ、日本へ帰る途中、なんの理由もなく、Sがマラッカ海峡で船から投身したのは」

「えらいことをいいだしたね。二人がへんな死に方をしたのが、石黒に関係があったというわけなのか」

「さあ、どうかね。僕はただ石黒が、動物磁気学のベルンハイムの弟子だったことを知っているだけだ……しかしまあ、どういうんだろう。話はとぶが、ロマノフの皇室をひっかきまわした、れいのラスプーチンね。あれはメスメルの弟子なんだが、あいつを排斥しようとたくらんだやつは、みんなへんな自殺をしているんだ。宮廷だけでも、十人はいたそうだ」

「他人の心意を、勝手に支配出来る能力が存在するというのは、愉快じゃないな。でも、そういう心霊的な力が、ほんとうにあり得るのだろうか」

「あり得るんだよ。のみならず、そういう人間は、それくらいのことは、わけなくやれるので困るんだ。僕はシャルコーやベルンハイムのことを調べたから知っているが、それがどういうものだと、理解のいくように語りわけることはいるまい。信じられない人間は、信じなくともかまうことはない。SやTの場合だけでも、まぎれもなく、そういうことが現実にあったのはたしかだ」

翌日、三時過ぎに式が終って、二人は麻布の邸へひきあげたが、四時から披露式がはじまるので、知世子は美容師が待っている部屋へ著換えに行った。安部は一人で居間にいると、四時近くになって、小間使が松濤の石黒さまからといって、金水引（きんみずひき）をかけたものを持ってきた。四寸に五寸くらいのモロッコ皮の箱で、見かけに似ず、どっしりと持ち重りがする。なんだろうと明けてみると、コルトの二二番の自動拳銃が入っている。まったく、いやはやというほかはないので、どんな顔で石黒が水引をかけたろうと思うと、くだらなくて腹を立てる気にもなれない。御厚意は十分に頂戴したからと、礼状をつけて小包で送り返してやろうと考えているところへ、知世子が入ってきた。びっくりさせるにもあたらないから、それをそっとズボンのヒップへ落しこみ、そのうちに時間が来たので、階下へ降りた。

玄関を入ると、正面のリンブルゴの和蘭（オランダ）焼の大花瓶に、めざましく花をつけた薔薇の大枝を一と抱えほども投げ込みにし、その前に安部と知世子が立ってニコニコ笑いながら出迎えをしていた。そこへ酒田が来て、二人のほうを顎でしゃくりながら、

「なかなかいいじゃないか」

と自慢らしくいう。大振袖を著た知世子も美しいが、燕尾服を著た安部も見事だ。安部を知世子にとられたとも思わないが、やはり忌々しい。

「これや、ちょっと口惜しいね」

すると後にいた松久が、

「あまり、いい気になるといけないから、すこし、たしなめてやろう」

といって知世子のところへ行った。

「知世子さん、安部を一人でとってしまった気でいては困るよ。あなたには、いろいろ怨みがかかっているんだ、男の怨みも女の怨みも……気をつけなくっちゃいけない」

知世子は、ええ、それはようく承知していましてよ。もう、さんざどやされましたわ、と、うれしくてたまらないふうだった。

二人は五時頃まで玄関に並んで、出迎えをしたり祝詞を受けたり、華々しくやっていた。そのうちにホールで余興がはじまり、おもだったひとも来つくしたようなので、脇間に集まっている女子部時代の仲間に知世子をひきわたし、安部はホールへつづく入側（いりがわ）になった廊下のほうへ歩いて行った。

一方は広い芝生の庭に向いた長い硝子扉で、一方はホールの窓がずうっとむこうへ並び、そこからシャンデリアの光があふれだしている。暮れ切ったが、まだ夜にならない夕なずみの微妙なひとときで、水色に澄んだ初冬の暮れ空のどこかに、夕焼けの赤味がぼーっと残っている。樹のない芝生の庭面（にわづら）が空の薄明りに溶けこみ、空と大地のけじめがなくなって、曇り日の古沼のように茫々としている。はかない、しんとした、妙に心にしむ景色だった。安部は眠いような、うっとりとした気持で、人気のない長い廊下を歩いていると、ふいに眼の前に人影がさした。おどろいて右へよけようとすると、むこうも右へよける。反対に動くと、むこうもそっちへ寄る。二三度、ちんちんもがもがやっているうちにたがいに立ちすくんで、睨（にら）みあうようなかたちになった。

こんな羽目になると、たいていなら、やあ、失礼とかなんとかいって笑いほぐしてしまうものだが、相手はひどく機嫌を損じたふうで、むっとこちらの顔ばかりねめつけている。窓と窓との間の、薄闇のおどんだツボに立っているので、あいまいにしか見えないが、眼の強い、皮肉らしい冷やかな感じのする、とりつき場のない男だ。安部は気むずかしいやつだと思ったが、その瞬間、これは石黒だなと直感した。

石黒なら、これくらい渋味を見せても、ふしぎはないわけだが、明日、日本を離れるのだから、和解出来るものなら和解しておきたい。石黒がなにかいいだしたら、すまなかったくらいのことはいうつもりでいたが、石黒は狭く依怙地になっているとみえて、和らぐ隙をくれない。しょうがないので、失礼だが、石黒さんではありませんかと切りだしかけると、ちょうどむこうもなにかいいかけ、こちらがひかえると、むこうもひかえる。そんなことをやっているうちに、気がさすと、もういけない。キッカケをとちった芝居で、まずい幕切れになった。

安部は気持にひっかかりを残したままホールへ入ると、ちょうど余興のかわり目で、十二聖徒の彫刻をつけたエラールのハープがステージにおし出され、薄桃色のモンタントを着た欧州種らしい二十五六の娘が、いいようすでハープを奏きだした。うしろの椅子に正親町と松久がいたので、その間に割りこんで古雅な曲をきいていると、どうしたのか、あたりが急に森閑として、なんの物音も聞えなくなった。安部は、淋しいなとつぶやいていると、ステージの端のほうへ裃を著た福助がチョコチョコと出てきて、両手をついてお辞儀をした。安部は、「おや、福助さんが出て来た」とぼんやり見ていたが、こんなところへ福助などが出てくるわけはない。きょうはよほど疲れているなと思って、しばらく息をつめていると、間もなく福助はいなくなり、へんに淋しい感じもとれた。

老公のテーブルスピーチなどがあり、賑々しく派手な晩餐会で、八時からホールでダンスがはじまった。十二時すぎにそれも終り、みなを送りだして二階の居間へひきとったのは、もう一時近くだった。

知世子は疲れたようなようすもなく、幸福でしょうがないというふうに、安部の胸へ顔をおしつけたりしてから、いそいそと著換えの手伝いをはじめたが、ズボンに入っていた拳銃を見つけると、顔色を変えて安部のほうへふりかえった。安部は言訳をしようとしたが、こんなものを石黒が送ってよこしたなどとは申せない。結婚式の夜、新郎のズボンのヒップに、拳銃が入っているなどというのは平凡なことではないから、説明はむずかしい。これは弱ったと思ったら、安部の顔色も変った。知世子は利口だから、なにもたずねなかったが、明るかるべき大切な初夜に、それで暗い翳（かげ）のようなものを残した。

アンドレ・ルボン号は真白に塗った一万六千噸（トン）の優秀船で、ポール・クローデル大使が同じ船でフランスへ帰るので、にぎやかな出帆だった。夕方、チャイム・ベルが鳴ったので、食堂へ出ると、一等の日本人は安部と知世子の二人きりで、食卓はチンダルという墺太利公使館の書記官と、マカオの名家だというフェルナンデスという若い葡萄牙（ポルトガル）人の四人の組合せになっていた。夫婦も、とりわけ新婚ということになると、水入らずで二人が組みあうようにはからうのが普通だが、婦人客の少ない航海だったので、知世子のような若い美しい夫人を、亭主だけに独占させておくのは公平でないと、事務長は考えたのかも知れない。チンダルは墺太利の古い貴族だそうだが、いつも固いカフスをつけている作法のやかましいやつで、話といえば宗教論ばかり。フェルナンデスのほうは、揉上げを長くし、洒落たタキシードを著、うるんだような好色じみた眼をもったジゴロ風の色男で、立つにも坐るにもうやうやしく知世子の手に接吻し、支那からマカオをひったくったアルヴァーロ・フェルナンデスは私の大祖父で、銅像は、いまもマカオにあります、などと愚にもつかぬことを口走るので、安部は最初の一日から食欲をなくしてしまった。

外国船の生活は、一人で孤独を楽しむようなことは絶対に許さない、念入りな仕組みになっているもので、九時の朝食にひきつづいて十一時のビーフ・ティ、一時の昼食、三時のアイスクリーム、五時のお茶、七時のアペリチフ、八時の正餐、十時のディジェスチフと、一日に二十四品目もおしつけられるのに、酒場の交際、ポォカァ、デッキゴルフ、カクテル・パァティ、日曜日の弥撒、ティ・ダンス、サパァ・ダンス、運動競技、福引と、手を代え品をかえ、出席しないと、事務長から催促の電話がくる。知世子のほうはたいへんで、西貢を出帆した夜、船長のアトホームに敬意を表して和服で出たら、これが大喝采で、以来、ティ・ダンスにもサパァ・ダンスにも義務のようにひっぱりだされ、午後と夜は、ほとんどラウンジか舞踊室で暮し、安部とはたまに食堂で顔が合うくらいのものであった。

船はマラッカ海峡からまだ荒れ気味の印度洋へ入ったが、安部は馴れない暑さで弱っているところへ、印度洋の長いうねりにやられて不機嫌になり、アンドレ・ルボンというちっぽけな枠にはまった社交と、一日中、鏡の上に坐って、人から見られる自分の姿ばかり気にしているような生活が、我慢のならぬほどうるさくなり、船酔いを口実にして食堂へ出ず、船室に籠って、汗もかかずに端然と絵ばかり描いていた。

欧洲航路の外国船には、婦人帽子商とか婦人小間物商とかと名乗り、高級船員や乗客のそのほうの御用をうけたまわる女たちがかならず二人や三人は乗っているものだが、コロンボを出帆する頃から、船の社交というものがそろそろ正体をあらわしかけ、そういう婦人連が二等からやってきて、公然とダンスにまじり、西貢から乗ったあやし気なフランス人が、徒党を組んで、朝から甲板で、アブサントをあおるという狼藉ぶりになった。

　コロンボを出帆してから三日目の明け方、安部がふと眼をさますと、そばに寝ているはずの知世子がいない。となりの化粧室にでもいるのかと見てみたが、そうでもない。待っていたが帰って来ないので、水を一杯飲んで寝てしまった。翌朝、起きだしてからたずねると、知世子は、

「どこへも行きはしなくってよ。夢でもごらんになったんだわ」と笑い消してしまった。昨夜、水を飲んだコップが夜卓（やたく）の上にある。夢であるはずはなかったが、言い張るほどのことでもない。しかし、へんな気がした。

　ジプチへ入港したのは十二月の二十四日だった。ジプチはいかにもアフリカじみた、暑い殺風景な港だったが、長い航海にみな飽きあきしていたので、船でレヴェーヨンをしたのは、ほんの老人組だけで、乗客のほとんど全部が、夕方から上陸して、ホテルへ騒ぎに行った。

　知世子も事務長達といっしょに町へ行ったが、朝の五時頃、前後不覚に泥酔して、フェルナンデスに抱えられて帰ってきた。靴はどこへやったのか跣足（はだし）で、ソワレの背中のホックがはずれて白い肩がむきだしになり、首から胸のあたりまで薄赤いみょうな斑点がべた一面についている。安部は礼をいってフェルナンデスにひきとってもらったが、いくら安部でも、蕁麻疹だろうか、蚤の痕だろうかなどと、見当ちがいするほど単純でもない。蚤は蚤でも、タキシードの襟にカーネエションの花をつけた大きな蚤なので、安部もむっとしないわけではなかったが、西洋の女蕩（おんなたら）しというものは、どれほど執拗で抜目がなく、そういうものにたいして、日本の女性がいかに脆く出来ているかということも承知している。こんな結構なエピキュールの園に四十日もいたら、頭のしっかりした人間でも、いくらか寸法が狂って

くるのは当然なことで、つまりは、こういう、いかがわしい習俗の中で暮すようになっためぐりあわせが悪いのだと、無理やり、そこへ詮じつけた。

地中海へ入ると、急に温度が下った。海の形相がすっかり変って、三角波が白い波の穂を飛ばし、ミストラル気味の寒い尖った風が、四十日目の惰気をいっぺんに吹きはらってしまった。安部は急に食欲が出て、久振りに食堂へでかけて行くと、半白の上品な顔をした給仕長が安部を見るなり、給仕の一人になにかささやいてから、安部のところへ来て、

「只今、只今」と、うろたえたようにいった。見ると、いまささやかれた給仕が、隅の補助卓にナップを掛け、食器を並べ、おおあわてに安部の食卓をつくっている。なるほど、食卓の組合せが変って、チンダルは大卓へ移り、知世子とフェルナンデスが奥の二人卓（ににんたく）で向きあって食事をしている。つまるところ、ここにはもう安部の食卓はないというわけなのであった。

奥の二人は気がつかなかったが、食堂にいる人間はみなフォークの手を休め、たがいに眼配せをしながら、入口に突っ立って食卓の出来るのを待っている安部をくすぐったそうに見、おゆるしが出るなら、いつでも噴きだしますといった顔つきだった。そのうちに知世子が気がつき、急に立ち上がろうとしたが、フェルナンデスは行くほどのことはないというふうに、腕をとってひきとめるのが見えた。

安部はそのまま船室へひきとったが、考えてみると、毎日、むっつりと絵ばかり描いていて、そうなるように、知世子をむこうへ追いやった形跡もないではない。フェルナンデスなどというもくぞうは、どうなったってかまうことはないが、なるたけ、知世子を傷つけずにすむような解決にしたいと思った。

それで、頃合いをはかってバァへ行ってみると、知世子は奥の長椅子にフェルナンデスと並んで掛け、

相手の肩に手をかけて、なにかしきりにかきくどいている。安部は痩せて小さくなった知世子の顔を見ると、思ったよりみじめなことになっているらしくて、知世子がかわいそうになった。

安部が二人のそばへ行くと、知世子はあげた眼をすぐ伏せ、観念したように身動きもしない。フェルナンデスは椅子から立ちあがると、微笑して腰をかがめ、病気はもういいのか、印度洋と紅海の暑さには、誰でもやられる、というようなことをいいながら、白い歯を見せ、流し眼をつかい、口髭をひねり、こういう種類の女蕩しが、当然、果すべき科を、残りなく演じてみせた。安部は、

「あなたがいてくれたので、家内が退屈しないですみました。どうもありがとう」と礼をいうと、フェルナンデスは、明日、ナポリへ著いたら、世界的に有名なカステル・ウォヴォ（卵の城）の魚料理へご案内しようと、いま奥さんに申しあげていたところですが、あなたもご一緒に、いかがですかと誘った。

翌日、午後二時頃、カプリを左に見ながらナポリ湾へ入った。出帆は七時だというので、大急ぎで上陸し、暑いさかりのカンパーニャ平原を自動車で飛ばしてヴェスヴィオの下まで行き、またナポリへ戻って、急傾斜の狭い町々を駆けまわってから、海へ突きだした古い城壁のある、島の生臭い屋台店の並んだ坂の上の「チ・テレース」という料亭へおしあがった。三人はテラスへ出て、夕陽に染まりかけたヴェスヴィオを眺めながらヴィーノを飲んでいると、エオリアンという小さなハープとマンドリンを持った二人連れの流しがきて、いい声で唄をうたった。

そのうちに安部は、テラスにこうして坐っていることも、このナポリ湾の夕焼けの色も、流しの音楽も、すぐそばで揺ぐ橄欖の葉ずれの音も、なにもかもひっくるめて、このままのことが、たしかに過去に一度あったような気がしてきた。どういうところからこういう情緒がひき起されたのかと、気の沈む

ほど考えているうちに、いつかの石黒の手紙の中に、この景色があったのではなかったかと、ふとそう思うと、われともなく吐(と)むねをつかれた。ちょうどそれを読み終ったところへ、知世子が入ってきたので、なにげなく机の上のスケッチ・ブックの間へ挟んだようだったが、そのスケッチ・ブックなら、船の倉庫室の大トランクに入っている。安部は船に帰ってあの手紙を読みかえし、事実かどうか確かめてみたいという苛立ちで、あたりの景色が眼に入らなくなってしまった。

　船へ帰ると、知世子は匆々(そうそう)に著換えてラウンジへ出て行ったので、安部はクロークの大トランクを開けてみると、果して、手紙はあの日のままスケッチ・ブックの間に挟まっていた。あの時は、笑ってすませられるようなものだったが、あらためて読みかえしてみると、とても、可笑しいなんていうだんではない。いつかの明けがた、知世子がふいに居なくなったこと、知世子が泥酔して帰ってくること、安部が食堂でみなの物笑いになること、ナポリでは魚料理へ行くが、その料亭の名は「チ・テレース」と、その日その時の情景や状況が、自身で日記をつけたように、いちいち仔細に書きつけてあるので憔(やつ)れてしまった。

　どういうお先走りな心霊が、こんな細かいことまで見ぬいてしまうのか。理窟(りくつ)はともかく、なにもかもみな的中しているのだから、どうしようもない。あの時の記憶では、十二月の何日かに、知世子と誰かを射ち殺し、じぶんもその拳銃で自殺すると書いてあった。今日までの毎日が、石黒の予言通りに運んで来たのなら、これからも、やはりそのように動いて行くと思わざるをえない。先を読んでみようと思うと、手紙は卵の城から帰ってきたところで無くなっている。安部はスケッチ・ブックを振るったり、床を這ったりして探したが、ない。思えば、あの時、残りの何頁かを、畳んだまま机の上に残してきたような気もする。

船はナポリを出帆したらしく、窓の中で雲が早く流れているうちに、もう絶体絶命だという気持が胸に迫ってきた。

石黒の予言には十二月の何日とあった。きょうは二十九日だから、十二月は、あとまだ二日と何時間ある。あの二人が、どんなまずいところを見せつけたって、絶対に逆上しないと決心しても、生(なま)の神経を持っているのだから、次第によってはどんな馬鹿をやらかすか知れたものではない。安部は汗をかき、煙草の味もわからなくなるほど屈託していたが、どうでも生の神経が邪魔だというなら、今から二日半の間、見も、聞きも、感じもしないような状態に、自分を置けばよろしかろうと考えをそこへ落著けると、つまらない思いつきが、とほうもない良識のような気がして上機嫌になった。そこで適当にジアールを飲んでおいて、給仕にアブサントを持ってこさせ、茴香(ういきょう)とサフランの香に悩みながら、あおりつけあおりつけしているうちに、まもなく混沌となった。それからいくどか覚醒したが、そのたびにアブサントをひっかけ、ジアールを飲み、とうとう夜も昼もわからなくなってしまった。

何度目かに、ふと眼をさまし、朦朧とあたりを眺めると、部屋の家具の配置が変っていて、どうも自分の船室のようでない。はてなと腰を浮かしかけると、なにか膝から辷(すべ)り落ちて、床で音をたてた。見ると、石黒が送りつけてよこした、れいの二二番のコルトだった。安部はあわててヒップへしまいこみ、いつの間にこんなものを持ちだしたのだろうと、重い頭で考えているうちに、なんともつかぬ情景をぼんやりと思いだした。

知世子が大きな眼で安部を見ながら、

「あなたは、はじめっから、あたしを殺すつもりでいらしたのね。今日まで待たなくとも、披露式の晩に、お殺しになればよかった」といった。あれはなんのことだったのだろう。

正面の寝室の扉がよくロックされず、船がローリングするたびに、ひとりで開いたり閉ったりしている。気中（きあたり）がして、中をのぞいて見ると、寝台の上にフェルナンデスが俯伏せになり、知世子のほうは、ひどくちぐはぐな恰好で床（ゆか）の上にのびている。馬鹿な念は入れなくとも、二人の魂魄（こんぱく）はもう肉体にとどまっていないことが、一と眼でわかるような状態になっていた。安部は流血の場からそろそろと退却し、船室の扉に鍵をかけて冷たい風の吹き通る遊歩甲板へ出ると、今晩もまたお祭りがあるのだとみえ、舞踏室のほうからさかんなジャズの音がきこえてくる。

安部はブールワークに凭（もた）れて星の光のきらめき落ちる暗い海を眺め、どうせ自殺するにちがいなくとも、なにからなにまで、石黒の予言どおりに動いてやることはない。せめて最後の一点だけを、自分の力で狂わせてやりたい。コルトでなく、海へ飛びこんで死んでやろうと、真面目になってそんなことを考え、力まかせにコルトを海へ投げこむと、二十年の瘧（おこり）がいっぺんに落ちたようにさっぱりした。なにしろ面白くてたまらない。ざまあ見ろといいながら、靴をぬいでブールワークにのぼり、その上に馬乗りになって、マラッカ海峡で投身したSも、たぶんこんな具合だったのだろうなどとニヤニヤしていると、むこうの通風筒のうしろから、紙の三角帽をかぶった船客が三人、よろけながらやってきて、やあ、コキュ先生がこんなところで一人で遊んでいると、無理やり、ひきずりおろして舞踏室へかつぎこんでしまった。

今日はどういう趣意のパァティなのか、よくもまあこんなに振り撒いたと思うくらい、色とりどりのコンフェッチが、食卓にも床にも雪のように積もり、天井から蜘蛛の巣のように垂れさがった色テープの下で、三角帽や紙の王冠をかぶった乗客が、しどろに踊っている。

安部は酔いくずれそうになっているそばのフランス人に、今日は、いったいなんの会だとたずねると、今日は聖シルヴェストルの聖日さ、除夜さ、つまり十二月三十一日さ。あと十分もすれば、歳が一つふえるのさ。どうも、はばかりさま、というようなことをいった。

安部はなんということもなくその辺のテーブルにおしすえられ、誰が注いでくれたともわからない三鞭酒をガブガブ飲んでいると、事務長が笑いながらやってきて、新しい年のスタータァの役を、あなたにおねがいするといった。どんなことをするのかとたずねると、午前零時にピストルを射ち、それを合図に、三鞭酒をみなの頭にふりかけて、おめでとうをいうんです。私がここにいて、秒針を数えますから、「さあ」といったら射ってください。硝薬だけで、弾丸は入っていませんから、ご心配なく、といって安部の手に拳銃をおしつけた。

十一時五十九分になると、船長はコルクをゆるめた三鞭酒の瓶を高くあげ、事務長は三〇……二〇……と秒針を数えはじめた。安部は、すこしばかり石黒にからかってやれと思って、銃口を曖昧に自分の胸に向け、合図と同時に笑いながら曳金をひいた。その途端、左の鎖骨の下あたりにえらい衝撃を受け、眼の前が、芝居のどんでんがえしのように、日本を発つ前の晩の披露式のホールの景色になった。みな椅子にかけて、ステージで欧州種の娘がいいようすでハープを奏いている。眼を落す前に、自分の過去を一瞬のうちに見尽すというが、すると、おれはやはり死ぬんだなと、ぼんやりそんなことを考えているうちに、大地がぐらりとひっくりかえった。

余興のハープがはじまるころ、安部がブラリとやってきて、正親町と松久の間に掛けたが、しばらくすると、ポケットからハンカチをだして、しきりに汗を拭く。暖房はしてあるが、暑いというほどではない。松久が、

「おいどうした」と低い声でたずねたが、安部は返事もしない。感興をもよおしているふうで、熱心にハープを聞いていたが、終りに近いころ、ヒップから拳銃を出して、しげしげと眺めはじめた。これはへんだと、正親町と松久が眼を見合せた瞬間、銃口を胸に向けたまま、いきなり曳金をひいてしまった。松久が、

「馬鹿なことをするな」といって支えようとするはずみに、安部は椅子といっしょにひっくりかえって、胸からたくさん血を出した。それでみな総立ちになった。そこへ知世子が飛んできて、「しっかり遊ばして」と安部を抱き起こした。安部はしげしげと知世子の顔を見ていたが、渋くニヤリと笑うと、

「石黒にやられた。死にたくない、助けてくれ」といった。

すぐ病院自動車で大学へ運んだが、鎖骨の下から肩へ抜けた大きな傷で、ついて行った人間だけで、ともかく輸血した。病室へ帰ると、安部は元気になり、酒田に、

「へんなことをやっちゃった。船はいやだから、シベリアで行く。一日も早くモネのところへ行きたいから、査証のほうをたのむよ」と気楽なことをいった。

「よしやっておこう。それはいいが、どうして、あんな馬鹿な真似をしたんだ。驚かせるじゃないか」と酒田がいうと、安部は澄んだ美しい眼で、

「石黒の催眠術にひっかけられたんだ。ホールへ入る前、廊下で石黒にひどく睨みつけられたから、たぶん、あの時だったんだろう……だが、面白いには面白い。ハープを一曲奏き終える間に、これでも、ちゃんとナポリまで行ってきたんだぜ」と、くわしく話してきかせた。安部は死ぬとは思っていないから、ひとりではしゃいでいたが、われわれは、もう長くないことを知っているので、なんともいえない気がした。

骨仏（コツボトケ）

床(とこ)ずれがひどくなって寝がえりもできない。梶井はあおのけに寝たまま、半蔀(はじとみ)の上の山深い五寸ばかりの空の色を横眼で眺めていると、伊良がいつものように、「きょうはどうです」と見舞いにきた。疎開先で看とるものもなく死にかけているのをあわれに思うかして、このごろは午後か夜か、かならず一度はやってくる。いきなり布団の裾をまくって足の浮腫(むくみ)をしらべ、首をかしげながらなにかぶつぶついっていたが、そのうちに厨(くりや)へ行って、昨日飲みのこした一升瓶をさげてくると、枕元へあぐらをかき、調子をつけてぐいぐいやりだした。

那覇の近くの壺屋という陶器をつくる部落の産で、バアナード・リーチの又弟子ぐらいにあたり、小さな窯をもっていて民芸まがいのひねったような壺をつくっているが、その窯でじぶんの細君まで焼いた。

細君が山曲(やまたわ)の墾田(はりだ)のそばを歩いている所を機銃で射たれた。他にも大勢やられたのがあってなかなか火葬の順番がこない。伊良は癇癪をおこして細君を窯で焼き、骨は壺に入れてその後ずっと棚の上に載っていた。浅間(あさま)な焼窯にどんな風にして細君をおしこんだのかそのへんのところをたずねると、伊良は苦笑して、

「どうです。あなたも焼いてあげましょうか。おのぞみなら釉(うわぐすり)をかけてモフル窯できれいに仕上げてあげますがね」などと空(そら)をつかってはぐらかしてしまった。

きょうはどうしたのかむやみにはかがいく。たてつづけにグビ飲みをやっていたが、

「春(ファル)は野(ヌ)も山(ヤマ)も、百合(ユーリ)の花盛(ファナザカ)リーイ、行(イ)きすゆる袖(ソーデ)の匂(ニオ)のしおらしや……」

と、めずらしく琉球の歌をうたいだした。

「いい歌だね。それに似たようなのが内地にもあるよ……野辺にいでて、そぼちにけりな唐衣（からごろも）、きつつわけゆく、花の雫に。それはそうと、きょうはひどくご機嫌だね」

伊良はニコニコ笑いだして、

「まだ申しあげませんでしたが、わたしの磁器もどうやら本物の白に近くなってきたようで、きょうはとても愉快なんです」と力んだような声でいった。民芸では食っていけないので、ファイアンスの模造をはじめたが、予期以上にうまくいきそうなので、手本を追いこすくらいのところまでやってみるつもりでいる、とめざましく昂奮しだした。

「日本の磁器は硬度は出るのですが、どこか煤っぽくて、どうしてもファイアンスのような透明な白にならないんですね。ひと口に白といっても、白には二十六も色階があるので、日本磁器だけのことではなく、すぐれた磁器をつくるということは、要するにより純粋な白に近づけようという競争のようなものなんですよ。ファイアンスの白を追いこすことが出来れば、黒いチューリップや青いダリヤを完成したくらいのえらい騒ぎがおきるんです」

「すると君がやっているのは、中世紀の錬金道士の仕事のようなものなんだね」

と皮肉ってやったが、まるで通じないで、

「錬金道士か。なるほどうまいことという。そうです。そうです。そうなんですよ。ひとつお目にかけますかな」

ひょろひょろしながら出て行ったが、すぐ白い瀬戸物のかけらを持って戻ってきた。

「どうです。この白のねうちがあなたにわかりますか。これでたいしたものなんですよ。いったい磁器の白さをだすには、人骨の粉末を微量にまぜるというマニエールがあって、それは誰でも知っているんですが、セェブルでもリンブルゴでも、混合の比率は秘密にして絶対に知られないようにしているんです」

「そういうものかね。はじめてきいた。でもそれは人間の骨でなくてはいけないのか」

「そうです」

といって、膝に頰杖をついてうつらうつらとなにか思案しはじめた。

この白さをだすのに誰の骨を使ったかなどとかんがえるまでもない。伊良の細君は肌の白い美しいひとで、その肌なら、ある意味で伊良よりもよく知っているわけだが、そのひとの骨がこの磁器のかけらにまじりこんでいると思うと、その白さがそのまま伊良の細君の肌の色に見え、いい知れぬ愛憐の情を感じた。

「ともかくそれは大事業だね。切にご成功を祈るよ」

「ところが、このごろ人骨が手に入らないので、仕事がすすまなくて弱っています。フランスでは磁器に使う分は政府が廃骨を下げわたしてくれるので楽ですが、日本にはまだそんな規則もないし、いざ欲しいとなると、これでなかなか手に入りにくいもんです」

というと、ジロリとへんな上眼づかいをした。

肉親も親戚もみな戦災し、死ねば伊良が葬うほかないのだから、骨の始末は心のままだ。ひょっとすると、伊良はこの骨に眼をつけて、毎日じりじりしながら死ぬのを待っているのかも知れない。大きにありそうなことだと考えているうちに、なるほどこれが伊良の復讐なのかと、それではじめて釈然とした。

細君がほんとうに機銃掃射でやられたのかどうか、それを知っているのは窯だけだ。伊良がそういうつもりでかかっているのなら、これはもう皿にされるのはまぬかれないところなので、

「困ることはないさ。死んだらおれの骨をやるよ。期待していてくれたまえ」

と先手を打ってやると、聞えたのか聞えないのか伊良は、

「ああ、酔った酔った」

と手枕でごろりとそこへ寝ころがって鼾(いびき)をかきだした。

西林図

一

冬木（とうぼく）が縁の日向に坐って、懐手でぼんやりしているところへ、俳友の冬亭（とうてい）がビールと葱をさげてきて、今日はツル菜鍋（な）をやりますといった。

「ツル菜鍋とは変ってるね」

「ツル菜じゃない、鶴……それも、狩野流のリュウとした丹頂の鶴です。鶴は千年にして黒、三千年にして白鶴といいますが、白く抜けきらないところがあるから、二千五百年くらいのやつでしょう」

「そんなものなら自慢することはない。むかし、鶴の缶詰というのがあって、子供のころ、よく食わされた……丹頂の鶴が短冊をくわえて飛んでいる極彩色のレッテルを貼って、その短冊に『千年長命』と書いてあるんだ。こんなものを食ったおかげで、千年も長生きをするんじゃたまらないと思って、子供心ながら、だいぶ気にした」

「あなたのお話は、いつも、どこかズレているのでハラハラしますよ。それは人魚のまちがいでしょう。長寿にあやかるということはありますが、鶴を食って長生きをしたという伝承（でんしょう）はないはずです。それに、缶詰の鶴の正体は、朝鮮の臭雉（くさきじ）というやつなんでして、知らぬことことはいいながら、よけいな心配をしたもんです」

「まことしやかに、なにかいうね。君はどうしてそんなことを知っているんだい」

「あの缶詰をやっていたのは、あたしの叔父なんだから、あきらめていただきましょう」

「これは恐れいった。すると、あれは鶴でなくて雉だったんだね」

「南鮮にそいつがむやみにいて、粟を食ってしょうがない。そのため、ときどき大仕掛けな害鳥捕獲をやるんですが、名のとおりに、泥臭くて煮ても焼いても食えない。あたしの叔父は利口だから、それで、ああいう見事なことを思いついたんですが、日本には、あなたのようなとぼけたひとが多いので、これは大いに当(あた)りました」

鶴の話ばかりしていて、いっこうに鍋ははじまらない。冬木は落着かなくなって、そろそろやろうかと催促すると、冬亭は、

「やろうといったって、鶴はまだない。これから、ひねりに行くんです」と昂(たか)ぶったようなことをいった。

となりの鹿島の邸の庭にいる鶴が、毎晩のように飛んできて、冬亭が飼っている鯉を、十何匹とか食ってしまったので、そのしかえしに、おびきだしてひねってしまうという話なのである。

「あたしは脚を抱えこみますから、あなたは嘴を掴んでいただきます。あれでこつんとやられると、頭に穴があきますから」

冬木は冗談じゃないと思って、

「僕はまだなんともいっていないぜ。あっさりいうけど、むこうだって生(しょう)のあるものだから、そうやすやすと掴ませはしまい」

相手になりたくないようなようすを見せたが、冬亭にはまるっきり感じがなく、両手をひろげて、眼の前の空気をかき抱くようなしぐさをしながら、

「あたしが、こんなふうに、諸手(もろて)で抱えこんでしまいますから、あなたはバットを握(にぎ)る要領で、グイと掴んでくだされば、それでいいんです」

冬木は、なんといわれても動かないことにきめ、

「そういうことなら、鶴鍋も億劫だ。ぼくは葱だけでいいよ、鶴はいらない」

じゃけんに、つっぱねると、冬亭は怒ったような顔になって、

「そんなことをいったって、あんな大きなものを、一人でひねれやしないですよ。やっていただかなくては、こまります」

強くいって立ちあがると、

「お立ちなさい、さあ」

ものものしく尻はしょりをして、子供のように足をじたばたさせた。冬木は横をむいてしらん顔をしていると、冬亭は痩せ脛を寒肌(さむはだ)にして、しょんぼりと立っていたが、

「嫌ならいやでいいですが、懐手ばかりしていないで、せめて、手ぐらい出しなさい」

というと、縁の端のほうへ行ってすねたようにあぐらをかいた。

冬亭の胡坐というのは、このながいつきあいの間にも、まだいちども見たことがなかった。めずらしいことをするものだと思って、ようすをうかがっていると、冬亭は縁無し眼鏡をチカチカさせながらこちらへむいて、いきなり、

「馬鹿野郎」と一喝した。

冬月師の句会で、はじめて冬亭に逢ったとき、冬月師は、こちらは土井さん、大学で美学を講じていられる助教授でと紹介した。細(ほ)っそりとした優(やさ)おもてに、縁無しの眼鏡がよくうつり、美学の先生といっても、これ以上、美学の先生らしいのはちょっとあるまいと思った。日ごろは淑(しと)やかで、大きな声でも

しまった。

鶴鍋などというのは、冗談なのにちがいない。起居に音もたてないような冬亭に、鶴など殺せようはずがなく、それに冬亭と鹿島家との間には、むずかしい問題がいりくんでいて、むこうの庭へ入りこんで、乱暴なぞ働けない立場になっている。葱やビールまでさげて、鹿島の庭へ連れこもうというのには、なにかほかの目的があるのだと思うほかはない。冬木は腕を組んで考えているうちに、ああ、句が出来たのだと、考えがそこへいくと、ようやくいきあたったような気がした。

凪よ惜しめ一つこもり居る薔薇の紅

という冬亭の最近の句は、例によってさんざんな目に逢った。冬木もひと太刀浴びせた組だが、冬月師は、つぎに出てくるものを待とうといい、期するところがあるようで、冬亭としても、この月の句会には、どうしても秀作をものしなくてはならない絶命にいた。察するところ、秋色の池の汀で、鶴を掴まえるというような秀句がさきに出来てしまい、かたちだけでも、鶴を追いまわすような真似をしなければならなくなっているのではないか。いやがるのを無理強いに連れだそうと企てる以上、句の中に冬木も入っているので、断ったりすると、みすみす秀句を殺すことになるのかもしれない。冬亭の句境は冬木も異端とするにはばからないが、弟子にたいする愛情は、もちろんべつなものである。

冬木は立ちあがって、かいがいしくじんじんばしょりをすると、

「なんだか面白くなってきた。おれも行くよ」

というと、冬亭は機嫌をなおして、

「行ってくださいますか。文女さんも……」

と、いいかけて、顔を赧くした。冬木は、わざと聞きとがめるように、

「なんといったんだ？」

と、はぐらかしてしまったが、すると、きょうの鶴鍋は、句のことではなく、文女に関係のあることなのだと、あらためて、はっとした。

文女は横浜の親戚へ見舞いに行って、あの大空襲にあい、その後、生死不明のままになっている。冬亭はそのころ、毎日、横浜の焼跡へ出かけて、日ねもす文女の消息をたずねまわり、秀麗な趣きのある顔が、見るかげもないようになってしまった。

鹿島の孫娘の文子が、冬亭のところへ作句の手ほどきを受けにくるようになったのは、日華事変のはじめごろだったろうか。冬月師の門下に加わって、俳名をもつようになってからも、冬亭のところへ句作をもって行って、批評をきいていた。

文女は肉置きのいい大柄なひとで、坐りはじめたら、褄もうごかさずに何時間でも坐っているという、どっしりとした風格だった。

はじめて冬亭の書斎で逢ったとき、ひきつめにして、薄紅い玉の簪をしていたが、その玉は、なにか途方もないものらしく、深く沈んだ光が、冬木の眼をうってやまなかった。藍系統のくすんだ着付に、ざっとした帯をしめているので、更紗かと思ったら、シャンチョン宮の狩猟の図を織りだした精巧きわまるゴブラン織だった。

冬亭と文女が向き合って坐っている光景は、ふしぎきわまるもので、冬亭は煙草ものまず、膝に手を

おいたまま、文女のほうは下眼にうつむき、話らしい話もせずに、二時間でも三時間でも坐っている。冬木がその席にいたせいではなく、そういうのが毎度のことらしい。そのとき書斎の窓から木瓜（ぼけ）の花梢（はなうれ）が見えていたが、その長い対坐の間に文女は、

「花というものは、花を見ているあいだは、ほかに、なにもいらないような気持にさせますのね」と、いったきりだった。

二人の気持が、どういうふうに向いていったか、冬木は知らないが、そのうちに、いつ行っても文女が来ているようになった。句作のことではないらしく、冬亭のところへ通いつめているのは、ただごとではないようにみえてきた。

文女の両親は七年ほど前に亡くなって、鹿島の家には祖父の与兵衛が坐りなおしていた。西園寺公や雨宮暁（あまみやぎょう）などとは時代がちがうが、欧羅巴（ヨーロッパ）で一世の豪遊をした大通（だいつう）の一人で、モンマルトルやモンテ・カルロの老人たちは、雪洲（せっしゅう）の名は知らなくとも、鹿島の名は記憶していて、風流と豪奢をいまも語草（かたりぐさ）にしている。

日本へ帰って、息子に家産を譲ってからも、あいかわらず寛濶（かんかつ）に遊びつづけていたが、息子夫婦が文子を残して死ぬと、館（マンション）ともいえるような宏壮な洋館をしめ、伊那の奥から引いてきた柾葺（まさぶき）の山家（やまが）にひきこもり、メンバという木の割籠（わりご）からかき餅をだし、それを下物（さかな）にして酒を飲みながら、文子に仏蘭西の新刊小説を読ませて聞くのを日課にしていた。

洒脱な老人だが、一面、家柄や格式にこだわる頑迷なところもあるので、文子のしたいようにさせているが、最後のぎりぎりのところで、そんな男のところへ嫁（や）れないと、ひと言できまりをつけるのだろ

うことはわかっている。そのむずかしいところを、二人がどう切りぬけていくのだろうと、ひとごとながら心配でならなかった。

　文女が空襲にあうひと月ほど前、冬亭の問題で、なみなみならぬもんちゃくがあったふうで、鹿島老はすっかり依怙地になり、探しにひとを出すようなこともせず、位牌も白木のままで、重ね棚のうえに放りだしてあるというような噂だった。冬亭が口をすべらしたので、なにか文女に関係のあることだと思われるが、冬亭が鹿島の庭へ入りこんでなにをしようというのか、冬木には見当がつかなかった。

二

　黒鉄の裏門を押して入ると、マロニエの並木のある築山の裏にでた。築山の裾を明るい小径がうねりながらむこうにつづき、落葉がいいほどにたまっている。

　なんのつもりか、冬亭はマロニエの実を拾っては袂に入れながら、

「この落葉には巧（たくみ）のあとが見えます。これは毎朝、敷きなおさせるんですね。あんなひとだから、仏蘭西の秋の追懐には、いい知れぬ深さがあるのでしょうが、こんなところまで眼を利（き）かせるというのは、ともかく、うるさい老人です」

　というと、カサコソと落葉を踏んで、先に立って歩きだした。

　落葉の道を行きつくすと、だしぬけに、ひろびろとした池がひらけた。汀石（みぎいし）は根入りが深く池のむこう岸は、水のきらめきがそれと暗示するだけで、曖昧に草のなかに消え、水と空がいっしょになって、

倪雲林の「西林図」にある湖でも見ているような茫々とした感じを起こさせる。

蘆雪庵の系統をひいているのか、池の汀に紅葉した白膠木が一本あるだけで、庭木らしいものはひとつも見あたらず、夕風に揺れて動く朱の色が、清逸の気にみちた簡素な空間に荘重な彩りをあたえていた。

冬亭は秋草のなかに分け入って、あちらこちらと池の岸をながめまわしていたが、そのうちに、ひどくはしゃぎだして、

「あそこに鶴がいる……見えますか。むこうの石杭のうえに」

と、殊更らしく大きな声をだした。

水門のほうへゆるく弧をひろげた池の隈の、そこだけが夕陽で茜色に染まった乱杭石のうえに、煤ぼけた真鶴が一羽、しょんぼりと尾羽を垂れて立っている。冬木は、

「再び一点をつくれば、すなわち俗というのはこれだね。あんなものがいるので、せっかくの庭が俗っぽくなってしまった」

というと、冬亭は池の端にしゃがみこんで煙草を吸いながら、

「そうですよ。乱杭石のあるあたりは、大切な空間なんですから、鶴なんかいるのは困ります」

と気のない調子でいった。冬木は、つまらなくなって、片付けるものは早く片付けてしまえと、

「そろそろやろうか」

と催促すると、冬亭はしぶしぶ立ちあがって、折りとった桔梗を一茎手に持ったまま、鶴のいるほうへぶらぶら歩きだした。

汀について水門のほうへ行くと、淙々とはげしい水音がきこえ、築山の影が迫って、ひときわ濃くなった暮れ色のなかで、鶴が嘴を胸にうずめ、片脚だけで寂然と立っていた。近くで見ると、鳥のようではなく、大きな煤のかたまりが空から舞い落ちてきたような感じで、葵色がかった脚の赤さが、へんに不気味だった。

冬亭は岸に立って、漠然と鶴をながめていたが、

「眠っているんですね。起こしてやりましょう」

というと、袂からマロニエの実をだして鶴に投げつけた。鶴は首をあげて、じろりとこちらへふりかえると、ちょっと羽づくろいをし、脚を踏みかえただけで、また動かなくなってしまった。冬亭は、こいつめといいながら、鶴を的にしてマロニエの実を投げていると、うしろで、

「お戯れなすっちゃ困ります」

という声がした。

ふりかえって見ると、髪も眉も雪のように白い、上背のある七十ばかりの老人が、ゆったりとした着流しで、枸杞の繁みのそばに立って、じっとこちらを見ていた。夕闇の中で、足袋の白さがまわりを明るくするほど、あざやかに浮きあがっていた。

冬亭は、すらすらと老人の前へ行って、おじぎをすると、

「失礼ですが、鹿島さんでいらっしゃいますか。わたくしは土井でございます。いちど、お目にかかりたいと思っておりました」

老人は甘味も渋味もない声で、

「わたしは鹿島ですか。あなたが土井さんですか。わたしも、いちどお目にかかりたいと思って居りました」

と挨拶をかえすと、まじまじと冬亭の顔を見ながら、

「それで、この鶴をどうなさろうというんですか」

とたずねた。冬亭は急に苦しそうなようすになって、

「この鶴が、毎晩のようにわたくしの庭へ飛んでまいりまして、飼っている鯉を食べてしまいましたので、こいつをしめて、鶴鍋にでもしてしまおうと思っているのです」

老人は、おだやかにうなずいて、

「ここに居着いているというだけのことで、わたしのものではありませんから、そういうことだったら、存分にしてくだすっていいのですが、それはそれとして、まあ、こちらへおいでになりませんか。お茶でもさしあげましょう」

そういうと、後手に組んで、いま来たほうへ、ゆっくりとひきかえした。

池の縁をまわって、南下りになった櫟林の中を行くと、はるかむこうの芝生の端に、マンサルドのついた宏壮な洋館の屋根が見え、それを見おろすような位置に、檐の低い、暗ぼったい柾屋がたっていた。信州あたりにある三つ割式の家作りで、家の真中を表から裏まで土間がつきぬけ、土間からすぐ框座敷になって、そこに大きな囲炉裏が切ってあった。

一方は出居の間、一方は勝手で、奥に板戸の大きな押入のついた寝所があった。窓には半蔀がつき、勝手の棟から柾屋根を葺きおろして、そこが吹きぬけの風呂場になっているらしかった。

囲炉裏には黒く煤けた竹筒の自在鍵がかかり、手焙りは粗末な今戸焼、床の間には木の根ッこの置物が一つあるだけで、香炉にも柱掛にも、茶がかったものはひとつもなかった。

「どうぞ、お入り」

慇懃に二人を招じ入れ、三方から囲炉裏を囲むようにして坐ると、老人は茶釜から茶を汲み、すすめるでもなくすすめぬでもなく、それを炉縁のうえに置きながら、

「いま鳴いておりましょう、あれは夜うぐいすです。欧羅巴でも、チロルあたりまで行きませんと、このごろは、なかなかきかれません」

余談的なことを、ながながといってから、重ね棚のうえの位牌のほうへ振返って、

「さきほどの鶴の話ですが、あれを食べてしまうことは、ごかんべんねがいたいので……ご承知のことと思いますが、わたしの孫が横浜で空襲にあい、今日まで消息が知れません。これはもう、死んだものとあきらめるほかはないのですが、あの鶴は、横浜に空襲があってから間もなくここへ来て、そのまま居着いて居りますが、あの鶴は文の身代りのように思えてなりません。文が死んで、鶴になったともかんがえませんけれども、なんとなくそんな気がいたしましてね……お償いしてすむものなら、どのようにも償いますが、土井さん、いかがでしょう。あの鶴をゆるしていただくわけにはまいりませんでしょうか」

冬亭は顔を赧らめて、

「そういうことでございましたか。存じませんことで、失礼いたしました」

と頭をさげた。

「失礼したとおっしゃるのは、おゆるしくださるという意味なのでしょうか。馬鹿な念を入れるようですが、はっきり伺っておきませんと、安心がなりませんので」

「ゆるすもゆるさないもありません。つまらぬことでお騒がせして、恐縮でした」

老人は、おだやかな顔のまま、

「わたしは、鶴は文の身代りだと申しましたが、それでもゆるしていただけますのでしょうか。言葉を重ねずに、ひと言で返事をおきかせねがいとうございます」

冬亭は、なにかいいかけたが、思いかえしたように口をつぐむと、眼を伏せて、しずまりかえってしまった。

老人は夜うぐいすの声をききすますように、夕月の光のさしかける半蔀(はじとみ)のほうをながめていたが、すこし座を下って、畳の上に両手をつくと、

「鶴に罪はありません……こういう不幸にたちいたりましたのは、みなわたしの我儘から起りましたことで、それにつきましては、このとおり、手をついておわびいたします。鶴は、この冬、越後で雪にあって、長らく患(わずら)い、その後も、心細く暮しているように聞いて居ります。おゆるしいただけましたら、さぞ、よろこぶことだろうと思いますが」

というと、眼をあげて、まじまじと冬亭の顔を見まもった。

三

一つこもり居る薔薇の紅、という冬亭の句の中に、若い女性がいると、冬木は感じていたが、文女は横浜の空襲で死んでしまったと思いこんでいたので、そうと読みとることができなかった。籠り居るという以上、室（むろ）の薔薇にちがいないので、すると、薔薇の紅は文女だと、疎通しなかったのがふしぎなくらいだった。きょうの鶴鍋には、複雑な含みがあるのだと察してはいたが、こういう発展のぐあいから推すと、冬亭はいまいうにいえぬむずかしい立場にあるのだと思われ、眼を伏せてしずまっている冬亭の肩の瘠せが、急に痛々しく見え立ってきた。

冬亭は、なんともいわないので、老人はあきらめたのか、手を膝へ戻して、

「横浜へまいります前日、あれがいろいろに申しましたが、絶対に不賛成だったので、あくまでも反対いたしました。あまりわからないことばかりいうので、愛想をつかして、わたしを捨てることに決心したのだろうと思いますが、ああいうひどい空襲のあとですから、失踪いたしますと、無籍（むせき）の人間になってしまうということは、承知していたのでしょう。あれとしては、むしろ無籍の人間になって、あなたのところへ行くのがのぞみだったのでしょうが、お引取りねがえませんでしたそうで……それで、越後の高田の在に、乳母がまだたっしゃでおりますところから、それを頼って越後へまいりましたのだそうです」

感情の翳のささぬ、淀みのない調子になって、

「あれは越後から、たびたび手紙をさしあげたそうですが、そういう不分明なことは出来ないとおっ

しゃって、とうとう、いちどもお逢いくださらなかったというようなことも聞きました……わたしは、こういうひねくれものでございますから、やすやすと信じる気にはなれませんで、いろいろと手をつくして調べさせましたが、微塵(みじん)も嘘がございませんで、まことに、立派ななされかただと、お見あげ申した次第でした」

老人は、ふくよかな顔つきで、茶碗をとりあげると、掌のうえでゆっくりと糸底をまわしながら、

「すぐにもおたずねして、お詫びしたいと思いましたが、申そうにも、言葉もない次第で、それに、世間体は、故人になっているために、間にひとを入れるわけにもまいりません……きょう庭先でお見かけしましたので、お詫びとまではなく、せめて、心のほどを、おうちあけしたいと思いましたが、さまざまとお戯(たわむ)れのようすなので、ご本意もはかりかねて、当惑いたしました……さきほど鶴鍋などとおっしゃいましたが、伺って居りますところでは、ああいうお戯れをなさるお人柄ともぞんじられません。きょう、わざわざおいでくださいましたのは、どういうご趣意だったのでございますか」

と冬亭のほうへ笑顔をむけた。冬亭は釣りこまれたようにニコニコ笑いだしながら、

「先日、新潟からお手紙をいただきました……長いあいだ辛抱していたけれども、思いきってよそながらおじいちゃんの顔を見に行くことにした。ああいう不孝のあとなので、構内(かまえうち)へ入りこむことはできない。池の汀の蘆の間にしゃがんでいるから、老人をそこまでひきだしてもらいたいと……こういうことでした……まだご昵懇(じっこん)を得て居りませんことですし、めったに庭先などへ、お出にならないように伺って居りますので、わたしも困りはてましたが、あの方のご心情を察しますと、なんとしても、かなえてさしあげたいと思いまして、それで、ああいう馬鹿なことをいたしましたので……」

老人は、思わずというふうに顔をゆるめて、

「そういうわけだったのですか。すると、あのとき、誰か蘆の間にひそんでいたのでございますね」

「こんどのご上京は、もっぱら、そのためだけのように伺って居りますので、大切な折を、おはずしになるようなことは、なかったろうとぞんじます」

老人はちょっと頭を低めて、

「わたしから、お礼をいう筋ではありませんが、それほどにしていただきまして、さぞかし、故人も恐悦したことでしたろう」

冬木へも、軽く目礼をすると、いつとなく笑顔をおさめて、

「さきほどのくりかえしになりますが、文滋大姉も、あなたのおいいつけどおり、この一年の間、越後の雪の中で謹んで居りまして、相当、むずかしいところを、やりとおしたように見受けられますので、そこまでなすってくだすったついでに、いっそ、越後からお迎い取りくださるわけには、まいりませんでしょうか」

冬亭は頭をさげて、

「さきほどから、さまざまご懇情をいただきまして、ありがたくぞんじておりますが、わたくしのほうにも、ひとつ、おねがいがございますのです」

「どういうことでございましょうか」

「どんな事情がありましょうとも、ただ一人の肉親を捨て去るというのは、由々しいことでして、あなたさまといたしましては、ゆるしがたく、お思いになっていられることとぞんじますが、あの方も、そ

のためにいろいろとお苦しみになり、十分に、むくいも受けていられるのでございますから、それにめんじて、まげて、もとどおりに、お戻しねがいたいのでございます」

　老人は背筋を立てると、いかめしい顔つきになって、

「せっかくのお言葉ですが、文はもうこの世のものではありません。冥途に居るものを、わたしがゆるすといってみたところで、戻れるわけのものでもございますまい。わたしがおねがいいたしますのは、肉親を捨て、そのうえに、あなたにまで見放されるのでは、さぞ辛かろうは思って、それで、おねがいいたしますので、わたしのゆるすゆるさぬは、別なことにしていただきましょうです」

　冬亭は顔に血の色をあげて、

「わたくしはあの方を愛しておりますので、そばにいていただきたいと、思わないこともございませんでしたが、それでは暗い人生になりますので、それはいたしませんでした。東京と新潟に別れて、つらい辛抱をして居りましたのは、あの方をそちらの籍へお戻しねがいたいためでしたが、ならぬとおっしゃるのでしたら、おゆるしの出るまで、このままでいるほかはございません」

　老人は森閑と考え沈んでいたが、眼をあげると急に晴れやかな顔になって、

「それで、文は、いま、どこに居りますのでしょう。もし、近くにいるのでしたら……」

と、それとなく了承の意をしめしたが、冬亭は、そっぽをむきながら、

「今日の夜行で、新潟へお帰りになるように、うかがっていますから、いまごろは、上野の駅にでも、いられるのではないでしょうか」

　と冷淡な口調で、こたえた。老人は、うなずいて、

「これは粗忽でした。まだ、おゆるしをいただいていないのですから、あなたにおねがいできる筋ではございませんでした」

そういって、冬木のほうへ膝をむけかえると、

「どういうご関係の方か、ぞんじませんが、たぶん、土井さんとお親しい方とお見受けいたします。唐突で、ごめいわくでもありましょうが、卒爾（そつじ）ながら仲人（ちゅうにん）をおねがいいたします。文を探して、池の汀まで、お連れくださるわけにはまいりませんでしょうか」

冬木は、うれしくなって、

「それは、こちらから、おねがいしようかと思って居りましたことです……それで、門は、どちらの門から、お入れしましょうか」

「ご念の入ったことで……今日は、表門（おもて）からではなく、裏の潜門（くぐり）からお入れくださいまして、池の乱杭石のあたりへおとめ置きねがいます」

「時刻は、何時といたしましょうか」

「只今、七時でございますから、正十時ということに」

「たしかに、承りました」

蘆の葉先が雲のようにもやい、茫々とした池の面が、薄光りながら鱗波（うろこなみ）をたてている。差し水か湧き水か、しっとりと濡れた乱杭石のある池のほとり、紋服に袴をつけた冬亭と、薄袷の文女が立っていると、遠い向岸に提灯の光が見え、それが池の縁について大きく廻りながら、だんだんこちらへ近づいてきた。

老人は左手に家紋入りの提灯を、右手に白扇を持ち、二人の前までくると、荘重に白扇をかまえ、

「ようこそ、お帰り」

と地謡の調子で宣りあげると、文女は迸りでるような声で、

「おじいちゃん」

というと、肩を震わせて、はげしく泣きだした。

手紙

た。

頃日、丸ノ内の蘭印・中国海運という会社から、村上マサヨ宛の幸便を取りに来いという通知を受けた。

行ってみると、蘭印アンボン島特別郵便局の検閲済の消印のある分厚な一通の封書と、赤い封蝋でシールされた、十糎立方ほどの小包を一個渡してくれた。差出人はマリハッ・シロウという人で、心当りのない名だったが、一応、持ち帰ってマサヨに封書を開けさせたところ、手紙は、村上重治の最後のようすと、当時の環境をくわしく報知してきたもので、小包は、すなわち重治の遺骨であった。

重治は娘の夫で、かねて戦死の公報があり、戦歿地は昭南ということになっていたが、実は、濠洲の北岬、クィーンスランドというところの無人の砂浜で死んだことがわかった。

重治は中野電信隊附属通信研究所（通称中野学校）で通信技術を修めていたが、こんど通信隊長になって行くのですというので、そういうものかと疑いもしなかったが、終戦後、M氏の手記その他によって、中野学校というのは、どういうことをするところだったか、ほぼ了解することができた。以前、参謀本部の地下室で、海外へ派遣される武官に、特殊な諜報教育を授けていた施設を中野電信隊跡へ移し、幹部候補生から選抜した要員に、偽騙、懐柔、陰謀、破壊というような高度の秘密戦教育を施していたものので、約千人以上の卒業生が、マレー、シンガポール、ビルマ、ジャワ、比島、モロタイ、仏印などの機関基地を中心にして、南方各地で活躍したということだが、つまるところ、重治もその一人だったというわけである。

通信隊長であろうと、機関員であろうと、死んでしまった以上、名目などはどちらでもかまうことはない。シンガポールで死のうと、濠洲で死のうと、残されたものの上に及ぼす影響に、さしたるちがいがあるわけでもない。重治の最後のようすが知れたのは、娘にしても老生にしても非常な満足であり、マリハツ・シロウというひとの親切は、謝するにあまりあるのであるけれども、老生が強くうたれたのは、未知のインドネシア人の重治にたいするたとえようもなき深い情誼（じょうぎ）についてであった。

当然の次第とはいえ、文章はたどたどしく、措辞（そじ）もすこぶる意外なものが多く、意味の通じかねるところもあるが、いたるところにホロリとするような愛情の泉がひそめられ、自分の生涯に、かくも懇篤な、誠実極まる美しい手紙に接することは再びはあるまいと、思わず嘆声を洩したくらいであった。それは全文片仮名の手のつけようもないもので、適当に漢字と句読を施したが、介意して、文章は毀損せざらんことを期した。

あなたは村上さんの奥さんですか。私、マリハツ・シロウは、一日も早く村上さんの遺骨をお送りし、死なれたときのようすを、お知らせしたいと思って居りましたけれども、アンボンも独立戦争でいそがしく、今日までそれは出来ませんでした。今年の夏のはじめ、当地もようやくしずかになり、日本へ手紙を出すことも、いいということなので、村上さんのお骨と報告を、戦争後最初のジャワ・チャイナパゲットの郵船にたのむことにいたすつもりであります。

今日（こんにち）、昼、私一人で、村上さんのいられた、セラタン町の宿舎へ行ってみました。あれから時が経ち、庭の草が長く伸び、ヴェランダの床のすきまから草が出て、日除けの柱にはウツボカツラが巻きつき、紫色の花が咲いていました。ソウシテ陽がしずかに照っておりました。

ヴェランダには、村上さんがいつも寝ていたとおりに寝椅子があり、部屋には、机も寝台もみなそのままにあります。マンデー（水浴場）の棚にはシャボンが残っていました。なにもかも、そのままにあるのに、村上さんだけが居ない。死なれた村上さんが、帰ることはない。でも、こうしていると、

「おい、四郎、コッピー・パナス（熱い珈琲）」

といいながら、門から入って来られるようでなりません。

私はサイフォンでコッピーをこしらえ、ヴェランダの床にすわって村上さんを待っていました。夜になり、月が出て、裏のアダンの林で鸚鵡（オウム）がボボボーと鳴きましても、村上さんは帰ってはこられませんでした。

マリハツ・シロウは村上さんのジョンゴス（僕）をしていた二年の間、夜は二時間、昼は炊事場の日蔭で十分ばかり眠り、村上さんに喜ばれたいために、つとめました。寝ている夢の中でも、村上さんの用をつとめ、びっくりして飛び起きることがありました。私は村上さんの忠実なジョンゴスでありました。

村上さんは、いつも黙っているひと、厳格なひとでした。インドネシアは喜ばしいときには笑い、悲しいときには泣きます。日本人は悲しいときには笑い、嬉しいときには怒ります。インドネシアは、それを理解することができません。長い間、私もそうでした。村上さんのやさしい心を知ったのは、死なれてから十日もあと、村上さんのお骨を入れた骨壺を、舟の檣（ほばしら）のてっぺんに結びつけ、一人、月の光に照らされ、海豚（いるか）と話しながら、アラフラ海を漂っているそのときでした。もっと早くわかれば、どんなによかったか。ソレガ悲シイ悲シイデス。

私の父は濠洲へダイバー（潜水夫）の出稼ぎに行き、ロェベック湾のブルームの町で、私と妹を生み

ました。母はロッマ島人でニ・ヌガリ、妹はスクレニといい、父の主人はルービンという人で、船の名はローザ号でした。父は上手なダイバーで、潜水具をつけずに、一気圧半のところで働いていました。一気圧半といいますと、約四十尺であります。

私は十歳のときからローザ号の貝洗いにやとわれ、十四の年から潜りはじめ、テンダーといって、潜水夫の救命縄を取る役や、送気ポンプの係をやり、十九の年、父と二人で独立して、小さなプラウ（刳舟(くりふね)）で貝床(ばいしょう)を探して歩きました。白人の邪魔にならぬように、バサースト島、ゴールバーン、ウェッセル、カンベルランド海峡からアラフラ海、アール諸島のドボなど、白人の居ないところなら、どこへでも出かけて行きました。

二十一歳のとき父が死んだので、母と妹を連れてアンボンに帰りますと、間もなく戦争がはじまり、ラハの飛行場に日本軍があがりました。夜、ラハに火が高く燃え、大砲の音や機関銃の音がし、オランダ軍がこちらの岸のベンテンの砲台から海越しにラハにむけて大砲を打ちました。その音は長くつづき、夜明けまできこえ、ソウシテひどいスコールが来ました。雨の中でも機関銃の音がきこえていました。

間もなく、ラハの飛行場を日本軍がとったといい、ハロンでも戦争がはじまりました。日本の飛行機がたくさん来て、軍艦からも、どんどん大砲をうちました。私の家はオランダ軍が火をつけて焼いたので、トレホの海岸へ逃げました。

私は母と妹とすこしばかりの家財を刳舟に積んで、ブル島のナムレヤへ連れて行き、私一人、アンボンへ帰ってきました。私は濠洲のブルームやトレース海峡や木曜島で日本人といっしょに暮し、いくらか日本語がわかりますので、日本軍の通訳になってかせぎたいと思ったのであります。しばらくすると、郡役所で通訳の試験があるというので、十人ばかりの人といっしょに行きました。村上さんが試験官で試験をされましたが、みな落第でした。なぜかといえば、私どもアンボン人よりも、村上さんのアンボイナ語のほうが上手で、ミナカンボー語もブル語も、チモール語も、スンダ語も、みなよく知っていられたからです。

私どもは、村上さんの日本語学校で勉強することになりましたが、村上さんは熱心におしえてくれましたが、やがて誰も来ないようになり、しまいには、私だけになりました。窓にバンダナスの葉が垂れる、薄暗い静かな部屋で、村上さんと私と二人だけで勉強をしました。村上さんは、一日にタッタ一つの言葉しかおしえませんでした。私はソレを読み、仮名で書きますと、それで終りになります。村上さんは、その言葉をよく理解いたすように、しかしながら、私にはすこしもわからないたとえ話を、低いしずかな声で、いつまでも話します。私は葉をすかしてくる青い日光の中でボンヤリし、ときどき眠りながら、それを聞きました。

それから、村上さんは一ヶ建ての宿舎に住むようになり、通訳として部隊からもらう分とべつに、月、三ギルダーで村上さんの食事の世話をしてあげることになりました。通訳見習として、隊から五ギルダーもらいますが、それでは家へ三ギルダーしか送られませんので、村上さんの気に入られて、ほかのインドネシアにこの役をとられたくないと思いました。

隊で私のする仕事は、郡長や村長のところへ行って、住民が山からおりて村へ帰るようにすすめ、また、野菜やニワトリなどを集めさせること、木綿や塩で支払いすること、部隊の布告の説明をして歩くことなどでした。村上さんのほうはいそがしくて、一日中主計科や庶務科や電話室にいて、夜おそく隊から疲れて帰って来ると、すこしばかり物を食べ、ソウシテたくさんコッピーを飲みました。

村上さんは水でマンデーをすると、青くなって咳をし、すぐ風邪をひきました。私は隊から帰ると、毎日そのためにお湯を沸かしました。村上さんは非常に汗をし、なんべんも夜中にシーツをとりかえました。私が聞きますと、ボルネオのジャングルにいるときマラリヤをやり、それがまだなおらないのだといいました。

村上さんは夜食をすると、そのまま朝まで本を読みました。私はいやでなりませんでしたけれども、眠られない病気だと聞き、気の毒になり、本を読んでいられるあいだ、コッピーといったらすぐコッピーをあげられるよう、毎晩、部屋の入口の靴拭きの上に寝ました。村上さんといる二年の間、自分の寝床へ行って寝たことは、ただの一度もありませんでした。

しばらくして、プアサ（インドネシア人の正月）の休みに、ブル島へ母や妹に逢いに行って帰って来ますと、村上さんが、

「おい四郎、お前は小さなプラウでブル島まで行ってきたのだそうだな、えらいことをやるな！」といいました。それで私は、

「ブル島ぐらいわけはありません。ここから濠洲まででも行きます。十五尺ばかりの小さな舟で、北濠洲の海を二百浬（かいり）も航海していました」

といいますと、たいへん感心されたようでした。

それから一月ほどして、私がスープにする椰子のミルクをとっていますと、村上さんが私のそばへ

しゃがんで、
「おい四郎、ひとつ、濠洲へ商売に行くかな！」といいました。私はおどろいて、
「隊の通訳のほうは」とたずねますと、
「隊の通訳は、間もなく満期になる。占領されてからでは、うまいことが出来んから、すこし前に潜っているほうがいい。危ないことをしなければ、金は儲からんよ。どうだ、おれといっしょに金儲けをする気はないか」といいました。

プラウの航海にかけては、北濠洲のアルネムランドの土人にかなうものはありません。あのあたりの土人は、コンパスもチャート（海図）もなしで、沿岸看視船の行かぬ、白人の知らない珊瑚礁のあるムズカシい海を、鳥のように自由に飛んであるく。クロコダイル島から四百哩もあるポートダーヴィンまで、たった一人で行きます。私はそれほどでないけれども、ニューギニアから島づたいにトレス海峡を渡って、濠洲へ行くくらいのことはわけはないのであります。

私どもアンボン人は、サムナー法といって、星を見て、夜だけ航海いたすのですが、東南貿易風が西北の反対貿易風にかわる変り目の一ト月と、雨季明けの一ト月は航海しません。ソウシテどこまでも岸について帆で走り、強い風が吹きだすと、舟を岸にあげて、何日でも休みます。でありますので、海の上で嵐にあうようなことは絶対にありません。

水はマングローブの木からも、アダンの蔓からもとれます。食物はサゴでも、ヤムでも、蟹でも、また、いくらでも魚が釣れますから、食料を積むことはいりません。昼は航海しませんから、暑くて困ることもない。ただ非常に忍耐のいる旅です。普通にやる四倍ぐらいの日数がかかります。なぜなら、昼

は休みますからそれで半分、十日のうち五日は風が吹くから、それでまた半分。ほかの船が十日で行くところを、私は四十日かかります。気の短い日本人には、とても我慢がなるまいと思いますといいますと、村上さんは、

「よくわかった。ミミカから先には濠洲軍の哨戒艇がいるが、それはどうするつもりか」とききました。

それで私は、

「ソマーセットや木曜島の物資は、みな土人が刳舟でポートモレスビーへ運んでいるのです。私どもの刳舟がその中へ一艘まじっても、ふしぎとは思わないでしょう」といいました。村上さんは、

「そうだなー、うまくゆくかも知れんねー」といいました。

五日ほど後、村上さんはトレホの村長のところからスコールに濡れて帰ってきて、病気になりました。熱の高いとき、村上さんは私の顔がわかりませんでした。私は寝台の下にいて、二十五日の間、自分の手を氷で冷やしては、村上さんの足を涼しくしてあげました。村上さんがすこしよくなってからは、毎日、抱いてお湯に入れてあげました。

十月のある朝、村上さんが免職されたという噂がアンボン中にひろがりました。私はソエのパッサールでききました。煙草屋のクット・ライは、村上さんが部隊のお金を費いすぎたので、その罰で、ニューギニアのケクワの部隊へやられるのだといいました。私が帰ってそういいますと、村上さんは、

「お前などの知ったことでない」とたいへん怒りましたが、しばらくすると、

「四郎、こっちへ来い。おれは考えるのだが、おれは日本人をやめて、インドネシアになってもいいな。お前たちのように気楽に暮したくなった。お前の妹でも嫁さんに貰ってさ」

私はつぎの言葉を待っていましたが、村上さんそれっきり黙ってしまったので、気の変らないうちに話をきめておくほうがいいと思って、

「スクレニがあなたの嫁さんになれば、あなたと私は兄弟になるのですか」とききますと、

「それにちがいなかろうじゃないか。しかし、おれはもう貧乏だから、嫁さんを食わせられんよ」

「そんなら、濠洲へ行って金を儲けてください。身代ができたら、私がスクレニを連れに帰ってあなたのところへ連れて行きます」

村上さんは首をふって、

「どうせやるなら、大きな商売をやる。おれは羊毛の仲買をやるつもりだが、下手をすれば、一文なしになる。たしかな宛もないのに、お前の妹と約束はできんね。まー、やめにしよう」

「それで結構ですから、やれるだけやってみてください。駄目なときは、それでようございます」

「四郎、お前は二年もおれといっしょに居たが、内地から手紙がきたのを、一度も見たことがなかったろう。それというのは、おれには親も兄弟もないからだ。おれはどこへ行って死んでもかまわんが、お前には母も妹もあるのだから、おれといっしょに冒険をさせるわけにはいかんよ」といいました。

「そんなことはない。私は濠洲やアラフラ海で、なんども死にそくなっています。いま生きているのは、オマケです。母も妹も、私をアテにしていません。あなたが行かれるなら、どこへでも私は行きます」

するとと村上さんは私の顔を見て、

「お前もへんな奴だな！」といいました。

私は一人だけの考えで、かまわず準備をはじめました。ニューギニアへ行ったら、濠洲へ渡るための

土人のプラウを買わなければならないが、二人乗の刳舟の値段は、煙草二百本、ダンガリー（太織木綿）一反、あるいは手斧二挺、赤木綿二反であります。航海にいるものは、帆布、真茹（まいはだ）、椰子の繊維で編んだ丈夫な綱、釣道具、海峡を渡るときの食料として、乾バナナ若干です。

アンボン島には、インドネシアだけの夜中のパッサール（市場）があります。パッサール・ブーラン（月夜の市場）といっていますが、今夜はテンガテンガの山の上、そのつぎの晩はハロンの海岸というふうに、毎晩ところを変え、月のある晩、商人がいろいろな品物を持ってきて、夜の十二時から市を開きます。どういうところからどうして持ってくるか知らないが、欲しいものはなんでもあります。そこで私は斧一挺と赤木綿を二反買っておきました。間もなく、村上さんの出発の日がきましたので、私も隊からヒマをもらい、苦力になっておなじ輸送船に乗り、一月のはじめにアンボンを出発して、ニューギニアへ行きました。

はじめてニューギニアの景色を見ると、なんともいわれない悲しい気持になります。海岸からいきなりマングローブの林がはじまり、世界の涯までもあるジャングルにつづいています。ジャングルは昼も暗く、人もケダモノも、なにも住んでおりません。ジャングルのない、すこしばかりの海岸に、とびとびにパプア人の部落があるだけであります。しかし私どもが行きますと、ミミカに海軍の人夫がいて、飛行場をつくって居りました。

ちょうど雨季がすんで乾季に入り、風は、毎日かわりなく西から吹き、南へ帆で走るためには、今から三月までの、二ヶ月のあいだがいちばんよいのです。私がそういいますと、村上さんは、

「では、満期の手続きをとるから、お前はそれまで飛行場つくりの手伝いをしていてくれ」といいまし

た。

私は村上さんと離れたところに住み、パプアたちと飛行場をつくる手伝いをしていますうちに、パプア語がわかるようになりましたので、川向いのケクワの部落へ遊びに行き、ンブナムというスルタン（酋長）と知合いになりました。ケクワのプラウは、二十人から三十人も乗る戦争の丸木舟ばかりですので、腕三つ分、約五メートルの舟と、櫓を一本こしらえてもらうようにたのみ、斧一挺、赤木綿二反、カナカナ煙草五束、新聞紙六枚の値段にきめました。

四月のはじめ、村上さんはようやく満期になりました。部隊長には、「私たちはプラウでカイマナまで行き、そこでアンボンへ帰る船を待ちます」といいますと、部隊長はたいへんにおどろいていられました。

四月十七日の朝、ミミカの川口を出ると、すぐ南へ舟を向けましたが、時季がおくれたので風はもう強く吹かず、扇子であおぐほどの弱い風で、帆をかけても船は走りません。空には雲もなく、海には小さな波もない。一日中、ギラギラと光る二枚の鏡の間に居るような気持がいたしました。

濠洲のヨーク岬までは、七十日の航海ですが、ミミカから南は敵地ですので、どこの岸にでも舟をつけて休むということができない。それに、このあたりの海岸は、海からいきなりマングローブの林がはじまる大洪水のような景色で、そういう淋しい海岸が百哩も二百哩もつづき、パプア人の村もすくないですので、こんなところを舟で通ると、すぐ人目につきます。怪しまれるようなものはなにも持っていない。網と釣道具のほか、パラン（山刀）が一挺とアカ汲みの桶だけですけれども、こんなところにインドネシアが二人もマゴマゴしているわけはないから、捕まれば、いいぬけはできませんのです。

それで、昼はマングローブの林の中へ舟を入れ、夜も、月が落ちて星だけになってから航海するようにいたしました。水は椰子の実を用意しておきましたので、不自由することはありませんでした。マングローブの根元には、親指の頭くらいの小さな牡蠣が無数についています。一尺五寸もある、泥のような色をした大蟹もいます。蝦蛄（しゃこ）もいます。椰子のないところには、ピーサン・イジュウ（野生バナナ）もありまして、食べることには困りませんでしたけれども、月は夜の六時に出て、朝の五時まで空にいて、航海する時間は、ほんの二時間ぐらいしかありませんので、村上さんは気がイライラとして、だんだん機嫌がわるくなりました。

世界で一番よく出来た刳舟は、マルケサス諸島の刳舟で、幅は一呎（フィート）もなく、軽いから、手で水を掻いても、一時間、四浬は走り、帆で走るならば、十五浬は行きます。しかし、ンブナムがこしらえた刳舟もなかなかよいもので、十二浬はらくに出て、けっして遅いことはないのです。

「村上さん、なぜ、そう急ぐのですか。あなたは濠洲へ羊の毛を買いに行くのではないのですか」といいますと、村上さんは腹をたて、椰子の実を枕にして寝たきり、五日も口をききませんでした。

フレデリック・ヘンリー岬からメラウケまでの間では、爆撃機が毎日のように頭の上を飛んで行きましたが、ある朝、舟をマングローブの林の中へ入れようとしますと、村上さんが寝ていた艫のところに、血のようなものがいっぱいこぼれていますので、なんだろうと思って見ていますと、村上さんは、

「マングローブの木の汁だよ」といいました。

マングローブの木からタンニンがとれ、木を切ると、血のような色をした赤黒い汁がでますが、マングローブを切りもしないのに、どうしてここに汁があるのか、ヘンだと思ったが、「そうですか」といっ

ておきました。

　メラウケから更に南へ下ると、海岸から八浬も沖まで珊瑚礁が出ている。危険なので、昼か月夜でなければ航海ができなくなり、そのうえ、急に吹きだす嵐の心配をしながら、よほど沖を行かねばならなくなりました。鯨がだんだん多くなり、一晩中、オルガンのような音が、暗い海にきこえました。村上さんは知りませんが、こんな小さな丸木舟の航海にとっては、嵐よりもなによりも、鯨と大鱝が恐ろしいのです。鯨が舟につきだすと、舟のまわりをまわって大きな波を立てて遊び、石油缶を叩いておどかしても、なかなか離れようとはしないのであります。

　鱝は一噸半から二噸半、広さは半町平方くらいのが普通にいて、それが海の上に浮きあがると、ラジャーの邸の庭よりまだ広く、見渡すかぎり海がいちめんに赤紫に見えるほどです。ソウシテ背中についている寄生虫や、えぼし貝をとるために、船の底に背中をこすりつけてくるので、刳舟などはいっぺんにひっくりかえされてしまうのであります。

　そういう心配な日が何日もつづいたある晩、村上さんが私をゆりおこして、

「海で赤ん坊が泣いているぞ」といいました。

　星だけ光る暗い海の上で、シクシクと赤ん坊が泣くような声が聞えます。だが、それは人間の赤ん坊ではない。母鯨にはぐれた鯨の赤ん坊が、この舟を母親かと思い、一心についてあるきながら、シクシク泣いているその声なのです。私がそういいますと、どうしたのか、村上さんは急に腹をたてて、

「おい、四郎、お前、母親が恋しくなったのだな。帰りたかったら、さっさと帰れ。おれを、そのへんの岸へあげて帰ればいい」といいました。

私のシクシク泣く声と、鯨の赤ん坊のシクシク泣く声がよく似ていて、いっそう悲しい気がしました。鯨の赤ん坊は、朝まで舟についていましたが、夜があけると、どこかへ行ってしまいました。

そのへんの海岸は、コンモリと榕樹の繁った高い崖つづきで、陸にはサゴもワラビもなく、水にも、食べるものにも、困るようになりました。村上さんはだんだんものをいわぬようになり、毎日一度、海の水を汲んでマンデーをするにも、ビクビクせねばならぬようになりました。私は村上さんの忠実なジョンゴスで、村上さんのことだけが、私の考えることのすべてなのでありますけれども、村上さんはすこしも私に笑いません。たとえ、この航海がどんなに辛く苦しくても、村上さんさえ機嫌をよくいたされたら、苦しくも辛くも思われなかったでありましょう。毎日、おなじような岸、おなじような海、あとまだ何十日か、長い航海がありますのに、狭い舟の中で、村上さんの機嫌のわるい顔を見るので、私は勇気も、ほとんど尽きるかと思いました。しかし、こんな長い、面白くない航海を、楽しいと思うひとは居りません。私は子供のときから、こういう航海に馴れていますけれども、村上さんに私と同じようなことを望むのは無理だと思って、がまんしました。いっそのこと、ひどい嵐でも吹いてくれればいい。なにか変ったこと、ソウシテそれが村上さんの気持をまぎらすものであれば、どんな辛いことでもよいと、そんなことまでねがうようになりました。村上さんがむずかしいのは、なんのためだったか、いまとなっては、よくわかって居ります。そのあいだ、村上さんは、どんなに、マーどんなに辛かったでしょうと思い、それを知らないでいたマリハツ・シロウがウラメシイです。

ところで、私のおろかなねがいは、すぐ聞きとどけられました。ニューギニア本土が終ってから三日目の朝、ジャビイス島とマルグレープ島の間で、それがなければよいと心配していた、恐ろしい物音を聞きました。それは大砲をうつ音と、汽車が走る音がまじったようなすごい音で、三哩も遠くから聞えてきました。

明けたばかりの海をすかして見ますと、一匹が半町四方もあるような大鱏が二十匹ばかり、かわるがわる高く空に飛びあがっては、ダイナマイトの爆発するような音をたてて平らに海の上へ落ち、魚の群をおどかして、食べやすいように一ヶ所に集めながら、だんだん舟のほうへ追いこんでくるのであります。私は大きな声で、

「モー、これが最後です。二人とも、骨まで砕かれてしまうでしょう」と叫びますと、村上さんは舟底に肱を立てて身体を起し、まったく静かな声で、

「四郎、おれはすることがあるのだから、なんとかして逃がしてくれ」といいました。

大鱏の群は、三十呎もひと飛びに飛びながらこちらへやってくるというのに、不幸なことに風はまともに鱏のほうへ吹いています。私は心をきめ、舳を廻して、かえって鱏の来るほうへ舟を進めました。風を利用して、鱏の群のすこし前で、右から左へ急に間切ってやろうと思ったのです。両方の距離がいそがしく縮まり、いまや、先頭の鱏が舟の上に落ちてくるかというところで、眼をつぶって力いっぱいに舵をひきました。舟は津浪のような大波にゆさぶられ、どんなひどいスコールより、もっとはげしいしぶきが舟の上へふりかかりました。私はもうダメだと思い、目をあけて見ますと、大鱏の群は、舟の右舷、二十間ほどのところへ外れ、飛んだりはねたりしながら、向うへ進んでいました。

これがすぎると、舟の行く手は楽しいものになりました。私どもはミミカを出てから六十二日目に、バンクス島の灯台を見て、トレース海峡へ入りました。木曜島をすぎれば、間もなく濠洲クィーンス・

ランドの北端へ舟をつけることができるのであります。

「あれがバンクス島の灯台です」といいますと、村上さんは寝て空を見たまま、

「そうか、うれしいな！」といって眼をつぶりました。

喜んでもらいたいと思ったのに、海の上をメグリメグル灯台のあかりさえ見ようともしないので、私は落胆いたしました。いま思いますと、そのときはもう村上さんは、起きたいとしても、身体を起こすことが出来なかったのでした。

夜が明け、ラタリーの最初の島が波の上に見えてきました。

「ああ、ラタリーだ」と櫂を休めて眺めていますと、村上さんが、

「おい、へんなものがやってくる」と指で沖をさしました。

私にとっても、めずらしいことがはじまりました。薄黒い、銀色に光る高い土堤のようなものが、白い泡をふきながら、二町ほどの幅でおしよせてくる。ソウシテその上に、何千羽とも知れない鴎(かもめ)の群が、飛び降りまた空へ飛びあがって騒ぐので、空の太陽も暗くなり、その声で耳がツンボになりそうでした。

それは鱶(ふか)に追われた鰊(にしん)の大群が、恐ろしさのあまり、海の上に十尺も盛りあがりながら、動いて来る光景なのでしたが、間もなくその土堤は舟に衝突し、滝のように鰊がドッと舟の中へ流れこんできました。中には、高く飛んで檣へ貼りつくのもあります。私は、沈む沈むといいながら、夢中になってアカ桶で鰊をかいだしました。村上さんは寝たまま、大きな眼を開いて私のすることを見ていましたが、つぎつぎになだれこむ鰊の重さで船はわけなく沈み、二人は鰊の中へ投げだされました。泳ぐこともどうすることもできず、鰊が腋の下や股の間へ顔をつっこむので、たいへん苦しみました。

舟が沈むと、隠れ場がなくなったので、鰊の群は二つの銀色の川のようになって舟から離れて行き、ようやく泳げるようになったので、あたりを見ますと、村上さんは沈んだ舟のアウト・レッガー（支架）にすがっていました。私が村上さんのほうへ泳ぎだしたとき、鰊を追いながら浅く泳いで来た鱶の一匹が、ヤスリのような鮫皮（さめかわ）で私の脛（すね）をこすっていきましたので、そこがベロリと赤むけになってしまいました。

私は反対のほうへ逃げましたが、よほど泳いでから気がついて、村上さんのほうへ戻りかけたとき、べつな一匹が私の眼の前をすりぬけて行き、右へ右へと大きな円をかきながら、ゆっくりと村上さんのまわりをまわりはじめました。私は鱶のそばへ泳いで行って、両手で水を叩き、大きな声で叫びながら、鼻面をつかんでむこうへ押してやりました。鱶はそれで一度は深く潜りましたけれども、すぐまた浮きあがってきて、村上さんをねらいました。私は村上さんと鱶の間へ身体を入れ、両手で鱶を防ぎながら、

「早く、刳舟の上へ」と叫びました。

そのときは、鱶のほうもイラダッてきて、尾で村上さんを打とうとしますので、私は左手の拳を鱶のほうへ突きだしておいて、

「こうしているうちに、早く」とまた叫びました。突きだした腕はうまく口の中に入り、鱶は私の左腕の肱から先を喰いとって、水の中へ沈んで行きました。

それから五日目に、私どもはヨーク岬の西側、カルン岬の北の人のいない淋しい砂浜に舟をつけました。ミミカを出てから、ちょうど七十七日目でした。

ここはもとコンラッド兄弟のラガー船の基地でしたが、真珠貝がとれなくなったので、来る人もない。

たいへんにさびれ、生物(いきもの)といえば、鴎がいくらか飛んでいるだけでした。すこしばかり草の生えた砂丘のつづきのむこうに、人の住まぬ、こわれた木造小屋と電信所が見えます。この二日、村上さんは眠ってばかりいましたが、私は村上さんを揺り起して、

「濠洲へ著(つ)きました」といいました。

村上さんは、顔じゅう一杯になるほど大きな眼をあけ、長い間、私の顔をみつめ、

「ここは濠洲のどこだ」とたずねました。

「ここはクィーンス・ランドの北のダック湾です」といいますと、

「うれしいなー、四郎、おれを担ぎおろして、濠洲の土を踏ませてくれ」といいました。

私は右手で村上さんを抱き、ひきずるようにして砂浜へあげますと、村上さんは砂の上にあぐらをかいて、

「アア濠洲だなー、濠洲だ」といって、手で砂を掬(すく)ってはこぼし、また掬ってはこぼししていましたが、急に胸を反(そ)らせると、いま出たばかりの大きな月を眺めるようにして、何度も咳をしました。ソウシテ前へかがんで血を吐きました。

それは、私が一生に見る血の全部よりまだ多いと思われるようなたいへんな血で、ポンプの口から吐きだすように、あとからあとから、いくらでも出ました。

私はなにがはじまったのかわからず、ボンヤリと立ったまま眺めていましたが、気がついて血をとめようと、手で村上さんの口をふさぎかかりますと、村上さんは私の手を両手で挟み、頂くように額へ強くおしあて、それで村上さんの手は、氷のように冷たくなってしまいました。

間もなく月は空へのぼって、静かな海と、まばらに草の生えた、長い砂浜を照らしました。聞えるものは波の音だけで、私の肩に露がおり、キラキラ光る玉をつくりました。はるかに私はたった一人になったことを知りました。

私は村上さんの枕もとにすわって、長い間かかって考えました。村上さんの不機嫌は、なんのためであったのか。椰子の実を枕にして寝てばかりいたのは、なんのためだったのか。アンボンにいたころのことまで、なにもかも、いっぺんにわかりました。村上さんの肺の病気は、もうたいへんに悪く、椰子の実を枕にして、寝ているほかはなかったのであります。私に心配させまいとして、マングローブの汁だといったのは、毎日、そっと海へ吐いていた血のしたたりであったのです。狭い舟の中で、咳の音で私を起すまいとし、どんなに苦しんで血を吐かれたことか。村上さんは気持がイライラとし、生きているうちに濠洲へ著きたいと、あせりあせったのも、みなこの病気のせいであったのであります。

帰りましてから、隊の軍医長に聞きますと、村上さんはアンボンにいるときから病気が悪く、夜、眠れないのも、みなそのためで、どうせ死ぬ命なら、生きているうちに濠洲へ入りこんで、一と仕事したいものだと考えたということであります。

村上さんの仕事は、羊の毛を買うことではなかったのだろうと思います。マリハツ・シロウは、村上さんに百遍欺されても、怨みには思うようなことはありませんけれども、死ぬ最後の日まで、私に心をゆるされませんでしたことが、悲しくてなりません。しかし人間は死ねば、天の智慧をもらい、マコトもウソも一と目で見とおすといいますから、村上さんはいまこそマリハツ・シロウのほんとうの心を知られたのにちがいない、そうおもって、私は満足いたします。

ひとり渚にいる私の影は、だんだん伸びて、砂丘の上にまで届きました。私は使えるほうの手で穴を掘って村上さんの身体をころがしこみ、流木を積みあげて、鉄木（てつぼく）とロダンゴを摩（す）って火をつけました。

それから小屋にあった古い塩豚の壺を洗って、村上さんの骨を入れ、ラップラップ（腰布）に包んで、帆綱（ほづな）で檣のてっぺんにつるしあげ、来るときは村上さんと二人であった刳舟で、私一人、六百浬の海をアンボンへ帰るために、舟を海の上に押しだしました。

あのさわぎで舟を覆してから、山刀も網も釣道具もみな海に沈め、刳舟にあるのは、村上さんの骨と私だけでした。私は半分しかない左腕を、動かぬように舷（ふなばた）にくくりつけ、帆綱を腰に巻き、村上さんがそうしていたように、あおのけに艫（とも）に長く寝ました。めずらしく風は東南から吹き、舟を海の上に走らせました。

四日ぐらいから、舟の中が急に臭くなりました。腐るものはなにもない。気がつきますと、左腕の切口を、アダンの蔓で強く縛ったままにして置いたので、そこから壊疽（えそ）がはじまり、そのにおいだったのであります。私はおどろいて壊疽のようすをしらべ、私の命は、あと十日か十五日の間だと判断いたしました。

しかし、アンボンに帰るには、どうしても七十日はかかる。腐ったところを切って捨てたいが、山刀がないので切ることも出来ません。生魚（なまうお）でも喰い裂くように、腐ったところを歯で食いちぎってみましたが、そんなことではだめだと知りましたので、鱶に腕を喰い切らせてやろうと思い、舷から肱を出して待っていますと、間もなく鱶が飛びついて、二の腕のところから喰いとって持っていってくれました。私は切口をチタンの葉で包んで毒が入らないようにし、そのあとで気を失いました。

ときどき眠りからさめ、ボンヤリと眼をひらくたびに、空には太陽があったり、星があったりしました。つぎにさめると、櫓の上で揺れている骨壺がありました。インドネシアのサムナー法という航海術は、星を見て、夜だけ航海する方法だといいましたが、それだけのものではありません。インドネシアの刳舟が大海へ流されると、インドネシアはあおのけに艫に寝て、何日でも動かない決心をいたします。動くと、早く、死にます。ときどきスコールの雨水が口から流れこんで、身体を養ってくれます。すこしも動きませんので、たいてい六十日から七十日ぐらいは生きていて、その間に、通る舟に救われます。これがほんとうのサムナー法なのであります。

私の舟は、風にしたがって東へ行き、また西へ行きました。だんだん身体が弱ってきて、目をあいたまま、いろいろな夢を見ました。二十日目ごろ、海の上に二頭立ての馬車が走ってきました。それはジャワのバタヴィアやスラバヤにあるドッカールのような馬車で、舷（ふなばた）のところへ来ると、馭者（ぎょしゃ）が私に、

「そんなことをしてると死んでしまうぞ。早くこの馬車に乗れ、陸（おか）まで連れて行ってやる」といいました。

私はよろこんで、舷に結びつけていた左腕の蔓をとき、いざ馬車へ乗ろうとすると、大きな海豚（いるか）がはねあがって、私の顔に冷たい海の水をいっぱいに浴びせました。それで私はハッとして、どうしてこの馬車は海の上を走っているのだろう。へんだなァと思って、

「おれはやはり舟にいる」と断わりました。

馭者は恐ろしい眼つきで私を睨みつけ、波の上を馬車で行ってしまいました。馬車は毎日のように来ましたけれども、そのたびに海豚がはねあがりました。

鱶も来ました。鱶はだんだん気が短くなって、舟の艫や舳をがりがりと噛みました。その間に、どれほど日がたったか知らないが、気がついたころには、もう馬車も鱶も来ませんでした。それは一匹の海豚がずっと刳舟についていて、それらのものを追いはらってくれたからであります。それで、村上さんが私にくださる慈悲が、海豚に姿をかえて守っていてくれるのだと、私はそう信じるようになり、淋しくなれば、海豚と話をいたしました。その海豚は、アンボンの湾口まで来て、そこから南へ帰って行きました。

お話することは、これでみなでございます。はるかなるアンボンの島から、奥さんのご健康をお祈りいたします。

無月物語

後白河法皇の院政中、京の賀茂磧でめずらしい死罪が行われた。

大宝律には、笞、杖、徒、流、死と五刑が規定されているが、聖武天皇以来、代々の天皇はみな熱心な仏教の帰依者で、仏法尊信のあまり刑をすこしでも軽くしてやることをこのうえもない功徳だとし、とりわけ死んだものは二度と生かされぬというご趣意から、大赦とか、常赦とか、さまざまな恩典をつくって特赦を行うのが例であった。死罪は別勅によって一等を減じ、例外なくみな流罪に落着く。したがってそのほかの罪も、流罪は徒罪、徒罪は杖刑というふうになってしまう。

一例をあげると、布十五反以上を盗んだものは、律では絞首、格では十五年の使役という擬文律があるが、それでは叡慮にそわないから、死罪はないことにし、盗んだ布も十五反以内に適宜に格下げして、徒役が軽くすむように骨を折ってやる。また強盗が人を殺して物を奪うと、偸盗の事実だけを対象にして刑を科し、殺したほうの罪は主罪に包摂させてしまう。法文は法文として、この時代には実際において死刑というものは存在しなかったのである。

文治二年に北条時政が京の名物ともいうべき群盗を追捕し、使庁へわたさずに勝手に斬ってしまった。これは時政の英断なので、緩怠に堕した格律に目ざましをくれたつもりだったが、朝廷ではいたく激怒して、時政を鎌倉へ追いかえすのどうのというさわぎになった。そういう時世だから、死刑そのものがめずらしいばかりでなく、死刑される当の人は中納言藤原泰文の妻の公子と泰文の末娘の花世姫、公子のほうは三十五、花世のほうは十六、どちらも後後の語草になるような美しい女性だったので、人の心に忘れられぬ思い出を残したのである。

公子と花世姫の真影は光長の弟子の光実が写している。光実には性信親王や藤原宗子などのあまりうまくもない肖像画があるが、この二人の真影こそは生涯における傑作の一つだといっていい。刑台に据えられた花世の着ている浮線織赤色唐衣は、最後の日のためにわざわざ織らせたのだというが、舞いたつような色目のなかにも、十六歳の少女の心の乱れが、迫るような実感でまざまざと描きこめられている。

長い垂れ髪は匂うばかりの若々しさで、顔の輪廓もまだ子供らしい固い線を見せているが、眼差はやさしく、眼はパッチリと大きく、熱い涙を流して泣いているうちに、ふいになにか驚かされたというような霊性をおびた単純ないい表情をしている。公子のほうは、平安季世の自信と自尊心を身につけた藤原一門の才女の典型で、膚の色は深く沈んで黛が黒々と際立ち、眼は淀まぬ色をたたえて従容と見ひらかれている。肥り肉の豊満な肉体で、花世の仏画的な感じと一種の対照をなしている。

いまの言葉でいえば、二人の罪は尊族殺の共同正犯というところで、直接に手こそ下さなかったが、野盗あがりの雑武士を使嗾して、花世にとっては親殺し、公子にとっては夫殺しの大業をなしとげたのである。当時の律でも尊族殺は死罪ときめられていたが、比類のない無残な境遇におかれていたこの不幸な娘が死刑にされるなどと、誰一人思ってもいなかった。

寛典に甘やかされた考えからではなく、妻と娘に殺された父にして夫なる当の泰文は、かねて放埓無頼の行いが多く、極悪人といわざるも、不信心と不徳によって定評のある奇矯な人物で、名を聞くだけでも眉を顰めるものが少なくなかった。のみならず、その妻と娘に、現在の父、そうして夫である男を殺させるようにしたのには、徹頭徹尾、泰文のほうに非があるのであって、二人の女性は無理矢理におしつけられ、やむにやまれず非常の手段をとったものである。公平な立場に立てば公子と花世に罪があるかどうかたやすく判定しかねる性質のものだったから、当然、寺預けか贖銅（しょくどう）（罰金刑）ぐらいですむはずだと安心していたのである。

泰文は悪霊（あくりょう）民部卿という通名（とおりな）で知られた忠文（ただぶみ）の孫で、弁官、内蔵頭（くらのかみ）を経て大蔵卿に任ぜられ、安元二年、従三位に進んで中納言になった。比叡の権僧正（ごんのそうじょう）である弟を除くと、兄弟親族はほとんどみな兵部（ひょうぶ）関係の官位についていたが、泰文だけは例外で、若いころから数理にすぐれ、追々、大学寮の算博士（さんはかせ）も及ばぬ算道の才をあらわすようになり、大蔵卿に就任するやいなや、見捨てられていた荘園の恢復にかかり、瞬く間に宮廷の収入を倍にするという目ざましい手腕を見せた。もっともその間に抜目なく私財も積み、深草の長者太秦（うずまさ）王の次女の朝霞子（あかこ）を豊饒な山城十二ケ荘の持参金つきで内室に入れるなど、三十になったばかりで藤原一門でも指折りの物持になり、白川のほとりなる方一町の地幅に、その頃まだ京になかった二階屋の大邸をかまえ、及ぶものなき威勢をしめした。

そのかみ忠文は将門追討の命を受けて武蔵国へ馳せ下ったが、途中で道草を食っているうちに将門が討ちしずめられ、なんのこともなく漫然と京へ帰還した。忠文としては、それはそれなりに一応の働きをしたつもりだったので、大納言実頼の差出口で恩賞が沙汰やみになったことを遺恨に思い、臨終の床で、

「おのれ、実頼」

などと言わでもの怨みをいう、あきらめの悪い死にかたをしたが、忠文が死ぬとすぐ、実頼の息子や娘がつぎつぎに変死するという怪事がおこった。

平安時代は、龍や、狐狸の妖異や、鳥の面をした異形（いぎょう）の鬼魅（きみ）、外法頭（げほうあたま）とか、青女（あおおんな）とか、怪物（あやしもの）が横行闊

歩する天狗魔道界の全盛時代で、極端に冥罰や恠異（かいい）を恐れたので、それやこそ、忠文の死霊の祟りだということになった。以来、忠文を悪霊とか悪霊民部卿とかと呼び、忠文の血族を天狗魔道の一味のように気味悪がり、泰文の異常な数理の才を天狗の助けかのように評判した。

　泰文はこれも面白いと思ったのか、どこかの家で慶事があると、かならず出掛けて行って中門口に立ちはだかり、

「悪霊民部卿、参上」

と無類の大音声で見参（げんざん）する。稚気をおびた嫌がらせにすぎないが、輿入れや息子の袴着祝などにやられると災難で、大祓（おおはらい）ぐらいでは追いつかないことになる。

　泰文は中古の藤原氏の勇武をいまに示すかのような豪宕（ごうとう）な風貌をもち、声の大きいので音声（おんじょう）大蔵といわれていたが、全体の印象は薄気味悪いもので、逢魔ケ時のさびしい辻などでは逢いたくないなにともつかぬ鬼気を身につけていた。たそがれどき、大入道で手足が草の茎のように痩せた、外法頭（げほうあたま）という化物が、通りすがりに血走った大眼玉でグイと睨みつけて行く。それがしの中将などはそれで驚死したということだが、つまりはそういった感じである。いつも眠そうに眼を伏せているが、時折、瞼をひきあげて、ぞっとするような冷たい眼附で相手を見る。武芸のある手練者（てだれもの）も、泰文の冷笑的な眼附でジロリとやられると、勝手がちがうような気がして手も足も出なくなってしまう。当代、泰文ほど人に憎まれた男もすくないが、思うさま放埒な振舞いをしながら、ただの一度も刀杖（とうじょう）の厄を受けずにすんだのは、ひとえに異風の庇護によることであった。

　一般の庶民は別にして、公家堂上家の生活は、風流韻事に耽けるか、仏教の信仰にうちこむか、いず

れはスタイルが万事を支配する形式主義の時代にいながら、泰文は、詩にも和歌にも、文学じみたことは一切嫌い、琵琶や笛の管絃の楽しみも馬鹿にして相手にせぬばかりか、かつて自分の手で拍手（かしわで）を打ったことも、自分の足を、寺内へ踏みこませたこともないという、徹底した無信心でおしとおしていたが、そのくせ侮辱にたいしてはおそろしく敏感で、馬鹿にされたと感じると、その日のうちに刺客をやってかならず相手を殺すか傷つけるかした。

そのほかにも人の意表に出るような行動が多かった。泰文の身体のなかには、陳腐な習俗に耐えられないムズムズする生物（いきもの）のようなものがいて、新奇で不安な感覚を与えてくれるような事柄にたえず直面していないと、生きた気がしないといったように、野性のままの熱情をむきだしにして、奔放自在にあばれまわった。

衒勇（げんゆう）をふるうことも趣味の一つであった。当時、粟田口や逢坂越に兇悪無慙な剽盗が屯（たむろ）していて、昼でも一人旅はなりかねる時世だったが、泰文は蝦夷拵え柄曲（えまげ）の一尺ばかりの腰刀を差し、伴も連れずに馬で膳所（ぜぜ）の遊女宿へ通った。遠江の橋本宿は吾妻鏡（あづまかがみ）にも見える遊女の本場だが、気がむけばそのまま遠江まで足をのばすという寛闊さで、馬で疲れると、行きあう馬をひったくり、群盗の野館（のだち）のあるところは、

「中納言大蔵卿藤原ノ泰文」

と名乗りをあげて通って行く。声の大きなことは非常なもので、賊どもは気を呑まれて茫然と見送ってしまうというふうだった。

また泰文は破廉恥な愛欲に特別な嗜好をもっていた。醍醐の花見や加茂の葵祭、勧学院の曲水の宴、

仙院の五節舞、そういうありきたりな風流にはなじめない。すまし顔の女院や上臈は面白くない。すべて遊興は下司張った刺戟の強いほうが好ましい。宿場の遊女を単騎で征伐に行くのはもっとも好むところだが、そのほか毎夜のように邸を抜けだして安衆坊の散所へ出かけ、乞食どもと淬湯酒を飲みわけたり、八条猪熊で辻君を漁ったり、あげくのはて、鉢叩きや歩き白拍子を邸へ連れこんで乱痴気騒ぎをやらかす。恋の相手もまともな女どもでは気勢があがらない。大臣参議の思いものや夫婦仲のいい判官府生の北ノ方、得度したばかりの尼君など、むずかしければむずかしいほどいいので、いちど見こまれたら、尼寺の築泥も女院の安主も食いとめることができない。奇怪な手段でかならず成功した。

　朝霞が泰文のところへ輿入れしたのは十六歳の春で、十年のあいだに六人の子供を生んだ。泰文には文雄、国吉、泰博、光麻呂の四人の息子と、葛木、花世という二人の娘があるわけだったが、頸居（七夜）の祝儀に立合っただけで、どの子もみな朝霞のいる別棟の寮へ追いやってしまった。泰文にとっては、子供というものはわけのわからない、手のかかる、人に迷惑をかけることを特権と心得ているようなうるさいやつめらで、男の子は、学資をかけて大学寮を卒業させなければ七位ノ允にもなれず、女の子は女の子で、莫大の嫁資をつけなければ呉れてやることもできぬ不経済きわまる代物だくらいにしか思っていず、それに自分のことが忙しすぎるので、子供のことなどは考えるひまがなかった。

　朝霞はどういう顔だちの婦人だったかわかっていないが、朝鮮から移ってきた秦氏の血をうけ、外来民特有のねばり強い気質をもっていたようである。泰文が朝霞を妻に迎えたのは、もともと功利的な打算から出たことで、女体そのものにはなんの興味もなかった。朝霞のほうもそれを当然の事と諒承し、毎夜のように母屋のどこかで演じられる猥がわしい馬鹿さわぎを怨みもせず、内坪の北の隅にある別棟の曹司で六人の子供を育てながら、庭の花のうつりかわりを見て、時がすぎていくという感覚をおぼろげに感じる、植物さながらの閑寂な日々を送っていたのである。

吝嗇というのではないが泰文は徹底した自己主義者で、金銭に関しては、前例のないほどキッパリした割り切りかたをし、子供の一代に金をかけることなどに、なんの意義も感じていなかった。あるだけの金は自分ひとりのもので、子供らに使われるのはこのうえもない損だというふうに、そのほうの費えには青銭一枚出さなかった。朝霞は父や兄から泰文の評判をきき、おおよそそんなことだろうと見こみ、嫁資のほかに自分の身につくものをこっそり持ってきたので、子供たちの養育費はみなその土地のあがりから出していた。そのほうはよかったが、おいおい子供たちが大きくなり、上の三人を大学寮へ送らなければならぬ齢がすぎているのに泰文はなにも言いださない。今年は今年はと待っているが辛抱しかね、ある日おそるおそる切りだしてみた。

泰文は羅の直衣を素肌に着、冠もなしで広床の円座にあぐらをかいていたが、

「お前のいう子供とは、いったい誰の子供のことか」

と欠伸まじりに聞きかえし、それが自分の子供のことだと聞かされると、雷にでもうたれたような顔をした。そういえばこの家にも子供が何人かいたようだと、ようやく思いだしたらしかったが、その折、またなにか忙しい思いつきがあったのだとみえ、いいようにしたらよかろうであっさりと話をうちきってしまった。

翌年、長男の文雄が省試の試験に及第し、秀才の位をとったという話を泰文はよそで聞いたが、ふと

その学資はどこから出ているのかと疑問をおこした。朝霞が家計のなかからひねりだしているのならそれこそゆるしがたいことなので、帰るなり北ノ坪へ行って問いつめると、朝霞はやむなく身附きの自領の上りから払っていたことを白状した。泰文は無気味な冷笑をうかべ、それはもともと嫁資の一部をしているはずのものだから、そうと聞いたからには、さっそくこちらの領分へとりこむ、金のかかる三人のやつめらは、今日かぎり勘当するが、なお、あるだけの隠し田をさらけださなければ、二人の女童(めわらべ)のほうも家から追いだしてしまうと脅しつけた。

そのころ泰文は東山の八坂の中腹に三昧堂のようなものを建てた。招かれたある男が、あなたほどの無信心者がどういう気で持仏堂など建てたのかとおかしがると、泰文はその男を縁端まで連れて行って眼の下の墓地を指さし、

「あれはうちの墓地だが、童めらが一人残らずあそこへ入ったら、おれはここに坐ってゆっくり見物してやるのだ、そのための堂よ」

と笑いもせずにいった。

泰文は自分の子供らの墓を縁から見おろしてやるというだけの奇怪な欲望から、そういう堂を建てたことをその男は了解し、呆気にとられてひき退ったが、あわれをとどめたのは勘当された三人の息子であった。長男の文雄は方略の論文を書いてかすかす試験に及第し、河内の国府の允になって任地へ発つ運びになったが、二男の国吉は灯心売りになり、三男の泰博は二条院の雑色になって乞食のような暮しをしていた。泰文のやりかたがあまりひどいので、親戚のものも見るに見かね、関白基房を通じて法皇のご沙汰をねがった。法皇も呆れて、子供らを家に入れるように注意したので、泰文は渋々勘当をゆる

したが、基房の差出口が癪にさわったとみえ、間もなくひどいしっぺいがえしをした。

三条高倉宮の東南に後白河法皇の寵姫が隠れていた。江口の遊女で亀遊（きゆう）といい、南段で桜花の宴があったとき、喜春楽を舞って御感（ぎょかん）にあずかったという悧口者（りこうもの）で、世間では高倉女御と呼んでいたが、毎月、月始めの三日、清水寺の籠堂でお籠りをすることを聞きつけると、走水（はしりみず）の黒鉄（くろがね）という鉢叩きに烏面（からすめん）をかぶせ、天狗の現形（げんぎょう）で籠堂の闇に忍ばせて通じさせたうえ、基房の伽羅の珠数を落してこさせた。亀遊は基房の珠数を知っていたので、むずかしいことになりかけたが、走水の黒鉄が捕まったので、泰文の仕業だったことがわかった。黒鉄は磔木（はたもの）に掛けられて打たれたが、泰文の後楯があると思うのか、

「ほとほとに（女洞に掛けた言葉）舟は渚に揺るるなり、あしの下ねの夢ぞよしあし」

などと空うそぶいてみだらな和歌を詠み、面憎いようすだった。

後白河法皇の院政中は、口を拭っておとなしくさえしていれば、なにをしてもゆるされた寛大な時代だったが、泰文の放埒は度をこえているので、法皇も弱りきり、しばらく都離れのしたところで潮風に吹かれてくるがよかろうと、思いついて敦賀ノ荘へ流すことにした。

あばれだすかと案じられた泰文は、意外にも素直に勅を受け、二十騎ばかりの伴を連れて加茂川でひとしきり水馬（すいば）をやってから、一糸纏わぬすッ裸で裸馬に乗り、京の大路小路を練りまわしたうえ、悠然と敦賀へ下って行った。

泰文が京にいなくなると、魔党畜類が姿を消したような晴々しさになった。長男の文雄も仮寧（けにょう）し、一家団欒して夢のように楽しい日を送っていたが、ある日、長女の葛木姫が、

「父君がいなかったら、なんとまあ毎日が楽しいことでしょう」

と思いつめたように、つぶやいた。

それはみなの心にあって、口に出さずにいたことだったが、こういう日日が永久につづけばいいというのは、誰しもが願うところだったので、文雄が、

「父帝（後白河法皇）へお願いしてみよう」

といい、泰文が家名に傷をつけぬよう、京に帰さず、このうえとも長く敦賀へとめおかれるようにという願文をつくり、兄弟三人の連名で上書した。

泰文のほうは、いちどは素直に勅を受けたものの、もともとこんな潮くさいところに居着く気はない。関白基房は基道の伯父で、基実が死んだとき基道が小さかったので摂政になったが、基道の義母は清盛の女の盛子で、平氏と親戚関係になっていることから、基道にたいする清盛のひいきが強く、基房はあるかなしかの扱いを受けていた。泰文はその辺の機微をのみこんでいるので、五位ノ侍従だった基道の筋に途方もない金を撒き、公然と流罪赦免の運動をした。清盛は些細な罪で有能な官吏を流罪にするのは当をえた政治ではないなどと妙な理窟をこね、基道を突っついてしつっこく法皇にせっつかせた。気の弱い法皇はうるさいのでまいってしまい、いいなりに赦免状を出したので、泰文はろくろく敦賀の景色も見ないうちに京に呼びかえされることになった。

泰文は外法頭そっくりの異形な真額に冠をのせ、逢坂あたりまで出迎えた鉢叩き、傀儡師、素麺売などという連中に直衣を着せ、形容のしようもない異様な行列をしたがえて入洛するなり、早乗りをして白川の邸に馳せ戻った。伜どもが連名し、法皇に不届な上書したことを聞いていたので、すごい形相で中門から走りこむと、長い渡から廊ノ間、対ノ屋、母屋の塗籠のなかまで、邸じゅうを馳けまわって伜

どもを探したが、国吉と泰博は下司の知らせで逸早く邸から逃げだし、きわどい瀬戸で助かった。

二人はまた食うあてがなくなり、以前よりいっそうみじめな境涯に堕落し、安主房の散所で人にいえぬようななりわいをして命をつないでいたが、その冬、国吉は馬宿(うまかた)と喧嘩して殺され、泰博は翌年の春、応天門の外でこれも何者かに斬られて死に、二男と三男は泰文の望みどおりにはやばやと持仏堂下の墓に入った。

泰博が殺されたとき、さる府生が役所で悼(くや)みをいうと泰文は、

「やっと二人だけだ、祝辞を述べてもらうにはまだ早い」

と毒々しい口をきいたということである。

泰文ほど上手に刺客を使う男も少ないので、国吉と泰博は泰文が人をやって殺させたのだという風説が立った。「京草子」の作者もそれらしいことをにおわせているが、これは信じにくい。泰文は時流に適さない異相のせいで、ことさら残酷なことを好む変質者のように言伝えられているが、人をやって自分の子供を殺させるようなことまではしなかったろう。粗暴な振舞いや、思いきった悖徳(はいとく)異端の言動が多く、妻や子供らに酷薄な所業をしたが、それは考えるような悪質なものではなく、実のところは、なにか変ったことをしでかして、同時代の人間をあっといわせたいという要求から出ていると見る向きもある。残忍も無慈悲も、おのれを見せびらかし、自分というものを世間にしっかり印象づけたいという欲求によることなのであるから、風説どおりに人をやって子供たちを殺させたのなら、泰文がそれを吹聴もせずにおくわけはないからである。

国吉と泰博が陋巷(ろうこう)で変死したとき、葛木は十八、花世は十一、四男の光麻呂はまだ六歳でしかなかったが、上書の件以来、泰文は猜疑心が強くなり、子供らをいっしょにおくと、ろくなことをしないというので、葛木と光麻呂を朝霞からひき離し、南ノ坪の曹司で寝起きさせるようにした。それほどの無慈悲なあしらいを受けても、朝霞は世をはかなむこともせず、出世間(しゅっせけん)の欲もださず、いつかまた葛木や光麻呂に逢える日のあることを信じ、泰文の遠縁にあたる白女(しらめ)という側女(にょうぼう)を相手に一日中、蔀(しとみ)もあげずに写経ばかりして暮していた。

そういうわびしい明け暮れに、泰文の従弟の保平が、保嗣という十八になる息子を連れて安房の北条から出てきた。

保平はもと山城の大掾(だいじょう)をつとめ、太秦王などとも親しく、朝霞との間にもなにがしかの想いがあったもののようである。保平が自分から安房へ引込んだのは、朝霞が泰文のところへ輿入れした直後だったことなどを思い合わせても、保平の側に相当な遺憾があったのではないかといわれ、泰文も聞いて知っていたが、安房から出た砂金や鹿毛やら、少なからぬ土産があったので、保平の親子を泉殿に居らせ、下にもおかぬような歓待をした。白女も母屋へ出てとりもちをしていたが、そのうちに、どこか野趣をおびた、保嗣のたくましい公達ぶりに思いをかけるようになった。これでもれっきとした藤原一門の女だから、朝霞さえ後楯になってくれれば、この恋はものにならないでもない。それにはまず朝霞の心を掴んでおくにかぎる。それで、側見するところ、口にこそ出さないが、保平はいまだに朝霞のことを忘れかねて悩んでいるらしい、というようなことをいって朝霞の気持をそそりたてた。

白女に言われるまでもなく、保平は朝霞にとって幼な馴染みのなつかしい人間で、心のやさしいことも、身に沁みて知っており、ひょっとしたら、泰文にでなく保平に嫁いでいたかもしれないという微妙な思いもあるので、釣りこまれたわけでもあるまいが、つい白女に本心をもらしてしまった。白女はこれで朝霞の退引きならぬ弱身を掴んだと思い、正面切って保嗣に働きかけたが、保嗣は冷静な賢い青年だったので、ここでなにかしでかしたら、泰文の腰刀の一と突きを食うだけだと、浪花の国府に任官したのをさいわい、事のおきぬうちにと、だしぬけに淀から舟に乗って浪花へ発って行ってしまった。

白女の落胆はたいへんなもので、朝霞をつかまえては嘆きに嘆いた。朝霞もはじめのうちはなぐさめるくらいにしていたが、いつまでもおなじ繰言（くりごと）をまきかえすのにうんざりし、ついつい素ッ気ないことをいうと、白女は朝霞の態度から急に曲ったほうへ解釈した。保嗣が急に浪花へ下ったのは、朝霞が細工して追いだしたのだと一図に思いつめ、うらめしさのあまり、月のない夜、保平が朝霞の曹司へ忍んでくるとか、朝霞が夜の明けるまで保平を離さないとか、あることないことをしつっこく泰文に告げ口した。

泰文のほうはそのころ新たな恋の悦楽にはまりこんでいた。相手は敦賀の国府にいた貧乏儒家、藤原経成の娘の公子という女歌人で、父について敦賀に下っていたが、急に京へ帰ることになり、敦賀ノ庄を出た日から泰文の道連れになった。

公子は天平時代の直流のような肉（しし）置きのいい豊満な肉体をもった、情操のゆたかな聡明な女で、当代のえせ才女のように些細な知識を鼻にかけて男をへこます軽薄な風もなく、面白ければ笑い、腹をたてれば怒るといった淀みのない性質だった。泰文は一人の女だけに深くかかりあうような無意味な所為をしない男だが、公子にはすっかりうちこんでしまい、参殿の行き帰りに、なにかと口実をつくって公子の家の前で車をとめた。そういう事情から泰文の気持が浮きあがっているので、薹のたった古女房などはどうでもよく、白女のいうことなどは、身にしみて聞いてもいなかった。しかし白女としては、朝霞に復讐することだけが生甲斐になっていたので、泰文の冷淡なあしらいにあうと今度は外へ出てあれこれと触れまわった。閨房のみだれは上流一般の風で、めずらしいことはなにもなかったが、それが泰文の身辺にはじまったところに面白味があった。泰文にしてやられた女房連や、泰文に怨を含んでいた亭主どもは、いずれもみな痛快がり、このときとばかりにはやしたてたので、洛中洛外にこの話を知らないものはないほどになった。

ここに奇怪なのは泰文の態度だった。湧きたつような醜聞を平然と聞流しにしてるばかりか、自分からほうぼうへ出かけて行って、毎日どんな情けない目にあっているかというようなことを披露してあるき、おのれの話のあわれさにつまされて泣きだしたりした。この間、泰文という男はなにを考えていたのか、他人にはうかがい知られぬことである。奇妙なのはそれだけではない。保平をそのまま邸に置きながら、保平の家従や僕を車舎の梁に吊し、保平と朝霞の間にどんなことがあったのか白状しろと迫った。このへんの心理はまったく不可解である。

最初にやられたのは天羽透司という家従で、保平の打明け話の相手だと思われている男であった。泰文は手なづけていたあぶれ者をやって、天羽を車舎にひきこむと、いつの間にそんなものを作ったのか、十字にぶっちがえた磔木に縛りつけ、まず鞭で精一杯に撲りつけた。

「本当のことをいってもらいたい。保平が朝霞のところでなにをしていたか、あなたは知っているはずだ」

「この二十日ばかり、保平殿は私を疎外し、打明けたことをいってくれないからなにも知らない」

泰文は天羽の手首を括って縄の端を梁の環に通し、あぶれ者にその綱を引かせた。天羽は床から指四本のところまで吊りあげられ、十五分ばかりは頑張っていたが、腕が抜けそうになったところで呻きだした。

「おろしてください、知っているだけのことを言います」

天羽をおろすと、あぶれ者どもを車舎から追いだし、二人だけになったところで、いかめしく促した。

「さあ言え」

「保平殿の供をして、北ノ坪へ三度ばかり行ったが、それ以上のことはなにも知らない。と申すのは、明け方まで泉のそばで待っているのが例だからです」

あぶれ者が呼びこまれ、天羽はまた梁に吊りあげられた。こんどはすぐ降参した。

「本当のことをいいます。保平殿が北ノ方とねんごろにしていることは、夙（と）くから気がついていた。北ノ方は毎日のように臼女に文を持たしておよこしになり、また見事な手箱を保平殿へおつかわしになりました」

「もうたくさんだ」

泰文は天羽を括って下屋（げや）の奥へ放りこむと、こんどは保平の僕を吊しあげた。

「保平と朝霞のことは、お前が見てよく知っているはずだと天羽がいった。お前はいったいなにをしてくれた、夜の明けるまで二人の傍にいて」

僕は知らぬ存ぜぬといっていたが、腕の関節が脱臼しかけたので、しどろもどろに叫びだした。

「なるほど、そういう不都合な時刻に北ノ坪へ入りました。けれども、お二人の傍にいたわけではありません。じつはとなりの曹司で、白女と遊んでおりました」

「言わぬなら、もう一度吊しあげるだけのことだ」

僕は震えだした。

「もうお吊しになるには及びません、なにもかも申します」

それで白女が呼びこまれた。

「お前がねんごろにした女房がここにいる。この女の前で、あったことをみな言ってみろ」

「申します。私はお二人の前で、さる実景を演じる役をひきうけました。ここにいるこのひとが、そうするように強請したからです。最初に保平さまが下着をとられ、それから奥方が下紐を解かれました」

「よくわかった。お前の言ったことをこの紙に書くがいい」

「かしこまりました」

僕は助かりたいばかりにすぐ筆をとったが、肩を痛めているので、はかばかしくいかなかった。しかしともかく書きあげた。泰文は誓紙をひったくると、腰刀を抜いて三度僕の胸に突きとおし、立ったままで、死にゆくさまを冷淡に見おろしていたが、僕が布直衣(のうし)の胸を血に染めてこときれると、白女のほうへ向いていた。

「こんどは、お前の番だろうな」

白女が狂乱して叫んだ。

「どうぞ、命だけは」

「いやいや、そういうわけにはいくまいよ。とんだところを見せものにして、主人の淫欲をそそるとは出来すぎたやつだ。この俺だって、そこまでのことはしない」

そういうと、白女の垂れ髪を手首に巻きつけ、腰刀で咽喉を抉った。白女はむやみに血を出して死んだ。

泰文は二つの死骸を芥捨場（ごみ）へ投げだし、裏門から野犬を呼びこんで残りなく食わしてしまった。そうしておいて、保平のところへ行って陽気に酒盛をはじめた。

すさまじい絶叫や叱咤の声で、保平は事の成行を察していたので、どうされることかと生きた空もなかったが、泰文は徹底的な上機嫌で、なにがあったかというような顔をしている。保平はいよいよ薄気味悪くなり、翌日、なにやかやと言いまわして、泰文の邸から逃げだした。京にいる間、刺客を恐れてたえずビクビクしていたが、格別なんのこともなく、その秋、命恙（つつが）なく安房に帰り着いた。

朝霞のほうにも、恐れるようなことはなにも起きなかった。それどころか、泰文はかつてないようなうちとけかたで、北ノ坪へやってきては世間話をするようになった。朝霞は泰文の気持をはかりかねて悩んでいたが、そういうことも度重なるとつい心をゆるし、どんなに責められても言わなかった隠し田のありかを白状してしまった。

「これは光麻呂と娘たちの分なのですから、そこのところは、どうぞ」

「わかっている。悪いようにはしない」

泰文は素ッ気なくうなずいてみせたが、つまりはそれが目的だったのだとみえ、それからはぷっつりと来なくなった。

朝霞と保平のいきさつはこれで無事に落着するはずだったが、事件は意外なところからあらたに掻きおこされることになった。

朝霞の兄弟も泰文の弟の権僧正光覚も、いずれも融通のきかない凡骨ぞろいで、事件のおさまりをあきたらなく思っていた。朝霞は亭主を裏切ったばかりでなく、一族兄弟の顔に泥を塗ったものであるから、こんないい加減なことですまされては、自分らの立つ瀬がないというのである。

光覚は壇下に尊崇をあつめている教壇師だったが、「はやく処置をつけてくれないと、講莚にも説教にも出ることができない。朝霞の始末はどうしてくれるのだろうか」と手紙や使いでうるさくいって来る。朝霞の兄弟は兄弟で、「こう延び延びにされては、拷問にかけられるより辛い。一家の名誉が要求することに応じてくれなければ、われわれは衛門を辞するほかはない」などときびしく詰め寄る。

その頃の北ノ方というものは、奥深いところで垂れこめているうちに、いつ死んだかわからないような死にかたをすることが多く、葬いも深夜こっそりとすましてしまうというふうで、世間的にはとるにも足らぬ存在だった。殊に泰文などときたら、いまあってもう無い自然現象のようなものだとしか思っていないのだから、朝霞と保平の一件などは、事実だろうと否だろうと、なんの痛痒も感じない。保平の僕と白女を殺したのは、そういったもののはずみでそうなったまでのことで、立腹したのでもどうしたのでもなかった。弟や義兄たちの抗議も、ただうるさいと思うばかりだったが、際限なくせっついてくるので癇をたて、そんな邪魔なら、尼寺へやるなり、殺すなり、いいようにしたらよかろうといってやると、では勝手ながらこちらで埒を明けるから、悪しからずという返し文が届いた。

それから三日ばかり後の夜、泰文の留守の間に、朝霞の兄の清成と清経が五人ばかりの青侍を連れてやってきて、すぐ朝霞のいる北ノ坪へ行った。朝霞は褥（しとね）に入っていたが、縁を踏んでくる足音におどろいて起きあがると、長兄の清成が六尺ばかりの綱を、次兄の清経が三尺ほどの棒を持って入って来るのを見た。

「この夜更けに、なにをしにいらしたんです」

「気の毒だが、お前を始末しにきた。なにしろ、こんな因縁になってしまって」

「それは泰文の言いつけですか」

「そうだ」

清経がうなずきながらいった。

「したいことがあるならしなさい、待っているから」

「なにといって、べつに……どうせ、こんなことになるのだろうと思っていました」

「いい覚悟だ。花世はとなりに寝ているだろう。むこうへやっておくほうがよくはないか」

「そうですね、どうかそうしてください」

清成が几帳の蔭から花世を抱きあげて出て行ったが、すぐ戻ってきた。

「では、やるから」

「いまさらのようですが、保平とはなにもなかったのです」

「そうだろう。しかしこういう評判が立ったのだから、あきらめてもらうほかはない」

「わかっています」

「怖くないように帛(きぬ)で眼隠しをしてやる。どのみち、すぐすんでしまう」

「どうなりと、よろしいように」

清成が几帳の平絹をとって朝霞の顔にかけると、清経が綱を持って朝霞のうしろにまわった。綱の塩梅をし、棒を枷(かせ)にして締めだしたが、うまくいかないので、べつな綱をとりに行こうとした。その足音を聞いて朝霞が顔から帛をとった。

「いったいまあ、なにをしているんです」

清経がふりかえりながらいった。

「この綱はよく滑らないから、べつなのを探してくる」

そういって出て行った。間もなく車舎から簾の吊紐をとって帰ってきて、眼隠しをするところからやりなおしたが、その紐もぐあいが悪いかしてやめてしまった。

「どうしたんです」

「これもぐあいがわるい」

また綱を探しに行き、こんどは棕梠の縄をもってきて、それに切灯台の灯油をとって塗った。

「こんどこそ、うまくいきそうだ」

綱は棒にうまく絡(から)んだ。兄弟が力をあわせて一とひねり二たひねりするうちに、事はわけなく終った。

朝霞の亡骸は用意してきた柩(ひつぎ)におさめ、青侍どもに担がせてその夜のうちに深草(ふかくさ)へ持って行き、七日おいて、泰文のところへ、朝霞が時疫(じやみ)で急に死んだと、あらためて挨拶があった。

「時疫とは、いったいどのような」

「脚気が腹中に入って、みまかられました」

泰文は薄眼になって聞いていたが、

「かわいそうな、さぞ痛い脚気だったろう」

と人の悪いことをいった。

朝霞が死んだのは承安三年の十月のことだったが、それから二年ほどはなにごともなくすぎた。

泰文は相変らず公子のところに通い、子供らは母のいない北ノ坪でしょんぼりと暮らしていた。すさまじい扼殺が行われた夜、葛木と光麻呂は遠く離れた曹司に居り、花世はまだ十一で、眠っていたところを清成に抱きだされたのだったから、三人の子供らは、母がそんな死にかたをしたことは露ほども知らなかった。召使どものいうとおり、深草の実家で病死したと信じていたので、心の奥底にある母の影像は、さほど無残なようすはしていず、母に死なれた悲しみも、月日の経つにつれてすこしずつ薄れ、誰もあまりそのことをいいださぬようになった。

二年後のおなじ月に新しい母がきた。前母は口数をきかない冷たい感じのひとだったが、こんどの母は明るい顔だちのよく笑うひとで、前母よりとしをとっているくせに、子供らといっしょになって扇引や貝掩をやり、先にたって蛍を追ったり、草合せのしかたをおしえたり、一日中、にぎやかにしている。母がちがえばこんなに面白く暮らせるのかと、子供心にも不審をおこしたくなるくらいだったが、とりわけ敏感な花世は、急に新しい世界がひらけたような思いで、公子こそは自分を生んだ実の母ではなかったかと、うつらうつらするようなこともあった。

泰文は公子が子供らに馴れすぎるのを面白くなく思っていたが、さすがにそうはいいかね、子供らにあたりちらしてわけもなく鞭で打ったりした。泰文の不機嫌の真の原因は、上の娘がそろそろ嫁資をつけて嫁にやらなければならない年頃になっていることで、そのことが頭にひっかかると、むしゃくしゃしてつい苛立ってしまうのである。泰文としては、どう考えてもそういう無意味な風習と折合をつける気にならないので、いっそのこと邸を尼寺にしてしまえとでも思ったのか、北ノ坪の入口に築泥(ついじ)の高塀をつくり、善世という頑(かたくな)な召次(めしつぎ)のほか、男と名のつくものは一切奥へ入れぬようにしたが、間もなく姉娘の葛木姫が、泰文の眼をぬすんで法皇に嘆願の文を上げたので、泰文のたくみは尻ぬけになってしまった。父は娘を家から出すことを嫌い、北ノ坪におしこめて手紙の行来さえとめ、事ごとに鞭や杖で打つので辛くてたまらない、嫁入るなり尼寺へつかわされるなり、この苦界からぬけださせるようにしていただきたいと書き、

さく花は千種(ちぐさ)ながらに梢(うれ)を重み、本腐(もとくだ)ちゆくわが盛(さかり)かな

という和歌を添えてつくづくにねがいあげた。法皇はあわれに思い、東宮博士大学頭範雄の三男の範兼を葛木の婿にえらび、一千貫の嫁資をつけ嫁入らすようにとつよいご沙汰をくだした。

一説には、葛木の上書は公子が文案し、和歌も公子が詠んだものだといわれているが、たぶんそれは事実だったろう。おのれを持することの高い公子のような悧口な女が、どういうつもりで泰文のところへ後添いに来る気になったかと、いろいろに取沙汰されたものだが、国吉や泰博のはかない終りや、常ならぬ虐待を受けている三人の子供たちをあわれに思い、朝霞にかわって、泰文のでたらめな暴虐から護ってやろうと思ったのではなかろうか。葛木を泰文の邸から出したのはすべて公子の才覚だったとすれば、進んで後添いにきた公子の意外な行動も、それでいくぶん説明がつくのである。

そういう状況のうちに、この物語の本筋の事件の起きた治承元年になり、花世は十五、光麻呂は十一の春を迎えた。

花世と光麻呂はよく似た姉弟で、光麻呂が下げ髪にしているときなどは姉とそっくりだった。花世の美容については、「かたちたぐひなく美しう御座まして、後のために似せ絵などとどめおかましう思ひける」とか「カカル美容（ミメ）ナシ」とかいったような記述が残っている。不幸だった花世の身のすえに同情するあまり、いくぶん誇張した向きもあるのだろうが、光実の肖像画で見るくらいの美しさはたしかにあったのだろう。泰文は天下りに捥ぎとられた一千貫の怨みが忘れられず、毎日、大酒を飲んで激発していたが、日に日に女らしくなってくる花世のなりかたちを見ると、後から追いかけられるような気がして、またしても落着かなくなった。いろいろと思いあわせるところ、葛木を家から出したのは公子の仕業だったような気がするが、それはともかく、花世の美しさはなんとしても物騒である。放っておくと、姉とおなじようなことをやり出すかもしれない。このうえまた一千貫では精がきれる。そばからつまらぬ智慧をつけられぬようにと、花世を殿舎の二階に追いあげ、食事も自分で運んで行くくらいに用心していたが、思春の情はなにものの力でもさえぎることのできない人性の必然であって、そのほうを始末するのでなければ、完全におさえつけたという満足はえられないわけだと、放蕩者だけあっていみじくもそこに気がついた。足りないものをみたし、性の満足さえ与えておけば、嫁に行きたいなどという出過ぎた考えを起こさず、いつまでも手元に落着いているのだろうが、ほしいものを宛てがえばいいといっても、そこらあたりの青侍や下司をおしつけて孕まれでもしては事面倒である。どうしようかと首をひねったすえ、そんならば、父親の自分が娘の恋人の役を勤めたらよろしかろう、これ以上安上りなことはなく、手軽でもあり安心でもあると考えきわめ、花世を呼んで、こんな罰あたりなことをいって丸ろめこみにかかった。

「お前も、いずれは子をひりだす洞穴を持っているわけだが、おなじ生むなら、聖人になるような立派な子を生むがいい。父が自分の娘を知ると、生れて来る子供はかならず阿闍梨になる。聖人はみなそのようにして生れでたもので、母方の祖父こそ、じつは聖人の父親なのだ」

泰文の卑しい眼差にあうなり、花世は父がいまどんな浅間しいことを考えているか、すぐ感じとってしまった。

「なにをなさろうというのです」

「だから、おれがその骨の折れる仕事をしてやるというのだ」

「そんなことは嫌でございます」

「欲のないやつだ。父のおれがこういうのだから、否応はいわせない」

途方もない話だが、信じられないような奇怪な交渉が、夏のはじめまでつづけられた。抵抗すれば息の根がとまるほど折檻されるので、気の毒な娘は、そういう情けない生活を泣く泣くつづけていくほかはなかったのである。

泰文はでたらめな箴言に勿体をつけるつもりか、拍手をうって花世の女陰を拝んだり、御幣で腹を撫でたり、たわけのかぎりをつくしていたが、おいおい夏がかってくると、素ッ裸で邸じゅうを横行し、泉水で水を浴びてはすぐ二階へ上って行ったりした。泰文はよほどの善根をほどこしている気でいるらしく、いつもニコニコと上機嫌だったが、だんだん図に乗って、たぶん邪悪な興味から、裸の花世を北ノ坪へ連れて行き、菊灯台の灯をかきたてて、自分と娘のすることを現在の継母にちくいち見物させるようなことまでした。

花世と公子は地獄にいるような思いがしたことだったろう。こんな畜生道の穢（けがれ）にまみれるくらいなら、いっそ死んだほうがましだと思い、露見した場合の泰文の仕置も覚悟で、白川の邸で行われている浅間しい行態（ぎょうたい）を日記にして上訴したが、そういうこともあろうかと泰文は抜け目なく手をうっておいたので、上書は三度とも念入りに泰文の手元へ送りかえされた。泰文が花世と公子をどんなむごい目にあわせたか想像するに難くないが、不幸な二人の女は、このうえ一日もこういう生活をつづけてゆくことに耐えられなくなり、泰文が死にでもするほか、この地獄からぬけだす方法がないと承知すると、二人で話しあって、ついに非常手段に及ぶ決心をしたのである。

北ノ坪で召次をしている犬養ノ善世という下部は、卯ノ花の汗袗（かざみ）を着てとぼけているが、首筋は深く斬れこんだ太刀傷があり、手足も並々ならず筋張っていて、素姓を洗いだせば、思いがけない経歴がとびだしそうな曰くありげな漢（おとこ）だった。暴れだせばむやみに狂暴になる泰文が相手では、どのみち女だけの腕で仕終（しお）おせるのぞみはないから、公子は善世を手なずけてみようと思いついた。

善世は眼の色を沈ませていつもむっつりと黙りこみ、なにを考えているのかわからないような陰気な男で、うちつけにそういう大事を洩らすのはいかがかと思われたが、ほかに助けとてもないのであるから、ある日、ままよと切りだしてみると、意外なことに、すぐ同腹してくれた。

犬養ノ善世はもとは鬼冠者といい、伊吹山にいた群盗の一味で、首の傷こそは、五年ほど前、山曲（やまたわ）の暗闇で泰文とやりあい、腰刀をうちこまれたものだということだった。こうして沓石（くついし）同然の下司の役に甘んじているのは、いつかは怨みをはらしてやろうという鬱懐によることである。あなたさまがたにたいする大蔵卿の仕打ちは、かねがね私めも腹にすえかねていた。そういう存念があられるなら、どのようにもお手助けすると、キッパリとした返事であった。

近々、泰文は八坂の持仏堂へ行くはずだから、仲間を集めてその途中で事をしたらと善世はいったが、公子は考えて、べつの意見を述べた。これまでの例では、泰文は危難にそなえて大勢の伴を連れて行くから、かならず仕終おせると思えない。油断のない泰文のことだから、こんどの八坂行には、われわれ二人も伴って目のとどくところへおくつもりにちがいない。奔放自在な泰文に立ちむかうには、緻密に考えた計画はむしろ邪魔なので、その場の情況に応じて、咄嗟に断行するといった、伸縮性のある方法のほうが、成功の公算が多いのではあるまいか。われわれはいつも泰文のそばにいるのだから、抜目なくかまえていれば、かならずいい折を発見することが出来るかと思う。お前はいつなんどき合図があっても、すぐに行動ができるよう、近いところで気をつけていてもらいたい。善世は、ご尤もなお考えであるといい、それで相談がまとまった。

七夕と虫払いがすむと、泰文は急に八坂へ行くといいだした。十四日の盆供に伜どもの墓を賑やかに飾りたて、谷の上の細殿からゆっくり見おろしてやろうという目的らしかったが、予期されたように公子と花世もいっしょに行くことになり、檳榔庇の車に乗って、まだ露のあるうちに邸の門を出た。犬養ノ善世は狩衣すがたで車のわきにつき、ときどき汗を拭きながらむっつりと歩いているのが、窓格子の隙間から見えた。

八坂の第に着くと、泰文は谷と谷との間に架けた長い橋廊をわたって細殿に行き、はるか下の墓を見おろしながら酒盛をはじめた。いいぐあいに酔いが発しないらしく、折敷(おしき)の下物を手づかみで食い、夜の更けるまで調子をはずした妙な飲みかたをしていたが、夜半近く、杯を投げだすと、そこへ酔い倒れてすさまじい鼾(いびき)をかきだした。

公子と花世は蒼くなって眼を見あわせ、今こそと、たがいの思いを通じあった。いずれこういう折があるものと期待していたが、それにしてもあまりに早すぎた。着いたばかりでは、善世も手が出まい。どうしたらよかろうという苛立ちと当惑の色が、たがいの眼差のなかにあった。公子が心をきめかねているうちに、花世はつと立って細殿から出て行ったが、間もなく戻ってきて、橋廊のきわから公子を手招きした。公子が足音を忍ばせながら花世のそばに行くと、花世は公子の耳に口をあてて、

「だいじょうぶ。いま善世が来ます」とささやいた。

しばらくすると、善世が夏草をかきわけながら谷のなぞえを這いあがってきた。ながいあいだ階隠(はしがくし)の下にうずくまっていたが、そのうちにすらすらと細殿に上りこむと、ふところから大きな犬釘をだし、あおのけに倒れている泰文の眉間にまっすぐにおっ立て、頃合をはかって、

「鯰(ナマズ)め」と一気に金槌で打ちこんだ。

泰文はものすごい呻き声をあげ、それこそ、化けそこねた大鯰のように手足を尾鰭にしてバタバタとのたうちまわっていたが、つづいてもう一本、咽喉もとにうちこまれた犬釘で、すっかりおとなしくなってしまった。

星屑ひとつない暗い夜で、どこを見ても深い闇だった。八坂の山中に、光といえばこの灯台の灯だけであろうが、その灯は風にあおられながら、泰文の異形な外法頭をしみじみと照していた。

無惨やな

一

上野、厩橋（前橋）で十五万石、酒井の殿さま、十代雅楽頭忠恭は、四年前の延享二年、譜代の小大名どもが、夢にまであくがれる老中の列にすすみ、御用部屋入りとなって幕閣に立ち、五十万石百万石の大諸侯を、

その方が、

と頭ごなしにやりつける身分になったが、ひっこみ思案のところへ、苦労性ときているので、権勢の重石におしひしがれ、失策ばかり恐れて、ほとほと憔れてしまった。

失敗の前例は数々ある。四代、雅楽頭忠清は専横のことがあり、大老職と大手御門先の上邸を召しあげられ、大塚の下邸に遠慮中、切羽詰って腹を切った。

その後、柳沢出羽守の執成しで、五代、河内守忠挙に遺領と上邸を下され、やっとのことで御詰役になったが、またぞろ柳沢騒動に加担し、事、露見に及んで、病気を言いたててひき籠り、わずかにまぬかれるという窮境にたちいった。

御留守役の末席にいる犬塚又内という用人は、深川や墨東では、蔵前の札差や金座の後藤などと並んで、通人の一人に数えられる名うての遊び手である。鬢の毛の薄い、血の気のない、ひょろりとした面長な顔をうつむけ、ひょっくりひょっくり歩くところなどは、うらなりのへちまが風に吹かれているようで、いかにも貧相な見かけだが、よく頭のまわる、気先の鋭い天性の才士で、そつがないとは、この人物のためにつくられた形容かと思われるほど、抜目のない男であった。

雅楽頭の屈託するようすが目にあまるので、犬塚はたまたま出府してきた国家老の本多民部左衛門をつかまえて相談をしかけた。

「御当家は、一と口に、井伊、本多、酒井と申し、諸大名方とはちがう重い家柄ゆえ、かような大切なお役儀をお勤めなされ、万一の儀でも出来したせつは、お身の障り、お家の恥、ご領地にも疵がつくことになり、ご先祖にたいして、このうえもない御不幸となりましょう。殿におかれて、お志があれば、まだしものことですが、日々の登営すら懶く思われ、内書にあずかることさえ疎んじられるようでは、この先のことが案じられます。お役を勤めて、ご恩を報じるなどは、栄達を求める微禄の輩に任せておけばよろしいのだと思うが、ご貴殿のお考えは、どうでありましょう」

雅楽頭は煩労には耐える気力がなく、職をおさめ、政事を補佐するという器でないことは、みなともに認めるところだったから、本多民部左衛門もうなずいて、

「国許でも、お選みの当初から、案じていたのはこのことであった。上のご難儀はわれらの難儀。とてもこのことに、御役ご免をねがうようにはまいらぬものか」

と言ってのけた。そこで犬塚が重ねて問いかけた。

「では、ご同意くださるか」

「同意しようとも」

「たしかに承わりました。柳営の内証向きには、ふとした抜裏がござって、当節、権勢の流行神の方へ、段々と手入れをいたせば、およそならぬということはないよし。お申付けがあれば、働いてみましょう」

「ほかに法はあるまい。なにがさて、そうときまったら、一日も早いほうがいいぞ」

「申すまでもなく」

「お上の手前は、なんと言いつくろえばよろしかろう。お役替などおすすめしたら、慮外なとお怒りになるかも知れず。その辺のところがむずかしい」

「仰せのとおりですが、お気先の和らいだ折を見はからって、手前から、そろそろと申しすすめてみましょう。お任せくださいますか」

「たのうだぞ」

ということで、その日は別れた。

寛延二年の春、桃の節句のすんだあと、雅楽頭の御前で、犬塚がなにげない顔でこんなことをいった。

「御用部屋にお入りになされてから、四度目の春を迎えましたが、日々のご心労、お察し申しております」

雅楽頭は、俗に思案顔という気魄薄げな面持で、

「そのことよ」

と肩を落して溜息をついた。

「上申の内書のと、些末な当務に精根を費やされること、ご闊達なお上のご気性では、さぞ煩わしく思召されるだろうと」

「大きに、な……内書の扱いひとつにも、旧例故格というるさいものがあって、もってのほかに心労する……このせつ、おれは瘠せたそうな。そちらにもそう見えるか」

「目立って、ご羸瘠なされました。なんともお痛わしいことで」

とソソリをかけ、媚びるように雅楽頭の顔を見あげた。

「忠節に限りはなけれど、まず、ほどほどにお勧めなされませ」

雅楽頭は駄々っ子のようにふくれっ面をして、ちぇっと舌打ちをした。

「このうえ、まだ勧めるのか……わしはもう倦いたぞ」

「では、おやめになされては如何」

雅楽頭は手で脇息を打つと、力のない声で、ふ、ふと笑った。

「又内め、事もなげに吐かしおる……ならば、やめたい、やめさせてくれるか」

「その儀ならば」

答えのかわりに、はっと平伏して、

「ほかに、なにかお望みの筋でも」

と尤もらしい顔でたずねあげた。雅楽頭は細い顎をうごかして鷹揚にうなずき、

「望めと言うなら、言ってみよう。願いをあげて退役するからには、ついでのことに、溜間詰を仰せつけられたら、家の面目、世上の聞え、いかばかりか晴がましくあろう」

溜間詰というのは、無役のまま大老並の扱いを受けることで、譜代大名の夢であった。

「それでは、あまり高望みか」

「いやいや、望みは大いなるに越したことなし……憚りながら、手前がお上なら、もうちっと上のことを望みまする」

「欲張者め、そちなら、なにを望む」

「播州姫路の松平明矩さま、このほどお国替になられるよし。姫路と申すは、厩橋などとはくらべものにならぬほどすぐれた国でございますから、ついでのことに、お所替をおねがい遊ばせ」

雅楽頭は膝を乗りだして、

「そうなるか」

「なりましょう」

「そう運べば、この上の倖せはない」

犬塚は自信ありげな面持で、

「幸い、御家老も詰めあって居られますことゆえ、彼とも申し談じ、思召しに叶うよう、相勤めましょう」

と、のみこんだようなことをいった。

二

雅楽頭の上願の筋は、柳営の内証向きで首尾よく裁許されたという噂だったが、五月の末、御老中御免のうえ、溜間詰に進み、あわせて厩橋から姫路へ所替を仰せつける旨、沙汰があった。

雅楽頭は喜悦満面のおもむきで、厩橋へ早馬をやって、城代、高須隼人、国家老、本多民部左衛門、川合蔵人、家老並、松平主水、以下用人、番頭、物頭を大手門先の上邸へ招集し、大広間で吉事披露の祝宴を張り、宴半ばで、このたび一廉の働きをしたものども、本多民部左衛門、奉書目付岡田忠蔵以下に、それぞれ百五十石の加増をした。なかでも犬塚又内は抜群の功績とあって、褒美として特高六百石に四百石を加増し、公用人役を免じて、江戸家老職を申しつけた。

夕景に及ぶと、宴はいよいよ爛熟し、主従同列に盃を舞わして、歓をつくしているうちに、首席国家老の川合蔵人だけは、盃もとらず、苦虫を噛んだような渋っ面で腕あぐらをかいて、むっつりと控えている。

佶屈(きっくつ)と肩を怒らせ、皺の中から眼を光らせているような見てくれの悪い癇癪面(かんしゃくづら)の老人で、常住、黒木綿の肩衣に黒木綿の袴(はかま)をはき、無反(むそり)の大刀をひきつけている。酒井に蔵人ありといわれる化顕(かけん)流の居合の名人だが、狷介固陋(けんかいころう)の性(せい)で、人にはあまり好かれないほうである。

雅楽頭はゆったりと盃をあけながら、チラチラと川合蔵人の顔をながめていたが、今日の慶事に、あまりにもそぐわないようすをしているので、たまりかねて、上段の間から声をかけた。

「蔵人、いっこうに酒がはずまぬようだな」

蔵人は腕あぐらをとくと、膝の上に手をおき、

「なかなかもって」

と裏の枯れた渋辛声でつぶやいた。

「お家の大変というのに、どうして浮かれていられましょうや」

聞きとがめて、雅楽頭が問いかえした。

「これは耳障りな。大変とは、どういう大変……いわれを聞こう。まあ、これへ進め」

川合蔵人は上段の間の下まで進みでると、開きなおった体(てい)になって、

「大変と申したは、御領地所替(ところがえ)の一段のことでござる。そもそも厩橋の城は、江戸城の縄張をそのまま

ひきうつした二つとなき城で、これよりほか、そのほうに持たすべき城はない。よって、永代、所替をいたさず、この方よりも申しつけまじくと仰せあって、権現（ごんげん）さまから、特に藩祖勘解由（かげゆ）さまに下しおかれたよしに聞き及んでおります。なお、その節、城地に十六騎をお附けくだされ、以来、百四十年、当家において格別の家柄となっておりますが、十六騎の者どもは、城地に附属するものゆえ、姫路へ移りますれば、もはやご家来ではなくなり、重いお家の飾りが失われる仕儀になる。城地を求めて家格（かかく）をひきさげるとは、そもそも、いかなる思い付……酒井の家風をご存じなら、権現さまとのお約束にも悖（もと）り、藩祖のお名を軽しめるがごとき愚かな所替は望まれぬはず。お上、ご所存をうけたまわりたい」

　と息巻くようにいった。雅楽頭は額ぎわまで血の色をあげて、

「だまれ、口がすぎる。家風を知らぬとは、なにごとか」

「急（せ）きたもうな。急いでは話ができませぬ。家風をごぞんじないと言うたは、こういう次第……当家においては、二百石という加増は重いものになっている。二百石より上のご加増は下さらぬ家風でござるが、又内、忠蔵めらに、どのような武功忠節があって、四百石、百五十石というご加増を下しおかれたか」

　雅楽頭は、しどろもどろで、

「おのれは、藩祖さまが憑（の）りうつったような高慢な口をきく。さっきから、ちくいち聞いていたが、おのれの申すことは、すべて理窟だ。つまりは、このわしに切腹せい、詰腹を切れというのかい」

　蔵人は下眼（しため）になって含み笑いをしながら、

「腹を召されようとなら、ご遠慮なく召されい。蔵人、お供つかまつる」

　と、切って放したようにいった。

詰合いの用人、小姓どもは、息をのんで控えていたが、そのうちに一人が立って、蔵人に、

「お次へ、お立ちなさい」

と言いかけたが、返事もしない。押しかえして催促すると、蔵人は光をためた金壺眼で用人の顔を仰ぎ見、重ねて言えば、抜討ちに討って捨てよう眼色であった。

用人は、これはと、一と足あとへ退ると、蔵人はとっさの間に立構えになり、雅楽頭に会釈をして、すらりとお次へ出る。雅楽頭もそれをしおに奥へ入った。

翌々日、蔵人の長屋へ見事な鞍置馬が一匹届いた。この馬は雅楽頭の乗料で、雅楽頭から和解のしるしとして贈ったものだった。

蔵人は御前に罷り出て、ねんごろにお礼を申し述べたが、いぜんとして楽しまぬ顔で、うちとけたような気配は、いささかも感じられなかった。

三

姫路の蔵人の居宅は曲輪の西、船場御坊というところにあって、庭の地境になるところを夢前川のつづきが流れている。

玄関は十畳敷、書院は三十畳敷で、間数が多く、江戸では、千石取りの邸でも及ばないような広大もない構えであった。

姫路へ移ってからも、蔵人は、ただのいちども晴れやかな顔を見せたことはなかった。日の出前に城

に上り、浅黄木綿のぶっさきの羽織のうしろから、山鳥（やまどり）の尾のように大刀の鐺（こじり）をつきだし、思入れ深く、姫山（ひめやま）につづく草むらを歩きまわっていた。この間、なにを考え、なにを目論（もくろ）んでいたか、他人のあずかり知らぬことだが、姫路に入部したその夜、蔵人は江戸詰家老を勤めていた倅の内蔵介を手にかけている。

内蔵介は雅楽頭の嘱目をうけ、若年ながら、高千石をもって江戸詰家老に申しつけられたが、おいおい遊蕩に身が入り、不行跡な振舞が人の口にのぼるようになった。

若気のあやまちで、すませばすまされる根（ね）のない行状だったのだが、蔵人には、いっさい勘弁がなく、無理に願って姫路へ呼びくだし、納戸（ぬりごめ）にひきこんで一刀のもとに斬って捨て、死体は長持の中へ放りこんでおいた。

二十年来、蔵人に仕えている老僕（おとな）の話では、納戸（ぬりごめ）の板敷を這って逃げまわるのを、ひと時、立身（たちみ）になって冷然と見おろし、

「死ね」

と一喝するなり、未練もなく首をはねたということである。

八月の末、犬塚又内が江戸へ帰るので、蔵人のところへ挨拶にきた。蔵人は、いつにない鄭重なあしらいで、又内を書院に通し、

「帰府（きふ）されるについて、チトおねがいの筋があるのだが」

と、うちとけたふうにいった。

「江戸表、同役中へ御用差がたまり、差繰りに骨を折っておる。隠密の御用は、書状ではいけぬから、

一通りお聞きあって、同役へお取次ねがう。出立の前に、いちどお出でくださらぬか。それで、出立は何日」

「この二十一日に」

「それならば、民部左衛門も誘って、二十日の夕刻から、お出掛けなさい。出府なされば、五六年はお目にかかれぬのだから、用談が終ったら、ゆるりと一献、酌もう。御馳走と申すほどのものもないが、道光庵仕込みの蕎麦切をお振舞いする。相客に松平主水を呼んでおくから」

「では、そのせつ」

そういって、又内は帰った。

二十日の午后、蔵人は老僕の作左衛門を居間に呼んで、

「夕刻、七つ時分に、隠密の用談があって、本多民部左衛門、犬塚又内、松平主水の三人が見えられる。蕎麦切を出すから、用意をしておけ」

作左衛門は敷居ぎわにかしこまって、はいはいと、うなずいた。

「心得のために申し聞かすが、今日は重い用談があるによって、家内のものどもを邸に置けぬ。とりわけ、女どもは口さがないものだから、指図のあり次第、一人残らず、その方の長屋へひきとるようにせよ。尤も、膳の出ているあいだは、給仕はおかねばならぬが、いいころに、おれが合図する」

「口々の固めは、いかようにいたしましょうか」

「おゝ、そうよ。口々には錠をおろし、玄関には、そちが居坐って、番をいたせ。お城からなにか申して来ても、玄関から一寸でも離れてはならぬ。また、おれが呼ぶまでは、何事があろうとも内に入るな。

しかと申しつけたぞ」

「かしこまりました」

七つ過ぎ、民部左衛門、又内、主水の三人が、うち連れてやってきた。蔵人は式台まで出迎え、

「これはこれは、ようこそ」

と愛想よく挨拶をし、庭にむいた広書院に案内した。主水はうちつづく座敷をながめ、

「お手広なお住居ですな。風がよく入って、涼しいこと」

などといっているところへ、作左衛門が吸物の小附（こづ）けで、酒を持ちだしてきた。

「酒は三献（こん）というところでおさめ、用談のすみ次第、ゆるりとさしあげるつもり」

蔵人は盃台から盃をとって、一杯飲んで又内に差し、その盃から、さらに一献をかさね、それを民部左衛門に差した。

盃が三巡したところで、家来を呼んで膳をひかせ、勝手へ出て来て、

「みなを長屋へおしこめろ。口々の錠を忘れるな。一間一間に燭台を出しておけ」

と作左衛門に言いおき、書院にとってかえすと、又内に、

「姫路にお下りになるのは、しばらく間（ま）のあることゆえ、憚りながら、家内をお見知りおきねがいたい。江戸と姫路のちがいはあるが、ご同役になったことだから、以後、ご別懇にねがいたいので」

「ご丁寧なご挨拶で痛みいる。では、ご内儀さまへ、ちょっと、おしるべに」

二人は座を立って書院を出る。いく間（ま）ともなく通りすぎ、奥まった八畳に又内を案内すると、蔵人は、

「少々、お待ちを。只今、家内を召し連れます」

といって部屋から出て行った。

又内が待っていると、間もなく、蔵人はとってかえし、又内の膝ぎわのギリギリのところへ詰め寄るなり、

「お手前は、お家の仇。そのままにはしておかれぬ」

と切り声を掛け、小手(こて)も動かさず、いきなりに抜きつけた。又内は狼狽して、

「無惨やな。いかなる次第で、狼藉に及ばれる」

と叫び、鯉口(こいくち)四五寸抜きあわせるのを、蔵人、身を反(そ)らし、又内の右手を肱の番(つが)いから切って落す。

「これはしたり」

と、よろばいながら立ちかけるところを、袈裟掛けにし、乗りかかって喉を払う。

蔵人は又内の絶命するのを見届けると、風呂場へ行って返り血を浴びた衣類を脱ぎ捨て、顔を洗い、手足を清め、用意してあった帷子(かたびら)に着かえ、なに気ない体で書院に戻った。

「又内どのは、奥で家内にお逢いなさっていられる。民部左衛門どの、この間(ま)に、用談をすませましょう。主水どのは、ご退屈でもあろうが、いま少々、お待ちください」

主水は縁に出、柱に凭(もた)れて扇子をつかいながら、

「わたくしめになら、ご斟酌(しんしゃく)はいらぬこと。風に吹かれて、のどかに休息しております」

と涼しげな顔で会釈をかえした。

蔵人は民部左衛門と肩をならべて、また、いく間ともなく座敷を通り、北側の小間に連れこんだ。

「又内どのを案内してまいる。ちょっとお待ちを」

座敷から出て行く体（てい）にみせかけ、閾（しきい）ぎわから急にとってかえし、民部左衛門の右手につけ入るなり、

「おのれは又内と同心して、お家に仇をなした。ゆるしてはおかぬ」

と叫んで抜きつけた。民部左衛門は壁ぎわまで飛び退（すさ）って、

「仇とは、どういう仇……業（ごう）たかりめ、ムザとひとばかり斬りたがる。そうはいかぬぞ」

眼を怒らせつつ抜きあわしたが、これも、あえなく右手を切り落された。

「やったな」

左手に刀を持ちかえたところを、真向（まっこう）額を割りつけられ、うむといって絶命する。

蔵人は乗りかかって止めを刺すと、脇差の血も拭って鞘におさめ、それを床の間に置き、さっきのとおりに、風呂場へ行って手水（ちょうず）をつかい、白帷子（しろかたびら）に麻裃（あさかみしも）を着て、ぶらりと玄関へ行った。式台で鯱（しゃち）こばっている作左衛門の肩を叩いて、

「おい、作左衛門、用談はすんだぞ」

と笑いながらいった。

「じつはな。仔細（しさい）あって、本多と犬塚を討ちはたした」

「それは大変」

「おどろくほどのことではない。それについて、たのみたいことがある。おれは切腹するが、どうか介錯（かいしゃく）してくれい。その前に、始終の始末を見ておいてもらおうか」

そういって、又内と民部左衛門の死体のある部屋へ連れて行った。

「見ろ、両人とも抜きあわしているだろう。欺し討ちではなかったぞ」

果し合いの次第をくわしく話し、

「委細は、この一通に書きこめておいた。介錯をしたら、これを主水どのにお渡し申せ。後々(あとあと)のことは、親類中と相談して、しかるべく取計えばよし……では、これまで」

と胸をおしくつろげ、左の脇を突き立てた。

作左衛門は後にまわって介錯すると、衣服を着かえて書院へ行った。

「さぞかし、ご退屈なことでありましたろう。手前、主人が申しますには、今夕、本多、犬塚のご両所を打ち果したよしにございます」

主水は自若とした面持で、

「首尾は」

とたずねた。作左衛門はうなずいて、

「ずいぶん、首尾よく」

「よしよし……さらば、匆々(そうそう)に腹を召されるがよからん」

「ぬからず、切腹いたしました」

ふところから蔵人の遺書を出し、

「委細はこの一通に」

といって主水に渡した。

主水は受取って、

「目付衆の立会で拝見することにしよう。あずかっておく」

煙草を二三服喫(す)い、

「火の元、勝手など、見廻りたいが、検視のすまぬうちは、ここを立つわけにはいかぬ。おのし、行って見廻って来い」

そういうと、硯箱を出させ、番頭、目付衆、親類中に宛てて、さらさらと手紙を書きだした。

人魚

1

川崎をすぎると、前窓（フロント）にあたる風の音が急に強くなり、倉庫や起重機のあいだから、ガラスのように光る海の景色が見えた。

伊保子は、白足袋の爪先を癇性にキチンと揃え、脊筋（せすじ）をまっすぐに立てたまま、めずらしい動物でもながめるように、玉枝のしゃくれた顔を眼端（めはし）でジロジロとながめた。

玉枝は、夫の死んだ先妻の子だが、玉枝が美しすぎる継母を憎んでいるように、伊保子のほうでも、気持の削げた、醜い片意地な娘をどうしても好きになれなかった。伊保子は、誰かと玉枝の話をするときは、平気な顔で、うちの鬼ッ子が、という。玉枝のほうではこわいほど美しいおばさま、というようないいかたで、しっぺいがえしをする。

顔をあわしても、めったに話もしない冷たい間柄で、おなじ車におさまって出歩くなどというのは何年にもないことだった。

膚（はだ）の色がみょうに煤黒く、眼のギョロリとした土人染みた顔だちなのに、欠点を隠そうとするどころか、お白粉はセピアに暫いオークルの十二番をつかい、アイシャドウはわざと墨でやる、というようなひねくれかたをする。今日の髪型は、にょっきりと伸びあがった兜（かぶと）の前立式で、むやみに鬟寄（シャーリング）せした藤色のローブに親指の頭ほどもある赤瑪瑙の首飾というとりあわせなので、一癖ある面相がいよいよ異色を発揮し、見る眼にもすごいくらいだった。

今日、就航披露のレセプションのあるラ・マルセーエーズ号には、仏印からきた商務官などもいるはずだが、こんなつくりを見たら、西貢（サイゴン）あたりの混血娘でも出てきたかと眼を見張るだろう。それがまた玉枝のつけ目なのだと思うと、こういう嫌がらせをする娘だと承知しながらも、つくづく憎らしくなった。

「玉枝さん、あなたのような人間嫌いがレセプションに出るなんてありそうもないことだわね。どういう風の吹きまわしなの」

それにしても、どれほど嫌っているのか実験してやれと思って、話にまぎらして、ねっとりと手を握ってやると、玉枝の頬のあたりにさっと鳥肌がたった。

玉枝は抜きとった手を、さりげなくクッションの端で拭きながらあどけないふうにたずねた。

「今日のレセプションに、伊井さんなんかも、いらっしゃるんでしょう」

戦争前まで、仏国郵船の副支配人をしていた先代の関係で、今日の披露会には伊井も招かれていることは、たずねるまでもなく、玉枝は知っているはずだった。

「ぞんじませんね。来れば、どうなの」

玉枝は脇窓に肱をかけて、

「伊井さん、フランス郵船ではいい顔なんでしょう。マルセーエーズ号で、神戸まで行くといいんだがなァ。すすめてみようかな」

と独り言のようにつぶやいた。

伊井は横浜でレセプションをすませると、そのまま始発港まで乗って行く。伊保子はべつに船室をとって、伊井といっしょに、神戸までこっそりと船の旅をするつもりでいたが、このことは伊井にもまだ話していないのだから玉枝に嗅ぎつけようわけはなかった。

「どうするっていうの、そんなことをすすめて」

「あたしも、いっしょに、くっついて行こうかと思って」

「たのんであげましょうか」

「結構よ。ぶち壊されるとこまるから」

伊保子は、しょうことなしに笑いだした。

「あたしが、あなたを、どうするんですって?」

「おばさまになにかおねがいすると、たいてい、だめになってしまうのが、ふしぎだということよ」

南桟橋の端から車どめまで、豪奢なセダンが長々とならび、そのむこうに、なまめかしいようなフランス船の白い船体が見えた。前甲板の檣(ほばしら)の頂に、船の名を書いた水浅黄の三角旗が、風にはためいている。地色は空の青さに溶けこみ、文字だけが、黒い火花のようにピチピチと動いていた。

二段になった高いギャングウェーをあがると、舷門に副長と高級士官がいて、愛想よく出迎えた。伊保子は芳名帳に名を書きながら前の頁を眼で辿った。伊井の名があった。

広い歩廊を子供の給仕がグロッケン・シュピールを叩きながら歩いている。

「プロムナードへ行ってみましょう」

ガラスとニッケルの天井から来る反射光線が、ほどのいい調子をつけた大サロンでは、水族館のようなほの青い雰囲気のなかで、招待の客が、いくつもグループをつくりながら、立ったままで歓談していた。白髪の給仕長が、コクテール・グラスの盆を持った若い給仕をうしろに従え、ひとごみの間をものしずかに通って行く。

散歩甲板に出る通路に、四体の人魚と海神の彩色陶器の装飾が、壁面いっぱいにひろがっている。

「この海神の顔、伊井さんにそっくりだわ」

なにがおかしいのか、玉枝がくすくす笑いだした。

2

どこに馬鹿笑いするほど、おかしいことがあるのだろうと、伊保子は、あらためてサン・ルームの壁を見てみた。

壁画を描くかわりに、彩色陶器を貼りつけて浮上彫のような効果を出す、パリの美術工芸学校派の新制作品で、濃い藍と緑の釉薬をかけた海神と人魚の群像が、十メートルもある広い壁面いっぱいになっている。

海神をとり巻く、四体の人魚の胸や腰の肉付けが、ひどく肉感的で誇張され、中央の海神の顔はルイ・ジュウヴェのような陰気な顔をしている。見ようによれば、伊井に似ていないこともないが、おかしいようなことは、なにもなかった。

「なにがそんなにおかしいの」

「だって、まんなかにいる海神が伊井さんとそっくりだし、右側の人魚の顔、おばさまにそっくりだし、左側の人魚、あたしに似ているし……これがおかしくなかったら、どうかしているわ」

伊保子は、冷い眼差でまじまじと継子の玉枝の顔を見すえてからそのまゝ歩廊のほうへ歩きだそうとすると、玉枝が、

「ねえ、おばさま」

と伊保子の腕に手をかけてひきもどした。

さりげない顔で笑っているが、手先に、ひきむしってやりたいというような、依怙地な力がこもっている。

「なんなのよ」

そういいながら振りむくと、玉枝は、こんどは伊保子の背に手をかけて、力まかせに壁のほうへ押しまくった。

「ねえ、まあ見ておくものよ。おばさまとあたしが二体ずついて、迷惑そうな顔をしている海神を、両方からひっぱりあっているなんて、まるで、なにかみたいじゃなくって」

「両方からひっぱったら、釣合がとれていいでしょう。バカなことをいうのはいい加減にしておきなさい。頭の程度が知れるわ」

「えっ、おばさまはお悧口よ。それはもう、わかっているの」

「あなたはバカよ。おまけに手のつけられない鬼ッ子だわ」

「瀬戸物の人魚が、あなたに似ているといったって、そんなに怒ることはないでしょう……顔は美しいけど、子供も生めないように不感性の女のことを、西洋では、人魚というんですってね。でも、あた

し、そんなことをあてつけたつもりはないの。似ているから似ているといったのよ。見てごらんなさい。そっくりじゃなくって。釉薬がかかっているだけ、人魚の顔のほうが、まだしも正直だって」

そばを通るフランス人や給仕が尻目つかいをしながらジロジロ見ていくので、伊保子はうんざりした。

「あなた、なにかいいたいことがあるんでしょう……だったら、おっしゃいよ。そんな、思わせぶりみたいなことばかりいっていないで……なにを云いたいの？　まあ歩きましょう。歩きながらだって話はできるでしょう？」

肘をとって歩かせようとすると玉枝はだしぬけに血の気をなくした白い顔になって、「さわらないで！」と無闇な声で叫びながら、伊保子の手を払いのけた。

「よしてちょうだいそんな声でわめくのは」

高ぶってくる気持をおさえながら、伊保子は宥(なだ)めるつもりになって玉枝に近寄って行くと、玉枝は一歩ずつあとずさりをし、壁に背中をおしつけたまま窪んだ暗い眼で、じっと伊保子の眼を見かえした。

「おばさま、あなたのなすっていること、いい加減で、我慢がならないの。たいして本気でもないくせに、伊井さんのような善良なひとを、なんのために、こづきまわしたり、馬鹿にしたりするんです？　なぜなの？」

この娘は、どうにもならないほど伊井に夢中になっている。馬鹿らしさが先にたって、本気で腹がたってきて、音のするほど玉枝の頬をピシャリとやった。

つづきの歩廊から入りかけていた給仕が、一瞬、足をとめたようだったが、廻れ右をして来たほうへ戻って行った。右手のサロンから出てきた二人連れのフランス人も、この場の状況を察したらしく、二人のほうを見ないようにして、大股ですりぬけて行った。

腹をすえてやりはじめた以上、ひとの見る眼など、どうだってかまいはしないのだ。よけいなデリカシィだと、伊保子は片腹痛く思いながら、思いきりよく、おなじところを、もう一度、ひっぱたいてやった。

玉枝はゆっくりと頬に手をやりながら、

「どうも、ありがとう」

と冷淡な口調で、それだけいった。

「お望みにならなら、いくらでもやってあげてよ」

「やってごらんなさい。ひっぱたかれたぐらいで、黙るもんですか」

「黙ることはないでしょう。云うことあるならおっしゃいといっているのは、あたしなの」

「どうしたんです？」

どこかで見ていたのか伊井が二人のそばへやってきた。

3

伊井はこのごろ急に肥りだした恰幅のいい身体を半礼装でドレスアップし、子供のような清潔な頬をつやつやと光らせながら、伊保子と玉枝の顔を、見くらべるようにながめた。

「いくら後妻と継ッ子でも、あなたたちみたいに、趣味のように喧嘩ばかりしている親子もめずらしい。

今日の喧嘩のテーマはなんです」

伊保子は、うんざりしたようにいった。

「死んだこのひとのママも、片意地なところがあって、生きている間じゅう、高須を困らせていたけど……見てごらんなさい。この意地悪い目つき……槇子さんにそっくりだわ……玉枝さん、あなた、レセプションがすんだら、マルセーエーズ号で、このまま神戸へ行きたいといっていたわね。だったら、伊井さんにおねがいしてみたら、どう?」

玉枝は含み笑いをしながら、底意のありそうな、曖昧な口調でこたえた。

「あたしが伊井さんと話しこんだりするのは、タブゥなんでしょう。そういったら、おばさま、どんな顔をなさるだろうと思って、ちょっと気をひいてみただけなの……この船で神戸まで行きますけど、伊井さんといっしょというわけじゃないの。べつの人よ……ひょっとすると、おばさまのいちばん嫌いな人かもしれなくってよ」

そういうと、伊井のそばへ行って、甘えるように腕に手をかけた。

「伊井さん、こわいほどお美しいおばさまは、あたしが今日、マルセーエーズ号へ来たことが、そもそもお気にいらないのよ……でも、終戦后(しゅうせんご)、はじめて日本へ来たフランス船だし、スイスやフランスに残っていた方たちが大勢お帰りになったんだから、いろいろお世話になったお礼をいったり、死んだママのことやなんか、聞きたいと思うのは、まァ当然でしょう。それなのに、おばさまったら、あたしを邪魔にして、来なければいいというような扱いをなさるのよ。この船に、誰か、あたしに逢わせたくないようなひとでもいるのかしら」

伊保子は、しょうことなしに笑いだした。

「でたらめをいうのは、およしなさい。邪魔にするどころか、あなたのことなんか、考えてもいなかったわ」

「考えたくもないでしょう。それだけのわけがあるんだったら」

「それが喧嘩の種（たね）なのか」

玉枝の顔を見ながら、伊井が打ち切るようにいった。なにごとも笑ってすます、いつもの磊落（らいらく）な調子はなかった。

「君のママが、人前もかまわず、ぴしゃぴしゃやるのは賛成じゃないが、もともと仲のいいほうじゃないんだから、それも自然だと思っている。君もひけ目になっていないで、言いたいことがあったら、率直にぶっつけるほうがいいんだ。海神と人魚がどうとかしたといっていたが、あれはなんのことだい」

「聞いていらしたのなら、あらためて、いうことはないのよ」

玉枝は気ちがいじみた眼つきになって、歩廊の壁面いっぱいにひろがっている、彩色陶器の海神と人魚の群像のほうへ振返った。

「伊井さん、あれなんという川でしたっけ?」

伊井は、きびしい調子でこたえた。

「スイス・ラインというんだ」

「あのとき、死んだママと伊井さんと、おばさまと三人で、夜、国境の川を泳いで、スイスへ入ろうとしたんだって……見たひとの話では、星明りだけのまっ暗な川を、三人が泳いで行くところは、ライン伝説の海神と人魚のようだったって……この群像を見ていたら、ふっとそのことを思いだしたもんだから……」

　伊井は伊保子のほうへ向いて、いった。

「松田がこの船でフランスから帰ってきた」

「松田が？　あゝ、そうだったの」

　槇子との間を堰かれたと思っている松田が、玉枝になにを吹きこんだか、それで、なにもかもいっぺんにはっきりした。

「そのとき、パパは胸を患ってスイスのサナトリアムに、あたしは麓の村の修道院の寄宿舎にいたんだけど、ママが国境の川で溺れたと聞いたとき、なぜ、川を泳いだりすることがあるのだろうと、そのことばかり考えていたわ」

「あの頃、あなたのママは、巴里の二十区のひどいところで、松田というひとと同棲していたわ……つまりは、縁の切れたひとだったの。さもなかったら、呼寄せて、わけなく入国査証をとれていたでしょうから、川を泳いでスイスへ入ることなんかなかったのよ」

「あたしのいっているのは、そのことではないの。あなたはママを誘っておいて、ママだけ泳がせて、伊井さんと二人で岸へひきかえしたんですってね……おばさま、そんなにまでして、パパと結婚なさりたかったの？」

「なんという頭なのかしら、パパと結婚したのは、へんな残されかたをしたあなた方が、かわいそうでならなかったからなのよ」

「さあ、どうかしら」

宥めるように伊井が伊保子にいった。

「これや、だめだね。あなたがいると話がむずかしくなる。あたしがよく説明するから、ビュッフェへでも行っていらっしゃい」

4

伊保子は、伊井と玉枝をサン・ルームに残して、今日の就航披露式の立食堂（ビュッフェ）になっているD甲板の一等食堂に行った。

壁ぎわの長いテーブルの上に、さまざまなかたちのコップや、スエーデンのスムルゴス式の前菜の皿が、幾百となくずらりと並べてある。唐草模様の文官服を着た植民地の商務官といったタイプや、西貢の百貨店の出物らしいアップレミディを着た若い夫人、煤色の唇にマラリヤの痕跡を残した仏印の航空将校……そういった連中がテーブルに寄ってきて、コクテールを飲んだり、立ったままで前菜をつまんだりしている。そのようすが、南独の赤十字キャンプのさもしい食事時を思いださせた。

金髪（ブロンド）の給仕が伊保子のそばへ寄ってきた。

「おくさま、なにかお飲物を？」

ポーランドの訛りだった。そういえば、どの顔もキャンプで見た避難民の顔にどこか似ていた。

「お、、いやだ」

伊保子は、レセプションなどという名に釣られて、こんな船にやってきたことを後悔した。女のあわれさに通う、あの夜の出来事は、死ぬまで思い出すまいときめていたのに……。

独逸の旗色が悪くなると、パリに残っていた日本人は、大使館の命令でベルリンに集結したが、そのベルリンもあぶなくなって、南独逸のバスガスタインに移った。

伊保子は、スイスのサナトリアムにいる高須から手紙を受取った。医療費の給付が打切られ、娘の玉枝は猩紅熱にかかり、誰かの救いが無ければ、窮死するほかない、抜きさしならない悲境を訴えていた。

伊保子は、伊井と二人で国境へ行ってみた。

三十米のあるかなしの川を隔てたすぐ向うに、スイスの町の灯が見えるのに、査証がなくて入国できないドイツやポーランドの避難民が千人ばかり、ブレゲンツの赤十字キャンプに収容されていた。

そのキャンプに槇子がいた。高須と離縁までして、一緒になった松田とも別れたらしく、ひとりだった。夫や娘には、なんの愛情も持っていない。先夫がサナトリアムにいるのを口実にしてスイスに入り、戦争のすむまで気楽にやって行くつもりだったが、そんな呼寄せに高須が同意するはずはない。槇子はあきらめていたふうだったが、伊保子が来たのを見ると、急にまたスイスへ入るといいだし、毎日のように川筋をたどって、泳いで渡れそうな場所を探していた。

「いいところをみつけた。今夜、やりましょう」

ある日、槇子が勢いこんで二人にいった。

「ほんの、ひと跨ぎぐらいのところなの……荷物は、あとでキャンプから送らせればいいわ」

問題は川だ。簡単に泳ぎ渡れるところがあるなら、眼の前にスイスの町の灯を見ながらキャンプになど居据っていることはないのだ。夜の十時頃、伊井と伊保子は赤十字キャンプをぬけだし、槙子に連れられて目的の場所へ行った。

土と草の香りがたちこめ、春めいた温い夜だったが、空に風があるのか、星の光も見えないほど、あわただしく雲が流れていた。

川に近くなると、怒っているような川水の音が聞えてきた。雪の溶けかけた山山からおしだしてきたアルプス・ラインの流れが、さわがしく波立ちながら、一キロほど向うで暗いボーデン湖に注ぎこんでいる。

「モンテ・カルロのプールより、ちょっと長さがあるというだけのことよ。二キロもある湖水を、泳ぎ渡るひとだってあるんだから」

槙子は、さっさと下着だけになった。伊保子が水に入ると、すぐ伊井がつづいた。三人は肩をならべて泳ぎだした。

遠い山から流れてきた、新鮮な、烈しい水は、油断のならない勢いをもっていて、えらい力で湖水のほうへ押し流そうとする。伊保子は、どこだろうと、スイスの岸に着きさえすればいいつもりで、暢気にやっていたが、槙子は、町の灯に目標をたて、まっすぐにそこへ泳ぎつこうと、躍起になっているふうだった。

どうしたのか、槙子があせりだし、浮子のように浮いたり沈んだりした。泳ぎの上手な槙子にはありそうもないあわてかただった。

「あなた、だいじょうぶなの？」

「あたし、だめ……足が痙(つ)ってきた……」

「槇子さん、しっかり」

　川水を蹴って、槇子のそばへ泳ぎつくなり、伊保子は、いきなり槇子に抱きつかれた。槇子の腕が締金(しめがね)のように伊保子の足を締めつける。二人の身体は次第に川底の泥にうずまって行く。気が遠くなり、水がゴボゴボと口に流れこむ。この手を振り離さないと、どっちも助からない。はげしい格闘がはじまった。このとき、伊保子は、こんな槇子の声を聞いたと思った。

「死んだって、あなたを高須のそばへはやらないから」

　伊保子が蘆の茂る河原へひきあげられたのは、それから二十分もたってからだった。いやというほど泥水を飲まされ、胸も腕も掻き傷だらけになっていたが、そうまでして、こちらをおし沈めようとした槇子を、憎む気にはなれなかった。自分も槇子の位置に立ったら、おなじようなことをしたろうし……女というもののあわれさが身にしみ、河原の蘆の間にうずくまったままつくづくと涙を流した。

女の四季

西のほうがまだ明るいのに、空にはもう月が出て、いくらか散り残った赤坂見附の土手の桜が薄月を浴びて氷花のように光っている。

そういった肌寒い風の吹く春の夕方、親父の後光で観光協会の名ばかりの理事をつとめ、ほかに用も務めもない赤井四郎というのらくらものが、土手沿いの道をブラブラ歩いていた。

どこかの映画会社がニュウ・ルックの二枚目役にあてこんで、買いにきたとか、買いにくるところだとか、当人より先に、行きつけの酒場の女給やダンサーが大騒ぎをしている。三十二才の早川雪洲といった、ツルリとしたいい男だが、御所門の前あたりまで上って行くと、離宮のほうから大きなポルト・フォリオをさげた、大学の女子学生といったタイプの娘が、右肩をつりあげて、腹でもたてているような恰好で大股におりてきた。

「アメリカの漫画にあるボッブ・ソクサァというやつだ」

赤井は気をのまれて思わずつぶやいた。

髪はお河童のようなボッブで、厚い鼈甲縁（べっこうぶち）の眼鏡をかけている。着ているのはウールまがいのブラウスだが、要するに首を通す穴のあいた南京袋といった体裁である。紺サージのスカートは、ファッションに復讐をしてやろうというように、おそろしく短かくて、膝小僧がまるだしになっている。空ッ脛に純白のソックスをはいているが、靴が黒のロォ・ヒルなので、そこだけが夕闇のなかで舞い立つようにあざやかに見える。

馬鹿でかいロイド眼鏡のせいで、頑固な表情になり、生れてからまだ脂粉の香を知らない頬は、皮膚の色が野性のままでそそけたっている。自分は高い学問をおさめ、むずかしい仕事にしたがっている人間だから、衣裳や髪かたちなどつまらないものにかまけていられるかといった誇が、全幅にあらわれている。

アメリカの中西部あたりの大学には、こういったボッブ・ソクサァの卵が大勢いるとみえ、漫画のなかで、これとそっくりなスタイルでいろいろと悲喜劇を演じてみせる。

ちょうどそのとき、うしろから八百屋の小僧らしいのが自転車を押して上ってきたが、びっくりしたようにつくづくと見据えてから、

「あれァ、なんて女みたいな男だろう」

と呟きながら赤井を追いぬいて行った。小僧は小僧なりにうまいことをいうもんだと思って、赤井は思わず笑いだしてしまった。

相手に聞えるほど高い声で笑ったわけではなかったのだが、夕風のぐあいでむこうへ通じたのだとみえ、ボッブ・ソクサァの娘がキッとした顔で戻ってきた。

「いまなにかおっしゃったのは、あなたでしょう」

赤井はたじたじになって、

「いや、ちがう。笑ったのは僕だが、女みたいな男だといったのは、あの小僧だ」

と弁解した。

娘は眼鏡の奥から穴のあくほど赤井の顔を見てから、

「ずいぶんヘナヘナした、おっちょこちょいみたいな美男子だわね、あなたは」

そういうと、クルリと向きかえて、落着きはらったようすで見附のほうへ降りて行った。

浅間砂のプライヴェートの突当りに、翼屋（ウィング）と屋根部屋に張出窓をつけた鏡善之助の別荘の屋根が見える。篏木（はめき）の床のある広い舞踏室で花やかな夏の終りを踊りあかすのが、長い間、この軽井沢の行事になっていた。夜のサロンや、派手な日除の下の午後の茶の一刻に忘れがたい追憶があるが、このヴィラも新興成金の猿丸の長女の倭子というのが買い、代が変って、残るは古い思い出だけということになってしまった。

猿丸の娘がこのヴィラを買った件には面白いゴシップがあった。ある日、渋谷の鏡のところへ猿丸から電話があった。

「横浜の猿丸ですがね、娘が軽井沢のあんたの別荘をほしいというから売ってくれませんか。テニス・コートだけでいいんだそうだが、そういうわけにもいくまいから、家もいっしょに買います。値段はいくらですか」

鏡は怒って、二百万円、キャッシュでいますぐならとふっかけてやると、ああ、そうですかと電話を切ったが、間もなく二十五万円ずつ八つにわけて新聞紙で包み、テープで十文字に括（くく）って、二十六、七の運転手が、これを、といって届けてきた。

猿丸というのは、戦前は横浜の山手で西洋古物をやっていた男だそうで、どういうからくりで成上ったか誰も知らないが、長者番付には、頭から三番目にすわっている。

テニス・コートだけというのは嘘ではなく、夏の一と月住むために南軽井沢にべつに一軒別荘を買い、毎日ここまでテニスをしにきて、夕方、裾の長いフロックに着換え、野沢道やゴルフ場のわきの道を、風に吹かれる花の精のように三十分ほどフラフラしてから、自動車ですうっと南軽井沢へ帰ってしまう。超然派の令嬢や夫人達は、時代が変ってきたわ、とひどく口惜しがっているふうだった。

愛宕山へのぼると、鏡の別荘の庭に向いた硝子扉(ケースメント)の長い側面と、派手な日除が眼の下に見える。新興成金の馬鹿娘がテニスをしている姿が薄紅葉(うすもみじ)の照返しのなかで冴えざえと動き、乾いたボールの音が葉繁みをつらぬいて駆けあがるようにのぼってくる。

短かい夏の二週間ほどのテニスのために、二百万円でコートを買うというのもへんな話だ。馬鹿もここまでくれば普通の観念では追いつけなくなると、気を悪くしながらブラブラ山を降りかけると、急にボールの音がやんで、

「あたしを見ながら、行ってしまうわ」

キンキンした声が下から跳ねあがってきた。

次の日の夕方、三笠道を散歩していると、噂にきいた猿丸の娘のお練(ね)りにぶつかった。花結びにした小さな黄色いリボンを模様のようにいくつもスカートに結びつけたロマンチックなフロックの胸に、大きな薔薇の花束を抱き、しゃれたスートを着た用心棒らしいのを二人乗せた、宝石のようにピカピカ光る豪勢なキャデラックがゆるゆるとうしろからついてくる。

赤井は道をよけて行きすぎると、

「これで二度目だわ、あたしをごぞんじのくせに、どうして挨拶してくださらないの」

と甘えるような含み声がうしろできこえた。

赤井は首だけうしろへねじむけて、つくづくと見なおしたが、こんな娘は、見たことも、逢ったこと

も、紹介されたことも、どちらもおぼえがなかった。

「僕は赤井というんですが、誰かとひとちがいをなすってるんじゃないですか」

というと、猿丸の娘は眼を伏せて花束の匂いを嗅ぎながら、

「ええ、あなた赤井さんでしょう。ことしの春、赤坂見附の桜の土手でお逢いしたわね。あたし猿丸の倭子ですのよ」

と語尾のあざやかな口調でいった。

あのときのボッブ・ソクサァがこの娘だったのかと呆れて顔を見ていると、猿丸の娘は、

「そんなへんな眼つきであたしを見るの、よしてちょうだい。あたし気ちがいでもなんでもなくてよ」

のどかな顔で笑いながら、花束で赤井の肩を打った。

「あなたって、いけない方なのよ。いちど忠告してあげようと思っていたところだったの。お話したいこともあるんですから、その辺までお歩きにならない」

高飛車な調子でいって、うしろへ手を振ると、用心棒の一人が飛んできて、車はどこへ置きましょうと、いんぎんにたずねた。猿丸の娘は無雑作に、

「ホテルの前へ」

とこたえると、キャデラックは二人の用心棒を乗せ、トロンペットの音にそっくりなさわやかなフーターを鳴らしながら、ホテルのほうへひきさがって行った。

赤井はいい潮だと思って、じゃ、これでと別れようとすると、猿丸の娘は、

「どうしてお帰りになるの。あたしといっしょに歩くのが、そんなにお嫌？」

赤井の腕へ手をかけて否応なしに歩かせながら、ひどいわ、ひどいわ、としばらくそればかりいった。赤井に愛人がいて、急いで帰るのはそれに逢うためなのだ、とひとりできめこんで、赤井の愛人にあてこすりだした。

「どんなにひどく働かされているひとにだって、お茶を飲むくらいの暇はくれるものよ。あなたが時間までに帰らないと、その方、この辺まであなたを探しにくるというわけなのね。そうだったら、うんとひきとめてやるわ。あたしその方にお目にかかりたいのよ」

そういいながら力まかせに赤井の腕をひきたてた。赤井はこれまでにいろいろな経験をしたが、帰ると一と言いっただけで、若い娘がこんなにも昂奮してくれるという光栄に浴したことはなかった。ちょっと面白くなりかけたが、それはそれだけのもので、心からありがたく思うようなことでもなかった。

それから間もなく、赤井は京都へ行った。京都と大津の間に、新にハイ・ウェイをつくり、途中、三ヵ所ばかりに、アメリカ式のモーテル（自動車旅行者のための簡易ホテル）をつくるというプランを実現するためだった。実際の事務は、その道の練達がテキパキやってしまうので、赤井自身はたいして忙しいわけでもなかったが、そのまま京都に根が生え、のらりくらりと遊びまわったすえ、次の年の秋頃、キョトンとした顔で東京へ舞いもどってきた。

観光局の翌年度の外客招致のプランは、十一月中に立案が終るのが常で、慰労会といったようなものを築地の「山城」でやった夜、赤井はそこで思いがけない女と出逢った。

木賊色の地に葡萄の葉を銀漆で織りだした、派手なような、くすんだような紋織お召の着物を着た、二十五、六の若い芸者が、太鼓なりの渡りをわたって、スラスラとこちらへやってきた。

「あら」

見たことのある顔だと、立ちどまって考えているうちに、むこうのほうが先にわかったとみえ、突当るような勢いでそばへ寄ってきて、いきなり赤井の手を握った。猿丸の長女の倭子だった。

「君だったの」

「ええ、あたしよ。変った身装をお目にかけるわ。その後、ご機嫌よろしくて？」

身体をクネクネさせ、芸者の色気というやつを安手に振りまきながら、婀娜な眼つきをしてみせた。

勾配の強い顔の輪廓の角がとれて、ふっくらしたほどのいい小さな顔になり、眼元にしっとりしたヴァリュウがつき、上眼で見あげる眼つきの色っぽさなどは、ちょっと馬鹿馬鹿しいくらいだった。この顔のなかから、ボップ・ソクサァの煤ぼけた顔も、フロックを着た、思いあがった甘い顔も、どちらも探しだすことはできないが、こうなる筋道だけは、いくらかわかるような気がする。猿丸が財産税の申告脱漏を誰かに密告され、追徴税やら罰税やらで、根こそぎにやられたということは、いつか新聞で読んだような記憶があった。

「それで、いまどこから出ているの」

「新田中ですの。あなたは観光協会の宴会ね。あたし下の広間に居りますから、よかったら呼んでちょうだい。いろいろお話したいこともあるのよ」

そういうと、木型に篏めたような白足袋の爪先を反らせながら、広間へつづく廊下のほうへ行ってしまった。

雪の多い冬で、降誕祭の前から三度ばかり大雪が降ったが、年を越すと、春のような暖い日がつづいた。バイヤーの居住制限がとれ、自由にどこでも住めるようになったので、そのせいか、山手の大きな邸がつぎつぎにホテルやナイト・クラブに化けてたいへんな繁昌ぶりだった。

麻布市兵衛町の赤井の家の隣は、もと松永長兵衛の邸だったが、そこも暮近くからナイト・クラブになったらしく、厳重に鎖した鉄鎧扉の隙間から、タンゴやブルースのメロディが夜明け近くまで洩れてきて、眠りをおびやかすようになった。

二月のはじめのある夜、トラックかトレーラーか、この辺ではめったに聞かれない重い車の地ひびきで眠りからさまされた。何事だろうと、ピジャマの上にナイト・ガウンを羽織って、松永の玄関を見おろす露台へ出てみると、いうところのラッセル（密淫売の手入）がはじまったのらしく、物々しく警官が屯（たむろ）しているなかで、ソアレやパァティ・ドレスの女たちが、私服にこづかれながら一人ずつトラックに押しあげられている。

そのうちにまたちがう一組がゾロゾロと玄関へ押しだされてきた。係長らしいのが門のほうへ向って、

「大型用車」

と呼ぶと、べつなトラックが車寄せへ走りこんできた。

「ご順にお膝くりねがいまァす」

隣の女組のトラックから元気のいい弥次がとんだ。

「投光器、照射」

だしぬけに投光器に灯が入り、蒼白い光芒のなかに、いまのトラックに積まれている赤や、薄紫や、オレンジのさまざまなドレスの色が、花々しいほどに浮きあがった。

不貞腐れたようすで立ったり、しゃがんだりしている女たちのなかに、猿丸倭子の顔があった。倭子は脚を高く組んで側板に掛け、仲間らしいのが差しだしたシガーレット・ケースから煙草を一本抜きとって、ライターで火をつけると、隣の女の顔に長い煙をふっかけ、笑いながらなにか言っていた。

母子像

進駐軍、厚木キャンプの近くにある、聖ジョセフ学院中学部の初年級の担任教諭が、受持の生徒のことで、地区の警察署から呼出しを受けた。

年配の司法主任が、知的な顔をした婦人警官を連れて調室に入ってきた。

「お呼びたてして、どうも……」と軽く会釈すると、事務机を挟んで教諭と向きあう椅子に掛けた。尾花が白い穂波をあげて揺れているのが、横手の窓から見えた。

「こちらは少年相談所の補導さん……この警察は開店早々で、少年係がおりません。臨時に応援にきてもらったので、事件を大きくしようというのではありませんから、ご心配のないように」

「司法主任のおっしゃるとおり、私どもはたいした事件だと思って居りません。廃棄した掩体壕のなかに、生憎と、進駐軍の器材が入っていた関係で、やかましいことをいっておりますが、器材といっても、旧海軍兵舎の廃木なんですから、ちょっと火をいじったくらいのことで、放火のどうのと騒ぐのはおかしいですわ……ですから、理由はなんだっていいので、あそこでギャングの真似をしていたとか、キャンプ・ファイヤをやろうと思ったとか、書類の上で、筋が通っていればすむことなんですが、石みたいに黙りこんでいるので、計らいようがなくて困っておりますの」

「私のほうでも、これ以上、とめておきたくないのですが、書類が完結しないので、返すわけにいかない……先生はクラスの担任で、本人の幼年時代のことも知っていられるそうですから、家庭関係と性向の概略をうかがって、それを参考にして、適当な理由をこしらえてしまおうというので……」

「いろいろとご配慮をいただきまして、ありがとうございました」

教諭が丁寧に頭をさげた。

「では、さっそくですが」。婦人警官が机の上の書類をひきよせた。

「和泉太郎、十六年二ヶ月、出生地はサイパン島……聖ジョセフ学院中学部一年B組、アダムス育英資金給費生……父はサイパン支庁の気象技師で、昭和十五年の死亡。母は南洋興発会社の内務勤務。戦災による認定死亡、となっております……本人の方ですが、十六年二ヶ月で中学一年というのは、どういうわけなのでしょう。学齢にくらべて、だいぶ進級が遅れているようですが」

「あの子供は終戦の年の十月に、戦災孤児といっしょにハワイに移されて、ホノルルの有志の後援で、八年制のグレード・スクール……日本の小学校にあたる学校に六年居て、今年の二十七年の春、学院の中学部に転入してきました。学齢からいえば、三年級に入れるところですが、日本語の教程が足りないものですから」

「アダムス育英資金というのは」

「資金というようなものではありませんが、便宜上、そういう名称をつけているので……アダムスというのは、ハワイ生れの二世の情報将校で、サイパンで戦災孤児の世話をしていましたが、将来、神学部へ進むという条件で、五人ばかりの孤児に、ひきつづいて学費を支給しているのです」

「父は本人の四歳の時に死んでおりますから、ほとんど記憶がないのでしょう。母というのは、どういうひとですか」

「東京女子大を出た才媛で、会社のデパートやクラブで働いている女子職員の監督でしたが、その間、軍の嘱託になって、『水月』という将校慰安所を一人で切りまわしていました。非常な美人で……すこし美しすぎるので、女性間の評判はよくなかったようですが、島ではクィーン的な存在でした」

「慰安所の生活というと、猥雑なものなのでしょうが本人はそういう環境で成長期をすごしたのですね」

「そうじゃないのです。いまも申しましたように、母親というのは、美しすぎるせいか、なにかと気が散って、子供なんか見ていられない、いそがしいひとなので、独領時代からいるカナカ人の宣教師に、預けっぱなしにしてありました」

「悪い影響はたいして受けていないとおっしゃるのですね」

「その方の知識は、全然、欠如していて、あの齢の少年なら、誰でも知っているようなことすら、ほとんど知りません……一例ですが、映画というものを見たことがない。映画については、幻灯が動く、という程度の概念しかもっていないのです。バイブル・クラスの秀才といったところで、日常を見ていると、子供にしては窮屈すぎるようで、かえって不安になることがあるくらいです」

「考課簿の操行点も、『百』となっていましたが……でもねえ先生、私どもの方には、まるっきり反対な報告がきているんですよ。こんどの事件は別にして、かんばしくないケースが相当かさなっています……五月三日の夜、本人は女の子の仮装で……セーラー服を著（き）て、赤いネッカチーフをかぶっていたそうですが、そういう格好で、銀座で花売りをしているところを、同僚につかまって注意を受けております……こちらの地区では、基地のテント・シティの入口でタクシーをとめて待っていて、朝鮮帰りの連中を東京へ送り込む……パイラーそっくりのことをしていますわ。それから、最近、泥酔徘徊が一件あります。十月八日の朝六時前後、相模線の入谷駅の近くの路線をフラフラ歩いていて、あぶなく始発の電車に轢かれるところでした」

一座が沈黙して、暫くは、枯野を吹きめぐる風の音だけが聞えた。

「先生は、長い間、本人を見ていらしたのですから、おっしゃるような子供だったのでしょう」

婦人警官が慰めるような調子でいった。

「つまり、最近になって、急に性格が変った……原因はなんであるか、想像がつきませんが、やっていることの意味は、いくらかわかるような気がします。女になってみること、泥酔してみること、パイラーの真似をしてみること、火気厳禁の場所で火いじりをすること……表れかたはそれぞれちがいますが、禁止に抵抗するという点で、通じあうものがあるのですね……本人には、なにか煩悶があるのではないでしょうか。たとえば、過去の思い出に不快なものがあって、無意識に破壊を試みているといった……そういう点で、お気づきになったことはありませんか」

教諭はうなずきながら答えた。

「ご参考になるかどうか知れませんが、あれは、母親の手にかかって、殺されかけたことのある子供なんです。麻紐で首を締められて、島北（しまきた）の台地のパンの樹の下で、苔色になってころがっていました……それにしても、ほどがあるので、首が瓢箪になるほど締めあげたうえに、三重に巻きつけて、神の力でも解けないように、固く細結（こま）びにして、おまけに、滑りがいいように、麻紐にベトベトに石鹸が塗ってあるんですね……むやみに腹がたって、なんとかして助けようじゃないかということになって、アダムスと二人で、二時間近くも人工呼吸をやって、息が通うようになってから、ジープで野戦病院へ連れて行きました……サイパンの最後の近い頃、三万からの民間人が、親子が手榴弾を投げあったり、手をつないで断崖から飛んだり、いろいろな方法で自決しましたが、そういうのは、親子の死体が密着しているのが普通で、子供の死体だけが、草むらにころがっているようなのは、ほかにひとつもありませんでした」

「辛い話ですな」司法主任が湿った声をだした。

「母親に首を締められて殺されたという思い出は、戦争というものを考慮に入れても、子供としては、たいへんな負担でしょう。ショックも、相当あとまで残るでしょうし」

教諭が椅子から腰をうかしながらいった。

「あれは、どこにおりましょうか。どういうことだったのか、よく聞いてみたいので……気のついたこともありますから」

「かまいませんよ。いま、ご案内します」

どうぞこちらから、と婦人警官が左手の扉を指した。


太郎は保護室といっている薄暗い小部屋の板敷に坐って、巣箱の穴のような小さな窓から空を見あげながら、サイパンの最後の日のことを、うつらうつらと思いうかべていた。

薄暗い部屋のようすが、湿気が、小さく切りとられた空の色が、おしつけられるような静けさが、熱の出そうな身体の疲れが、洞窟にいたときの感じとよく似ている。

洞窟の天井に苔の花が咲き、岩肌についた鳥の糞が点々と白くなっていた。洞窟の口は西にむいてあいているので、昼すぎまでじめじめと薄暗く、夕方になると急に陽がさしこんできて、奥の方に隠れている男や女の顔を照らしだした。

骨と皮ばかりになった十四五の娘が、岩の窪みに落ちた米粒を一つ一つひろっては、泥を拭いて食べている。そのむこうの気違いのような眼つきをした裸の兵隊は、オオハコベを口いっぱいに頬ばり、唇から青い汁を垂らしながらニチャニチャ噛んでいる。そういう人間どものすがたも、間もなくまた薄闇のなかに沈む。そうして日が暮れる。

「そろそろ水汲みに行く時間だ」

太郎は勇みたつ。洞窟に入るようになってから、一日じゅう母のそばにいて、あれこれと奉仕できるのが、うれしくてたまらない。太郎は遠くから美しい母の横顔をながめながら、はやくいいつけてくれないかと、緊張して待っている。

「太郎さん、水を汲んでいらっしゃい」

その声を聞くと、かたじけなくて、身体が震えだす。母の命令ならどんなことだってやる。磯の湧き水は、けわしい崖の斜面を百尺も降りたところにあって、空の水筒を運んで行くだけでも、クラクラと眼が眩む。崖の上に敵がいれば、容赦なく狙撃ちをされるのだが、危険だとも恐ろしいとも思ったことがない。水を詰めた水筒を母の前に捧げると、どんな苦労もいっぺんに報いられたような、深い満足を感じる。

あれは幾歳のときのことだったろう。ある朝、母の顔を見て、この世に、こんな美しいひとがいるものだろうかと考えた。その瞬間から、手も足も出ないようになった。このひとに愛されたい、好かれたい、嫌われたくないと、おどおどしながら母の顔色ばかりうかがうようになった……

太郎は頭のうしろを保護室の板壁にこすりつけながら、低い声で暗誦をはじめた。

「旅人よ……行きて、ラケダイモンに告げよ……王の命に従いて……我等、ここに眠ると」

最後の日の近いころ、母がひと区切りずつ口移しに教えながら、いくども復唱させた。

「ラケダイモンというのは、スパルタ人のことなの。二千年も前に、スパルタの兵隊が、何百倍というペルシャの軍隊とテルモピレーというところで戦争をして、一人残らず戦死しました。その古戦場に、こういう文章を彫りつけた石の碑があったというんです……スパルタ人は偉いわね。あなただって、負けちゃあいられないでしょう」

母は親子二人のギリギリの最後を、歴史のお話とすりかえて夢のような美しいものにしようとしている。

太郎は、「いよいよ死ぬんだな」とつぶやき、自分の死ぬところをぼんやりと想像してみた。眼の下の磯や断崖の上から、親と子が抱きあったり、ロープで身体を結びあわしたりして、毎日いく組となくひっそりと海に消えて行く。あんな風に母と手をつないで死ぬのだと思うと、すこしも悲しくはなかった。

夕焼けがして、ふしぎに美しい夕方だった。母が六尺ばかりの麻紐を持って、太郎を洞窟の外へ誘いだした。

「大勢のひとに見られるのは嫌でしょうから、外でやってあげます」

首を締められて、一人で死ぬと考えたことはなかったが、あきらめて、母の気にいるように、うれしそうに身体をはずませながら、けわしい崖の斜面をのぼって行った……

婦警が迎いにきて、太郎をいつもの刑事部屋へ連れて行った。

板土間のむこうの一段高い畳の敷いたところに、ヨハネという綽名(あだな)のある教師がいた。サイパンにいるときは砂糖黍畑(さとうきびばたけ)の監督だった。

太郎が膝を折って坐ると、ヨハネはいつもの調子でネチネチとやりだした。太郎は神妙に頭を垂れたまま、板土間の机で書類を書いている、警官の腰の拳銃を横眼でながめていた。

「あのピストルとおなじピストルだ」

洞窟にいるとき、海軍の若い少尉が、胴輪のついた重い拳銃を貸してくれたっけ。

「お前は女の子のセーラー服を著て、銀座で花売りをしていたそうだ」とヨハネがいった。

「当り」……と太郎は心のなかでつぶやいた。ヨハネでも、やはり云うときは云うんだな。女の子に化けたのは、たった一度だけだったけど、誰から聞いたんだろう。あのときの婦警かしら。セーラー服を借りた二年A組のヨナ子がしゃべったのかもしれない。

「お前は他人の金で勉強するのが嫌になった。それで、自分で学費を稼ぎだそうと思ったんだね。先生は、お前の自主性にたいして敬意をはらうが、花売りをすることには、賛成しない」

「外れ(はず)」……と太郎はまたつぶやいた。花売りの恰好はしていたが、花なんか売っていたんじゃない。

ヨハネはなにも知らないのだと思うと、うれしくなってニッコリ笑った。

母が銀座でバアをやっていることは、ホノルルで聞いて知っていた。

東京に著(つ)いた晩、すぐその店をつきとめた。子供が公然とバアに入って行くには、花売りかアコーデオン弾きになるしかない。誰だってすぐ考えつくことだ。毎日曜の夜、母の顔を見るために、花売りになって母のバアへ入って行った。八時から十時までの間に、五回も入ったことがある。店があまり繁昌していないので、母は苛々していた。

「しつっこいのねえ。いったい何度来る気……うちには花なんか買うひといないのよ」と甲高い声で叱りつけた。その声が好きだった。一度などは、女給に襟がみを掴んでつまみだされた。それでもかまわずに入って行った。

「お前は、毎土曜の午後、朝鮮から輸送機で著くひとを、タクシーで東京へ連れて行った。アルバイトとしては、金になるのだろうが、お前の英語が、そんな下劣な仕事に使われていたのかと思うと、先生は情けなくなる」

「それは誤解」……アルバイトなんかしていたんじゃない。母のバアがあまりさびれているので、すこしばかり賑かにしてやったんだ。見えないところで、母の商売に加勢することで、満足していたが、それはよけいなことだった。

十月の第一土曜日の夜だった。フィンカムの近くの、運転手のたまりになっている飲み屋へ車をたのみに行くと、顔馴染の運転手がこんなことをいった。

「あそこのマダムは、おめえのおふくろなんだろう。坊や、おめえはたいした孝行者なんだな。おめえが送りこんだやつと、おめえのおふくろが、どんなことをしているか、知っているのか」

太郎がだまっていると、その運転手は、

「知らないなら、教えてやろう。こんな風にするんだぜ」といって、仲間の一人を抱き、相手の足に足をからませて、汚ない真似をしてみせた。

その夜、太郎は母のフラットへ忍びこんで、ベットの下で腹ばいになっていた。夜遅く、げっそりと瘠せて寄宿舎へ帰ると、臥床(バース)の上に倒れて身悶えした。汚い、汚なすぎる……人間というものは、あれをするとき、あんな声をだすものなのだろうか……サイパンにいるとき、カナカ人の豚小屋が火事になったことがあったが、豚が焼け死ぬときだって、あんなひどい騒ぎはしない……母なんてもんじゃない、ただの女だ。それも豚みたいな声でなく女だ……いやだ、いやだ、こんな汚いところに生きていたくない。今夜のうちに死んでしまおう、死にでもするほか、汚いものを身体から追いだしてやることができない……ロッカーから母の写真や古い手紙をとりだすと、時間をかけてきれぎれにひき裂き、塵とりですくいとって炊事場の汚水溜へ捨てた。なにか仕残したことはないかと、部屋のなかを見まわしたが、しておかなければならないようなことは、なにもなかった。

「することなんか、あるわけはない。ぼくには、明日というのがないんだから」

始発の電車が通る時間まで「ちょっと眠っておく」という簡単な作業のほか、自分の人生には、もうなにもすることがないのだと思うと、その考えにおびえて、枕に顔を埋めてはげしく泣きだした。

「果してお前は堕落した。酔っぱらって相模線のレールの上を歩いていて、電車に轢かれかかったそうだな。酒まで飲むとは、先生も思わなかった」

「半当り」……酒なんか飲んでいなかったが、酔っていたのかもしれない。

夜が明けかけていた。ホームと改札口にパッと電灯がついた。間もなく始発が入ってくるというしらせだった。太郎はサック・コートをぬいで草むらに投げだすと、レールの間にうつ伏せに寝て、電車が轢いてくれるのを待っていた。意外にも、電車は背中の皮にも触れずに通りすぎて行った。保線工夫が太郎を抱いてホームへ連れて行くと、駅員にこんなことをいった。

「上著（うわぎ）を著ていたら、キャッチャー（排障器）にからまれて駄目だったろう。丸首シャツとパンツだけだから助かったんだ」

太郎はどうしても死にたいので、野分の吹く夜、厨房用の石油を盗みだして寄宿舎の裏の野原へ行くと、崩れかけたコンクリートの掩体壕へ入って、肩と胸にたっぷりと石油をかけた。何本かマッチを無駄にしたところで、ようやく袖口に火が移ったが、気力のない炎をあげただけで、すぐ風に吹き消されてしまった。いくどかそんなことを繰り返しているうちに、石油のガスにやられて気を失ってしまった。厨房ストーヴに使う新式のケロシン油は、いきなり火になるむかしの石油のような引火性がなく、じれったいような緩慢な燃えかたをするものだということを、太郎は知らなかった。

「どういう目的で、アメリカの資材に火をつけようとしたのか。警察では、正直にさえいえば、ゆるすといっている」

資材があったことなんか知らない。資材どころか、自分の身体に火をつけることすら出来なかった。

太郎は、だしぬけに叫んだ。

「死刑にしてください……死刑にしてくれ、死刑にしてくれ」

「まあ、静かにしていろ」

ヨハネはそういって、あわてて部屋から飛び出して行った。気がちがったと思ったのかもしれない。

死刑――こんなうまい考えが、どうしてもっと早くうかばなかったのだろう。なにかうんと悪いことをすると、だまっていても政府が始末をつけてくれる……

若い警官が入ってきて、バンドを解いて拳銃のサックを畳の上に投げだすと、

「疲れた」といって、どたりと上り框(かまち)にひっくりかえった。

太郎は膝を抱いて貧乏ゆすりをしながら、眼の前にある拳銃をじっと見つめていた。

板土間の警官は、こちらに背中を見せて、せっせと書きものをしている……若い警官は、あおのけに寝て眼をつぶっている。

「いまならやれる」

太郎はバンドの端をつかんで、そろそろと拳銃のサックをひきよせた。サックの留めをはずした。拳銃をぬきとって、音のしないように安全装置をはずすと、立ちあがっていきなり曳金をひいた。

正面の壁が漆喰の白い粉を飛ばした。若い警官は板土間へころがり落ちた。机の前の警官は椅子といっしょにひっくりかえった。太郎は調子づいて、いくども曳金をひいた。

「この野郎、なにをしやがる」

警官が起きあがって、そこから射ちかえした。

鉄棒のようなものが太郎の胸の上を撲りつけた。太郎は壁に凭(もた)れて長い溜息をついた。だしぬけに眼から涙が溢れだした。そうして前に倒れた。

川波

第二次大戦がはじまった年の七月の午後、大電流部門の発送関係の器材の受渡しをするため、近くドイツに行くことになっていた大電工業の和田宇一郎が、会社の帰りに並木通りの「アラスカ」のバアへ寄ると、そこで思いがけなく豊川治兵衛に行きあった。

「よう、いつ帰ったんだ」

「つい、この十日ほど前に……用務出張でね、またすぐひきかえすんだ」

「おれも急に出かけることになったんだが、戦争ははじまりそうか」

「それはもう時期の問題だ。今日、チャーチルと英国の陸相がわざわざ巴里へやってきて、観兵式を見ている最中だよ。七月十四日の巴里の観兵式も、たぶん、これが最後になるのだろう」

治兵衛は豊川財閥の二代目からの分家の当主で、金持ちの馬鹿息子に共通したずぼらなところがあり、ぬうっとした見かけをしているが、ときには、この男がと思うような鋭い才気を見せることもあった。色が白く、頬が巴丹杏(はたんきょう)色に艶(えん)に赤らみ、彫のある曰くありげな指輪をはめたりしているのも、板についていて気障な感じがしなかった。オックスフォード大学にいるとき、C宮が遊学に来られ、豊川も学友の一人にえらばれてモードリン・カレッジへ移るようにとすすめられたが、そういうおつとめはできかねると辞退した一件もあって、その階級のタイプにしては、徹底した一面を持っているようだった。

「いやに、はっきりいうじゃないか」

「これでもおれは密偵だからね。戦争のはじまる時期くらい、見当がつくだろうさ」

だいぶ底が入っているらしく、なにか曖昧なことをいいながら、だるそうに窓際の長椅子の上に長くなった。

豊川は本家の会社で若さと熱情のかわらぬ信義をつくして精進したおかげで、財界理論派の若手のホープとして、重役陣へのゴール・インが約束されていたが、昭和十二年の秋、突然、企画院の経済科学局へ入って戦時資材の調査にヨーロッパへ派遣され、間もなく巴里駐在員になった。

軍部との抱合を、できるかぎり回避するというのが、五大財閥の伝統的な方策だったが、それを裏切ってまで、なんのつもりで総力戦を支持する新秩序に積極性を示そうとするのかと、真意を知らぬ財界の若手連中を呆れさせたものだが、豊川がそれとなく告白したところでは、実情は、だいたいつぎのようなものだった。

日本は昭和十二年の秋から参謀本部の総力戦五ケ年計画にもとづいて、広汎な軍事資材の購入にかかっていた。銅の輸入は七割増、鉄鉱石は十割増、銑鉄と屑鉄は二十五割増、高(こう)オクタン価の航空用ガソリン生産のための「四エチール鉛」にいたっては、厖大(ぼうだい)な量を輸入しようという肚(はら)であった。その他、プラスチック(飛行機の耐破ガラス)、爆薬製のフェノール、アセトン、トルオール、戦略的軽金属のマグネシウム、現在、生産高七千六百万円程度の工作機械製造を、十六年には二億円に拡充する飛躍的な目標をたて、あらゆる方面へ原料輸入の触手を伸していた。戦争に役立つものなら、油脂、ヒマ、砂鉄鉱、黄麻、棉実(めんじつ)の果てまで、無限に取込もうという勢いで、材料処理のための技術官、輸送主任、会計経理官、国際法に精通した法務官、商事法律顧問などのブロックが匿名の購入班長に統轄され、日本人、混血児、中近東人のバイヤーなどがヨーロッパ中を飛びまわり、障壁と妨害の裏を潜って資材蒐集に狂奔している。

豊川治兵衛の身分は、公称は経済科学局の研究員だが、実体は、財界にも財閥にも資本家にも因縁を持たぬ、総力戦研究所直属の秘密仲買人、同時に、陸軍参謀本部特殊勤務要員という名の経済スパイなので、こんどのヨーロッパ行の仕事は、パルプとバーターで瑞典(スウェーデン)へ行くはずの銑鉄の仕向先を、日本に切換えるための下工作と、アフリカ仏領チュニス燐礦(りんこう)の輸出超過分を、「フランコ・インダス」という匿名会社に、三ケ年の買付契約を結ばせるという、参謀本部が「昭和十六年作戦」と称している総力戦計画推進の一部をなすものだというようなことをボソボソと説明した。

「おれにとって、ヨーロッパの戦争なんか、どうなったってかまうことはない。日本は昭和十六年にどんな戦争をはじめようというのか、そのほうがよほど心配だ。相手は英米なんだろうが、作戦の規模から推すと、支那事変などとは、くらべものにならないほど大きなものだということがわかるんだから」

「なるほど、それは大事(おおごと)だな」

「軍部の頭は、一面秀抜だが、想像力においてなにか欠けるところがあるようだ。自国の力を過信している点では、ポーランドとよく似ているよ……白耳義(ベルギー)の屑鉄もチュニスの燐礦も、いま、おれがやっている仕事は、骨を折ってやればやるほど、日本の滅亡を早める馬と拍車の関係になっている。どう胡魔化しても、この事実だけは胡魔化しきれない。ともかく、えらいことになったもんだよ」

そんなことをいっているところへ、久慈倫子(ともこ)がブラリとしたようすでバアへ入ってきた。

「あら、治兵衛さん……和田さん、お久しゅう」

パール・グレイのしゃれたアフタヌンを着て、リュムゥルの香水をほんのりと漂わせている。生気(せいき)のない、くすぼった感じの娘だったが、三池と結婚してから、眼の中にしっとりとした情味がつき、人間の面白味が出て、社交馴れた洒脱なマダムになった。

倫子は久慈周平の次女で、豊川とは分家同士だが、世襲と内婚で固めたその階級では、結婚といえば、家柄の釣合いだけが問題になる非小説の世界で、愛情や恋愛が主題になったという例はまだない。久慈の家には、同族の娘は二十四歳で結婚すべしというむずかしい家憲があって、倫子は二十四の春、二十も年がちがう日東商事の三池高孝と結婚させられ、ロンドンの支店長になった三池といっしょに英国に行ったが、この春、亡父の年忌のつとめに帰ったまま、なんということもなく実家でぶらぶらしている。拘束のない自由の身の上なので、したいことをして遊んでいるふうだったが、さすがに育ちのよさで、一人でバアへ出入りするほど下ってはいない。いうまでもなく、ここで豊川と落合う約束だったのだと和田は察した。

豊川はぶすっとした顔で、

「ふしぎなひとがあらわれた」

とか、なんとかいいながら、バーテンにジン・フィーズをいいつけた。とぼけたようにそらしているが、グラスを渡す手つきになんともいえない情感があり、倫子も、

「うまいところへ来あわせたわ」

などと調子をあわせているが、このほうも眼の色にただならぬものがひそみ、どう見ても尋常ではなかった。

帰るはずのない豊川が東京にいるのも、不縁になったとも聞かない倫子が、ずるずると実家に居据っているのも、なるほど、こういうわけだったのかと勘ぐりかけたが、豊川の同族の娘たちは、系図を辿れば、みな又従兄妹くらいにあたり、とりわけ倫子とは血の関係が濃く、およそめんどうな波風をおこ

す心配のない間柄であるうえに、豊川の父は心にそまぬ同族結婚をし、氷のように冷やかな夫婦関係をつづけながら、死ぬまで内婚制度を呪っていたという事情がある。久慈周平は倫子を豊川におしつけたい気があり、いちどそういう話をしかけたが、豊川は、「おやじの血が騒ぐから」と膠もなくはねつけ、倫子のほうも、てんで問題にしなかったというような噂も聞いた記憶があった。

倫子は豊川のほうへ顔を寄せて、リヴァプールへ着くまでに、戦争がはじまるようなことがないだろうかと聞いている。豊川は気のない調子で、

「五十日や六十日の間に、情勢が変るようなことは考えられない」とこたえると、倫子はそれで安心したようなようすになった。

「倫子さん、ロンドンへ帰るのかい」

和田がたずねると、倫子は、

「どうしたって、それや、帰るだろうじゃありませんの。離縁になったわけじゃないんですもの」

といって笑った。

「いままでブラブラしていたくせに、あぶなくなってから、あわてて帰りかけるなんて、意味のないことをするもんだ。豊川がいくらひきうけたって、戦争がはじまるモーメントなんか、誰にだってわかるもんじゃないから」

「でしょう？　だからこそ、帰るんじゃありませんの。日本へ逃げていたおかげで、助かったなんて言われるの、癪だからよ。三池の家の人たちなら、言わずにはいないわ」

「わからない話だな。戦争というなら、日本にいるほうが、もっとあぶないじゃないか。ともかく、意

味ないよ、こんなときに船に乗るなんて……おれのほうは差迫った用があるから、しょうがないが」

「あなたもいらっしゃるんでしたの。おなじ船じゃないかしら……あたしのは、この二十三日のクレーデルという独逸(ドイツ)の船」

「おれのもそれだよ。いまのところ、安全なのは独逸の船だから」

すると倫子が、

「あら、そうだったの」

と拍子抜けがしたような白けた顔をした。

「なんだい、その顔は」

「ごいっしょで、よかったわ。安心したせいか、がっかりしちゃった」

豊川はうるさくなったらしく、

「そんな話、面白くないね」

と突っぱなすようにいうと、倫子は勝気らしいよく透る声で、

「戦争の話ですもの、面白いわけはないでしょう」

と笑いながらやりかえした。

「まあいいわ。飲みましょう、お別れの盃よ」

「別れもくそもあるか。英国へ帰るくらいで大騒ぎをすることはない。好きな亭主のところへ帰るんだろう」

「それは、あなたのような丶(ちょん)とはちがうのよ。治兵衛さん、それで、あなたは?」

「君が船で行くなら、おれはシベリヤで行く。暑い中で、四十五日も世話をやいたうえ、バカ亭に誤解されでもしたら、立つ瀬がないからね」

三池の焼餅と早合点は有名なもので、巴里へ遊びに行った倫子の帰りが一日でも遅れると、クロイドンから旅客機で迎いに行くというはげしさだった。最近はいよいよ狂的になって、居もしない倫子のことで言いがかりをつけ、大使館の若い連中で、迷惑をしたのがだいぶ居るという噂だった。

「あなたなんか、宛にしているもんですか。和田さんがいっしょだから、平気よ」

「せっかくだが、急ぐから、豊川といっしょにシベリヤ廻りにするよ」

「ひどいわ。なんなの、それは。あたしのような女を一人、あぶない船に乗せるの、かわいそうだとお思いになりません」

「思わないね。なんといっても、旅は一人のほうがいいよ。いろいろと面白いことがあるはずだ、船の中には」

「せめて、見送りくらいには来てくださるわね。こんどの旅、なんだか心細くてしょうがないの」

クレーデル号が出帆する朝、和田は見送りに行ってやった。豊川は来なかった。

港務部の曳船のランチが向きをかえ、汽船が内防波堤の口に向いてゆっくりと動きだした。高いA甲板に倫子の白い顔が小さく見える。いつだったか、ルシタニヤ号に乗った友達を埠頭で見送ったときのことが頭に浮んだ。その男も沖に向う船から、眼で合図をしながら消えて行ったが、それきり帰って来なかったなどと思いながら帰りかけると、後のほうでなにか騒ぎが起きた。

クレーデル号が防波堤の突端へ接触し、そのショックで婦人客が甲板へ倒れて頭を打ち、死んだとか、死にかけているとか、そんなふうなことだった。まさか倫子ではあるまいと思うが、ようすがわかるまで岸壁に残っていた。死んだのは独逸人の老婦人で倫子でなかったが、船の出帆は、そのため一日延びるということだった。悪い船出になったものだと、この思いがしばらく和田の心に残った。

ソ満国境が閉鎖しているので、旅行は浦塩(ウラジオ)経由になった。日ソ休戦協定のヤマがみえているらしく、通過客にはうるさい制限はなにもなかった。八月二十一日の朝、浦塩に着いた。ベルリン行の国際列車は午後五時に出るというので、外国人用のサヴォイ・ホテルに午後までいて、「ゴールデン・ホーン」というレストランで汽車の出る時間まで飲み、酔って発車のぎりぎりに寝台車へころげこんだ。国際列車には白耳義(ベルギー)の万国寝台車会社の一等寝台車が連結するが、一等のカテゴリーAはゆとりのある大きな部屋で、一車ごとにサモアールをひかえた専任の給仕がつき、食事の悪いことを除けば、困るというほどのことはない。酢漬の胡瓜を齧(かじ)りながらウォトカを飲み、ピジャマのまま七昼夜の旅行が出来るという汽車はほかにない。さすがに旅行者は少く、プルマンの一車を二人で借切ったようなぐあいで、気候も暑くなく寒くなく、快適な旅行になりそうだった。

見てやるほどの値打のある風景でもないのに、チタまでは、おおかた窓のブラインドがおろされるので、仕事のように朝からウォトカを飲み、チャイを飲み、ほろ酔い機嫌の旅をつづけて、二十六日の朝、オムスクに着いた。それから三日目の二十八日の午後、カザン駅の構内食堂(ビュッフェ)へ昼食をしに行くと、今朝、独ソ不戦条約が締結されたという旅行者に宛てた英仏両文の公示の貼紙が出ていた。

「えらいことになった。独逸のポーランド進駐は絶対だ。一日もはやく国境を越えないと、あぶないぞ」

豊川は、にわかにあわてだした。

国境まであと四日半、無事に独領へ辷(すべ)りこめるかどうか、あやしくなってきた。モスクワの十時間の停車には身を削(そ)がれるような思いをし、夕方の五時になって、ようやく汽車が動きだすと、国境まで一瞬のうちに突っ走れと焦立(いらだ)ったが、九月一日の午前四時頃、茫々たる薄明の野原の真中で急停車した。野路の末に、ものすごく大きな火が見えた。大地から抜けていくような砲声がきこえ、それで万事休すとなった。

国境へあと一時間というところで、ナチスの侵入にかちあったというのは、運が悪すぎた。列車主任にワルソオへひきかえす交渉をしているうちに、乗客は部落の馬車を傭(やと)ってボーゼンの方面へ逃げてしまった。和田と豊川はしばらく後を追ったが、思ったより情況が悪いので、おとなしくワルソオまでひきかえし、リスアニア、和蘭(オランダ)、白耳義を経由して、ジャモンからフランスへ入り、がたがたのフォードを買って、二十日目に、やっとのことで巴里に辷りこんだ。

巴里に帰りついた当座、豊川はいそがしそうにしていたが、そのうちになにか煮え切らないようになり、ル・ベリイというキャフェのテラスの椅子に掛け、シャンゼリゼェの大通りをながめながら、半日も動かずにいるようになった。

クレーデル号は、九月一日前後にマルセイユに寄港するはずだったが、ちょうどフランスの対独宣戦布告とかちあい、ブレーメン号などと同様、どこの海の果てを逃げまわっているのか消息が知れない。豊川はなにも言わないが、やはり倫子の運命を気にしているのだとみえ、クレーデル号の話になると、心の落莫(らくばく)は隠しきれず、渋く唇をひき結んで纏綿(てんめん)たる思いを見せた。

その日も豊川が誘いにきて、ル・ベリイに行った。テラスで珈琲を飲んでいると、バレーをやっているというM物産の野坂の娘が、ウルトラメールのフロックにミンクのケープをし、顔のどこかが弛んでいるような薄笑いをしながら、二人のテーブルのほうへやってきた。

「豊川さん、しばらく……あちらへ帰っていらしたんですって。お噂、聞いたわ。あなたって、見かけによらない、いいところがあるのね。豊川治兵衛はシベリヤ廻りで、三池夫人は印度洋廻りで、わかれわかれに日本を発って、九月の何日とかに、ここのテラスで落ちあって、駈落ちの相談をする約束になっていたんですってって？」

舌ったらずな口調でいうと、

「あたし、お茶でもいただこうかしら」

と二人の間に割りこんできた。

「あなた、倫子さんの消息、ごぞんじなの、お教えしましょうか」

「クレーデルって船、どこへ行ったかわからなくなって、心配しているんだ」

「クレーデルの話ね。クレーデルがスエズに入港する前の晩、事務長がやってきて、スエズからピラミッド見物に行ったらどうだと、さかんにすすめるんですってよ。倫子さん、そんなもの見たくないから、断ったんですけど、あまりうるさくいうので、伊太利人やスペイン人と十人ばかり組になって、カイロに一晩泊って、翌日、ポートサイドへ行ったら、荷物だけが汽車で送られてきて、船はとうとう来なかったんですって。アデンで客をおろして、漂流準備にかかったというわけなのね」

野坂の娘が一人でしゃべってテラスから立って行くと、豊川は気まずそうな顔でだまりこんでいたが、

いいほどに落葉のたまった歩道のほうをながめながら、

「シベリヤと印度洋と、二た手に別れて駆落ちしたって、それで、どうなるものか」

と、ちがうひとのような感情のこもった声でいった。

「そんなたわけたことじゃなかったんだ。二人だけで、旅をしたいと思わないこともなかったが、三池と正式に離婚するまで、慎しむべきところは慎しもうと、倫子と申しあわせたもんだから」

「そんならそれでいいじゃないか。おれはなにも言いはしないよ。そんなことだろうと察してはいたが
……それで、三池は離婚しそうな希望があるのか」

「三池は巴里へ来ているんだろうが、倫子をつかまえて出さないところを見ると、どうも、だめらしい」

むっとしたような顔で、電話に立って行ったが、十分ほどして戻ってきた。

「三池は倫子を連れて、昨日の十七時の便でロンドンへ帰ったらしい。いずれ、こうなることはわかっていたが、こんな状態で、四、五年、ひき分けられるのは困るのだ」

「すぐあとを追って行けばいいだろう。なにか言い残したことがあるなら」

「そうはいかない。明日はサントニア島の砂鉄のオプション（入札参加権）の最後の日で、八時二十分のトゥルーズ行でマドリッドへ出張する命令を受けている。特殊勤務要員は軍法会議から除外されているが、命令棄却は機密漏洩より罪が重い。手形ぬきの正貨取引で、アパルトマンの裏庭にひきだされ、頭蓋骨に四五径の拳銃弾のブローカー・レージがつくんだ……クロイドン行の一便の座席を予約したが、それをやると、えらいことになる」

「手紙ではだめなのか」

「三池のことだから、電話にも寄りつけないような状態にしてあるのだろう。いますぐ行けば、一度くらい、逢うチャンスを掴めるだろうが、暇をおくと、どこへ隠しこんでしまうか知れたもんじゃない……辛いところだよ。クロイドン行の第一便は八時十五分、トゥルーズ行の第一便は八時二十分だ……賭ける気があるなら、賭けてみろ。明日、おれがどっちの旅客機に乗ると思うか」

独逸の旗色が悪くなると、巴里に残っていた日本人は、大使館の命令でベルリンに集結したが、二十年の一月匆々（そうそう）、東西から敵軍が迫ってきて、ベルリンの町のいたるところにバリケードが築かれはじめた。

三月の中旬になると、米軍の戦闘機が傍若無人に低空射撃を加えるようになり、ソ連軍はベルリンの西六十粁（キロ）のオーダー河の線まで近づき、ベルリンもあぶなくなったので、南独逸のバスガスタインに移った。

瑞西（スイス）領と独領の国境になっているグレゲンツから、三十メートルあるかなしの川を隔てたすぐ向うに、瑞西の町の灯が見えるのに、査証がなくて入国できない独逸やポーランドの避難民が千人ばかり、赤十字キャンプに収容されていた。そのキャンプで和田は倫子と行きあった。

倫子はスラックスをはいて背負袋を肩に掛け、虚脱したようなうつろな表情で避難民の中に坐っていた。

「倫子さんじゃないか、和田だよ」

倫子の肩に手をかけて揺すると、倫子は、

「あっ、和田さん」

といって、子供のように顔に手をあてて、さめざめと泣きだした。

「和田さん、辛かったのよ。ほんとうに辛かったの」

「三池はどうしたの」

「高孝(たかのり)はダーレムまで来たところで、銃撃されて死んだわ……でも、よかった。和田さんに逢えて」

「豊川はどうした。君に逢いに行ったんじゃなかったのか」

「えゝ、来たわ。でも、高孝がどうしても逢わせてくれなかったの。たいへんなことだったらしいけど、無駄なことだったわ。胸を悪くして、いま瑞西のレイザンのサナトリウムにいるんです。高孝が死んでから、治兵衛の手紙をポケットから見つけたのよ。それでわかったの」

倫子は戦争がすむまでと、あきらめていたようだったが、和田に逢って元気になり、どんなことがあっても瑞西へ入るのだと毎日のように川筋を辿って、泳いで渡れそうな場所を探していた。

「いいところを見つけたわ」

ある日、帰ってくるなり、倫子が勢いこんで和田にいった。

「ひと跨ぎくらいのところなの」

泳いで渡れるところがあるなら、キャンプになんか居ることはない。

夜の十時ごろ、和田はキャンプをぬけだして、倫子が探しあてた場所へ行った。

土と草の香りがほのかに漂い、春めいた温かな夜だったが、空に風があるのか、星の光も見えないほど、あわただしく雲が流れていた。

川に近くなると、怒っているような川波の音が聞えてきた。雪解けの山々からおしだしてきたアルプス・ラインの流れが、さわがしく波立ちながら、一キロほど向うで暗いボーデン湖に注ぎこんでいた。

「ちょっとえらいな。相当あるぜ。倫子さん、大丈夫か」

「あたしなら、大丈夫。二十五メートルのプールより、いくらか長いくらいなもんでしょう。二キロもある湖水を、泳ぎ渡るひとだってあるんだから」

倫子はさっさと下着だけになった。

倫子が水に入ると、すぐ和田がつづき、二人は肩をならべて川の中流へ泳ぎだした。

遠い山から出てきた新鮮なはげしい水は、油断のならない力で、二人を湖水のほうへ押し流そうとする。

和田は瑞西でさえあれば、どこの岸についてもいいつもりで、暢気にやっていたが、倫子は町の灯に目標をたて、是が非でもそこへ泳ぎつこうと、躍起となっているふうだった。

「倫子さん、あせるとしくじるぞ。ゆっくり行こう」

「えゝ、ゆっくりね……でも、冷たいわね。どうしたんでしょう。なんだか、眠むたくなってきたわ」

倫子の身体が沈み、頭のうえを川波が越えていく。

「どうした、倫子さん」

「あたし、だめらしい。足が痙(つ)ってきた……情けないわね。こんなところで死ぬのかしら」

和田が倫子のそばへ泳いで行って、頭をひきたてようとすると、倫子が和田を突き退けた。

「あたしが重石(おもし)じゃ、あなたが、泳げそうもないから」

「バカなことを言ってないで、おれに掴まれアいいんだ」

「いいのよ。ここまで来たけど、やはり、だめだったわ……あきらめます」

水に濡れしおった顔をあげて、もうよほど近くなった瑞西の町の灯をながめていたが、うねりにおされて、それなり波の下に沈んだ。

一の倉沢

　正午のラジオニュースで、菱苅安夫は長男の安一郎が谷川岳で遭難したことを知った。パアトナーは駒場大山岳部の大須賀というひとだったらしい。菱苅は安一郎が谷川岳へ行くことも、そんな男とパアテーになったこともぜんぜん聞いていなかった。

　食べかけていた弁当箱をおしやると、菱苅は登山口になっている土合（どあい）駅の駅長に電話をかけた。

「お忙しいところ、申しわけないのですが、だいたいの状況を伺いたいと思いまして……遭難前後に、雨が降りましたでしょうか」

「午後二時から八時くらいまでの間に、相当な降雨がありました。土合で七〇ミリほど……」

「気温は？」

「気温は土合で十三度……今年は雪線が下っていますから、尾根に近いところでは二、三度……ひょっとすると氷点ぐらいまで下ったかもしれません……それで、あなたは？」

「菱苅の父です」

「ご承知だろうと思いますが、アルプスなどとちがって、こちらには山案内人というようなものはいないのですから、できるだけ早く救援隊を送っていただきたいので……土樽（つちたる）の山の家の管理人に、尾根筋を辿って探してもらいますが、それ以上のことは出来かねますから」

「十四時三十分の長岡行でそちらへ参ります」

　救援隊などといわれても、そんなものを組織する宛は菱苅にはなかった。

　菱苅が大学にいるころ、自負心と冒険心から、谷川岳の幽の沢の奥壁ルンゼや、滝沢の上部をやったことがあるので知っているが、谷川岳の救援は、四組ぐらいのパアティに別れ、たがいに連絡をとりなのだ。

がらやらなくてはならないので、一の倉沢やマチが沢の岩場をいくどもやった練達(アビルテ)でなくては無意味な

「それはともかく、さしあたって分担金を都合しなくてはならないのだが」

恥を忍んで、パアトナーの救援隊に便乗するとしても、谷川岳では、遭難者を一人ひきおろすのに、最低、五万円はかかる。そのほか、旅費と山の家の滞在費と地元への謝礼で、一万円は軽く飛んでしまう。来年は停年で、三十万円近くの退職金の積立があるが、会社の規定で、貸出しは三万円が限度になっている。あとの三万円をどこからひねりだせばいいのか。

「また、はじまった」

ショックを受けたり神経を緊張させたりすると、たちまちというふうに肝臓に異和が起る。

右の脇腹をなだめるように撫でながら、菱苅はむかしのザイル仲間のことをなつかしく思いだした。三十年前なら、遭難のニュースを聞くなり、頼むまでもなく誘いあって救援に行ってくれるだろう。分担金の必要はないのだが、菱苅と同様、停年近くの黄昏(たそがれ)の状態で、みな、くすみにくすんでいる。谷川岳など、飛んでもない話だ。

「このおれに、やれるだろうか」

分担金を軽くすます方法は、自分も救援隊に入って、むずかしいところをいっしょにやればいいのだが、そんな芸当はできそうもない。

菱苅は両手の指をひらいて、眼の前にかざしてみた。動いてやまぬ蝶の羽根のように、指先がピクピクと震えている。三十代のはじめまでは、ホールドした岩角(グリップ)のぬきさしのならぬ感覚が指先に残ってい

たものだったが、いまは綴込のクロースの表紙や帳簿の革背のヌルリとした感じしか指どもは知らない。

「おれの手は死んでしまった……もう役にたたない」

足はどうだ。三十五年の長い椅子の生活のおかげで坐骨神経痛がはじまり、濡らしたり冷やしたりすると、猛烈に痛みだす。

「因果応報だ……」

菱苅は苦い調子でつぶやいた。

二年前から菱苅は仕事をしないことにきめていた。世の中には精をだせば出すほどみじめになるような仕事があるものだが、菱苅のやっている調査部の仕事などはそのいい例で、わずかに残った人間の誇りをまもるために、仕事を放棄することにした。長い一日を椅子にかけ、なんということもなく要領だけで一日一日を胡魔化してきたが、肝臓の痛みも、神経痛も、指先の衰えも、老衰のせいではなくて、無為と怠惰による覿面のむくいなのであった。

女子職員が、課長がお呼びですといいにきた。菱苅は弁当殻の始末をして机の曳出しに放りこむと、沈んだ顔で課長室へ行った。

「菱苅君、私用で長距離電話なんか掛けちゃ困るね」

「伜が山で遭難しましたので、状況をたしかめたいと思って」

「正午のニュースで聞いたが、それは理由にはならない」

「料金はお払いします」

「おれは料金のことを言っているんじゃないよ」

「申訳ありません……それで、むこうへ出掛けなくてはなりませんのですが、今日の早退けと、明日一日、休暇をおねがいしたいのです」

「やむを得んだろうな」

「ありがとうございます。それから……」

「金のことなら会計にいってくれ」

退職資金の先渡しが三万円、保険の積立から二万円、給料の前借が一万円……ねばりにねばって六万円の借りだしに成功したときは、もう一時をすぎていた。

二十三時五十分の上越線廻り新潟行というのがあるが、それだと翌朝の五時三分に土合に着く。汽車の中で眠れるといいが、さもないと不眠のままで奔走しなくてはならない。そのうえ、パアトナーの救援隊より遅れたりすると、掛引きではなく、なんとしてもぐあいが悪い。十四時三十分の長岡行で発つと、土合の山の家で活動前の休養がとれるばかりでなく、積極性をしめすことにもなる。

会社の近くの喫茶店で家へ呼出し電話をかけると、いいぐあいに長女の初枝が電話にでた。

「会社へ電話をかけちゃ、いけないんだそうだけど、こんな際だから、いま電話しようと思っていたところなの。すぐお帰りになります？」

「家へ帰っていられない。十四時三十分で発つと、向うへ着いてから都合がいいから……リュックをこしらえて駅まで持ってきてくれ」

「リュックは大きいほうですか」

「サブ・ザックでいい……それから、ママにみつからないように、靴と双眼鏡を持ちだしてくれないか」

「パパ、山をなさるの」

「とても、そんなわけにはいかない。安一郎のパアトナーのほうは救援隊をだすのだろうが、おれにしたって、せめて雪渓ぐらいまであがらないと、義理が悪いからね」

「初枝、いっしょに行っちゃいけないかしら……ママったら、兄さんが死んだことにきめて、お線香をあげて泣いているの。とても、つきあいきれないわ」

「そんなら、谷川岳へ行くなんて言わずに、すうっと出て来い……メチオニンを忘れずに。注射器も」

「はい、わかりました……きょうはタクシーに乗ってもいいでしょう。ギリギリになるかもしれないから」

汽車がトンネルに入ってしまうと、湯檜曽(ゆびそ)川の瀬音が急に高くなった。菱苅と初枝のあとから、リュックにザイルを小付けにした十人ばかりの一団がホームに降りてきたが、キチンとネクタイをつけた老朽サラリーマンと、サブ・ザックをショルダー・バッグのように肩にかけた娘の組みあわせが異様に見えたらしく、不審そうな眼差でチラチラと見て行った。

丘の上にある土合の「山の家」は、いぜんは素朴な山小屋だったが、その後、建てなおしたのだとみえて、しゃれたバンガロオになっていた。

「お世話になります」

菱苅と初枝が入って行くと、小屋のあるじらしい青年が立ってきて、炉端の床几に二人の席をつくってくれた。

「三十年も前のことだが、嘉助さんにはえらいお世話になった……ご健在かね」

「おやじは、先年、亡くなりました」

「それはそれは……」

先代が生きていたら、なにかと便宜があるだろうと期待していただけに、菱苅は腰をおとすほど落胆した。

おなじ汽車で来たパアテーは、明日の予定があるらしく、飯盒をしかけて夕食の仕度にかかっている。たいてい察してくれそうなものだがと思いながら、山の家の主人と無駄話をしていたが、黙殺することにきめているふうで、相手にもしない。菱苅はしぶくっていたが、思いきってこちらから挨拶をしかけた。

「私は安一郎の父です。失礼ですが、大須賀さんで……」

色の浅黒いスポーティな青年がゆっくりと床几(しょうぎ)から立ちあがった。

「どうもそうらしいと思っていたんです。僕は利男の兄です……パアトナーが未熟なもんだから、たいへんなご迷惑をかけることになって、申しわけないです」

曖昧な微笑で受けとめたが、この皮肉がわからないような菱苅でもなかった。大須賀の兄は、お前の伜のような未熟なやつが足手まといにならなかったら、弟は死にはしなかったろうといっているのだ。安一郎は、資質的に山登りなどにはむかない、薄弱な性格をもっていることを菱苅は知っている。ラジオのニュースを聞いたとき、まっさきに頭にひらめいたのは、パアトナーを殺したのは、たぶん安一郎だったろうという暗い思念だった。

一の沢の雪の前面に、一の倉、二の沢、烏帽子沢、本谷と、一の倉沢の魔の岩壁が蒼黝（あおぐろ）い岩肌を光らせながら空につづく高さで聳（そび）えたっている。マチが沢の上部、国境稜線に近いあたりに、ぼんやりと霧が立ち迷っている。前後の状況から判断して、安一郎と大須賀は、霧がかかっているあたりの岩溝にでも落ちこんで、そこで安らかに眠っているのらしい。

大須賀の救援隊は、第一ルンゼ、第二ルンゼ、中央壁、Dルンゼと四つのパアテーにわかれ、ヤッホー、ヨッホー、イヤホーと声をかけあいながら、削ぎ立った一枚岩（ルンゼ）や落石の多いガレ沢を、尾根のほうへ虫がうごめくように這いのぼっている。

菱茹は、冷えこまないように腰にスウェターを二重に巻きつけ、サブ・ザックを尻に敷き、首を休めるためにときどきうつむいては、漫然とながめあげていた。

「山で死ぬって、みじめなものなのね」

初枝がつぶやくようにいった。

「みじめかね……だが、死んだものはなにも考えはしないよ」

「兄さんのことじゃないの。そうしているパパが、みじめだというのよ」

「お前も、とうとうパパをバカにしだしたな」

「パパ、悲しいの」

「いまは悲しくはない……あとでどうなるか知らないが」

「山の家へ帰りましょう。こんなことをしていると、いよいよみじめになるだけだわ」

菱苅は双眼鏡をとりあげ、二ルンゼと三ルンゼに挟まれた、中央壁をやっている大須賀のパーテーにプリズムをむけた。大須賀がトップになって、草付(くさつき)の岩庇の下のむずかしいところを横渉り(トラヴァース)しようとしているのが、手の届くような距離ではっきりと見える。手がかりがないので、狭い岩隙(クラック)に拳を入れてコジリながら、右手のテラスに飛び移ろうとしている。それは三十年前、菱苅が拳を入れてコジリつけた、その岩隙だった。

「パパ、なにをしているの」

気がついてみると、菱苅は雪渓のザラメ雪の中に拳を突っこみ、血の出るほどコジリつけていた。

「ちょっと黙っていてくれ。いまたいへんなところなんだ」

最初に奥壁をやったKの記録にも残っているように、右手のテラスは危険な濡岩(ぬれいわ)だから、そこでアクロバットをやってはいけないのだ。顎を岩角にあててホールドしながら、ゆっくり移らなくてはならない。跳躍すれば絶対なる死だ。

「飛んじゃいけない。岩角に顎をあてろ」

菱苅は心の中で叫びつづけた。

菱苅の指先に、肩に、腓(ふくら)っ脛(ぱぎ)に、悪場に挑む、ぬきさしのならない感覚が甦ってきた。

「まだ飛ぶことを考えている……おれならうまくやるのに……」

ひと時の混乱からたちなおると、大須賀は危機を冷静に処理することに気がついたらしく、振子運動をやめて岩角に顎をあて、ゆっくりとホールドを変えながら右のテラスに移って行った。

「やった」

そのとき、菱苅はふしぎな想念に憑かれて、とつぜん錯乱した。

「初枝、お前はサブ・ザックを持って、一時十分の汽車で土樽へ行ってくれ」

「土樽へ行ってどうするの」

「マチが沢の上、オキノ耳の近くの尾根で待っていろ」

「まさかマチが沢をやるつもりではないでしょうね」

「おれは無気力な生活をして、精神も肉体も腐らしてしまったが、この辺で自分の気力を証明してみる必要があるんだ……手を見てくれ。震えていないだろう。足もこのとおりしっかりしている。おれはまだやれるんだ。心配しないで、尾根で待っていてくれ」


自分の気力に証明をあたえるというそれだけのために、菱苅はマチが沢本谷の悪場に挑みかかった。三の沢の出合いから、本谷に低く沿って横渉りしながら、草付の岩場を精根こめてにじりあがった。

大滝の手前の涸沢を十五米ほどのぼり、岩庇の下を右にまわって、岩角の灌木をホールドしたとき、枯枝の挑ぜるような音を聞いたと思った。その音がなにを意味するか理解するひまもないうちに、反射的に手が伸びてそばの岩角にしがみついた。その瞬間、灌木を載せた岩が削壁から剝離し、えらい音をたてて落ちて行った。


身の毛のよだつような放れ業だった。意識の反射がもう一秒遅れたら、三百米も下の沢へ逆落しになっていたところだった。

「う、う、う」

身震いといっしょに、臓腑を吐きだすような深刻な吐息をついたが、それで助かったというわけでもなかった。菱苅は足場も支えもない垂直な削岩壁に額をおしつけ、風雪が磨きだしたスベスベの岩の出っぱりに両手をかけてぶらさがっている。そろそろと足がかりになるものを探して見たが、むなしく空を泳ぐだけでなんの手ごたえもない。無益な動作に疲れ、両足をダラリと垂らしたときには、絶体絶命だというギリギリの現実感が胸の奥を鋭くさしつらぬいた。

懸垂することだけに全神経を集中するつもりで、眼をとじたが、そうしてもいられなくなってまた眼をあけた。岩に獅噛みついた瞬間、チラと腕時計を見た。そのとき十七時三十分だったが、いま見ると三十二分だった。悠久とも思われる長い時間だったのに、たった二分しかたっていない。

「とてもとても……」

心の隅に虚無的な感情が萌えだし、生も死も、どうでもよくなった。

「手を放してしまえ。どのみち、おなじことなんだ」

十七時三十七分……やっと五分。

背筋の窪みをつたって脂汗が流れ落ちる。錐を揉みこまれるような肩の痛みが灼熱感にかわり、脱臼する直前の不気味な鈍痛が肩胛骨を抉りはじめる。エネルギーを節約するつもりで、ひと時、片手を休めてみたが、危険を感じて、あわててまた岩にとりついた。なんの足しにもならなかった。

悪いことには、掌から滲みだす脂汗で岩膚がぬらつき、力を入れればいれるほどひとりでヌルヌルと抜けそうになる。極度の緊張で感覚が喪失し、自分の手がはたして岩に縋っているのかどうか、それさえ感じられなくなった。

十七時四十分。いよいよ最後の時がきた。意地にも我慢にも、これ以上、身体を支えていることがむずかしくなった。

「落ちる落ちる……」

全身が断末魔の悲鳴をあげる。そうしようとも思わないのに、靴の爪先があちらこちらと動いてある く。爪先が一尺ほど斜上をかいさぐっているとき、思いがけない感触があった。恐怖とはちがう、ゾッとするような感じが脛を這いのぼる。爪先で探りひろげていくと、そこがやや広い草付の岩棚になっていることが感じられた。

「おれは気力に証明を与えるといった」

両腕に残った最後の力を総動員してジリジリと身体をひきあげ、全霊をすりへらすような努力をつづけたすえ、爪先を岩棚の端にひっかけると、思いきって両手をはなして岩棚にのめりこんだ。ゾッとするような瞬間。靴がズルリと辷(すべ)りかけたが、身体はたしかに棚の上に残った。

「あゝ」

身体中の精気がぬけ、眼を動かす元気もない。菱苅は岩棚の上に寝ころがって茫然と空を見あげた。ミヤマウスユキ草の咲きみだれる国境の稜線がすぐ上にあった。

雲の小径

一

時間からいうと、伊勢湾の上あたりを飛んでいるはずだが、窓という窓が密度の高いすわり雲に眼隠しされているので、所在の感じが曖昧である。

大阪を飛びだすと、すぐ雲霧に包みこまれ、それからもう一時間以上も、模糊(もこ)とした灰白色の空間を彷徨している。はじめのころは、濛気(もうき)の幕によろめくような機影を曳きながら飛んでいたが、おいおい高度をあげるにつれて、四方からコクのある雲がおしかさなってきて、旅客機自体が溷濁(こんだく)したものの中にすっぽりと沈みこんでしまい、うごめく雲の色のほか、なにひとつ眼に入るものもない。咽(むせ)び泣くような換気孔の風の音と、佗びしいほどに単調なプロペラの呻(うな)りを聞いていると、うらうらと心が霞んできて、見も知らぬ次元に自分ひとりが投げだされたようなたよりのない気持になる。

この三年、白川幸次郎は、月に三回、旅客機で東京と大阪をいそがしく往復しているが、こんな夢幻的な情緒をひきおこされたのは、はじめての経験だった。どんよりとしているが、それでいて、暗いというのでもない。漠とした薄明りが、遠い天体からさしかける光波といったぐあいに、灰色の雲のうえにしらじらと漂っているところなどは、香世子が形容する死後の世界の風景にそっくりで、白川は脇窓の風防ガラスに額をつけたまま、

「ひどく、しみじみとしていやがる」

とつぶやいた。

とりとめのない、こういう灰色の風景は、悩ましい、胸をえぐるような、そのくせ、なつかしくもあ

る痛切な心象につながっている。香世子がこの世から消えてしまったのは、もう三年前のことだが、まだその影響からぬけきれずにいる。白川も、これでは困ると思うのだが、いちど焼きついた心象は、払えば消えるというようなものではない。

十二月二十五日の朝、市兵衛町の交番から電話の通達があった。

「奥さんが、交通事故で亡くなられたそうで、そちらへおしらせするように、築地署から通達がありました。死体は聖路加にありますから、印鑑を持って、すぐ引取りに来てください」

「ちょっと、もしもし……それは、なにかのまちがいでしょう。私には家内なんかありませんがね」

「二号でも三号でもいいですが、ともかく、すぐ来てください」

雲の低く垂れた雪もよいの朝がけ、白川が聖路加へ行ってみると、ハンドルのかたちに、胸に丸い皮下溢血の血斑をつけた二宮の細君の香世子が、窮屈そうに屍室の寝棺におさまって、眼をつぶっていた。

クリスマス・イヴの十時すぎ、酔ったいきおいで築地のほうへ車を飛ばし、四丁目の安全地帯にぶっつけた。救急車で聖路加へ運ばれ、意識不明のまま二十五日の払暁まで保っていたが、間もなく苦しみだし、七時ごろ息をひきとった。臨終に、麻布市兵衛町、白川幸次郎の妻と、はっきり告知したと係官が白川につたえた。

「白川幸次郎の妻」の一件は、二宮に知らせずに無事におさめたが、臨終の告知は、息苦しい重石になって心のなかに残った。香世子との交際は、香世子が二宮忠平と結婚する以前からのことで、その間に、なにがしの想いがあったのだが、どちらの側でも、最後まで告白といったようなことはしなかった。

白川幸次郎が死んだ香世子の霊と交遊するように……というよりは、熱烈な霊愛に耽けるようになったのは、そういうことからであった。

肉体のなかに、魂が宿っている。ひとが死ぬと、魂は肉体からぬけだして、次の世界へ行く。魂がいまの肉体に宿る前は、前世にいたので、この世、つぎの世、その先の世と、四世にわたって活動するが、方法によっては、死後の世界から現世へ連れ戻すことができる。

幽霊などという蒙昧な存在ではない。心霊電子ともいわれる高級なやつで、幽霊のように、じぶんからヒョコヒョコ出てくるような軽率な振舞いはしない。呼ばれれば、渋々、やってくるくらいのところである。

霊を呼ぶのは、「霊媒」という、そのほうの専門家がやる。その方法は、霊媒が一種の放心状態になって……というのは、じぶんの魂をひと時、肉体から出してやって空家（あきや）にしておき、そこへ呼びよせた霊を入れるという手続きになるわけだが、借りものにもせよ、肉体があるのだから、霊は、ものも言うし、動作もする。

霊などというものが、ほんとうにあるのかないのか。あるとすれば、どんな形をしているのか。そういう心霊現象については、ポードモアの「心霊現象」やロッジの「心霊電子論」などという研究がある。死後の世界のことは、ロンブローゾが「死後は如何」で、メーテルリンクが「死後の生命」で述べている。

霊媒が無我の状態に入ると、なぜ心霊が宿るのか。霊というものは、そんなにやすやすと出てくるのか。そういった初歩の疑問にたいして、聖書に「神の告げを受ける人」があり、ギリシャには「神托者」というものがいたように、失神状態や恍惚状態は、むかしから神と人との唯一の交通の方法だったと、心霊学者が答える。

白川幸次郎が、香世子の霊に逢いに行ったのは、麻布広尾の分譲地のはずれにある、心霊研究会「霊の友会本部」という看板の出た浅間(あさま)な二階建の家だった。

よく撓(しな)う大阪格子の戸をあけると、口髯ばかりいかめしい貧相な男が、袴のうしろをひきずりながら出てきた。

「当会の主事でございます。ご予約の方で」

「今朝ほど、電話でおねがいしておいた白川ですが」

「白川さま……お待ち申しておりました。どうか、お上り遊ばして」

安手な置床(おきどこ)のある二階の八畳で待っていると、主事と名乗ったさっきの男が、蒼白い肌の艶をみせた、四十三四の肥りかげんの中年の女を連れて入ってきて、

「この方が霊媒さんで」

と白川に紹介した。

霊媒が床前(とこまえ)の座蒲団に正座すると、主事は白川を霊媒と向きあう位置に据えて、

「では、はじめますから」

と、立って行って電灯を消した。

床脇の長押(なげし)に、一尺ほどの長さの薄赤いネオン灯がついているほか、灯影はなく、霊媒の顔がぼんやりと浮きあがっている闇の中で、トホカミエミタメ、トホカミエミタメとくりかえす祝詞(のりと)調の主事の声が聞えていたが、そのうちに、白川のそばへすうっといざりよってきて、

「間もなく、お出になります」

と重々しい口調で挨拶した。

見ていると、寂然としずまりかえっていた霊媒の上体がゆらゆらと揺れだし、どこから出るのかと思われるような、人間の五音（ごいん）をはずした妙な声で、うむうむと唸りだした。

「あれが私の呼んだ霊ですか」

「さようです」

「なにを唸っているんでしょう」

冷やかし気味に、白川がたずねると、主事は白川の耳に口を寄せて、

「ああいう唸りかたをするようでは、この方は、じぶんが死になすったことを、まだ自覚していらっしゃらんのですな」

と、ぼそぼそとささやいた。

「自覚といいますと？」

主事はもっともらしい口調で、死後の世界へ入った心霊は、たとえてみれば、生れたての赤ん坊のようなたよりのない存在で、死んだことすら自覚せず、死の間際に感じた苦しみのなかで、呻（うめ）きながら浮き沈みしている。胃病で死んだものは、胃が痛いと叫びつづけ、肺病で死んだものは、息がつまりそうだともがくのだと、説明してきかせた。

霊媒は高低さまざまな、陰気な唸り声をあげていたが、急に身体を二つに折って、

「ここはどこ？……なんて暗いんだろう……痛いな。あゝ、痛い痛い。胸のまんなかの辺が、千切れそうだわ……助けてえ」

脈絡もなく、そんなことをしゃべりだした。主事は顔をうつむけて、しいんと聞きすましていたが、

「これは怪我をして死なれた方ですな。だいぶお苦しいようですから、はやく声をかけておあげなさい……あなたはもう死んでいるのだと、おしえてあげてください。それで、いくらかでも、苦痛から救われるのですから」

「どう言えばいいのですか」

「ともかく、名を呼んであげて……あとは、私がここにいて、その都度お教えしますから」

白川は割りきれない気持のまま、

「香世子さん、香世子さん」

と悩める霊媒に呼びかけると、霊媒は額を膝におしつけるような窮屈な姿勢で、

「あたしをお呼びになるのは、どなたでしょう……あなた？……白川さんですか？……あたし、ここんところが、痛くてしようがないんです。なんとかしてくれないかしら……ねえ、助けてちょうだい」

冥土からいま着いたというような、ほそぼそとした声で、喘ぐようにいった。白川は思いが迫って、われともなく、

「ねえ、香世子さん」

と呼びかけながら、霊媒の肥った肩に手をかけた。主事は大あわてにあわてて、

「もしもし、そんなことをなすっちゃ」

白川の腕をとっておさえつけながら、

「身体にさわることだけは、やめていただかなくては……霊媒さんが眼をさますと、せっかく呼びだし

た霊がお上りになってしまいます。あなたがここでジタバタなすっても、どうなるものでもありませんから」

と苦い調子でたしなめた。白川はむしょうに腹がたってきて、

「話をさせるという約束だったろう。霊媒にさわるぐらいが、なんだ」

主事は弱りきった顔になって、

「ねえ、あなた、どうかまあ、落着いてくださいよ。霊のいられるところと現世との間に、無間のへだたりがあるということをですなあ……」

いい加減なことをいって宥めにかかったが、白川はこじれてしまって、主事のいうことなど相手にしない。

「いろいろな所作をして見せるが、苦しんでいるところなぞ、見せてもらわなくても結構だよ。なんの霊だか知らないが、おだやかに話ができないものなのか」

主事は大袈裟にうなずいて、

「ごもっとも、ごもっとも……失礼ですが、よっぽど深くお愛しになっていられた方とみえます。まったくどうもお気の毒な……でもまあ、この手をお離しなすって。そうギュッと掴んでいられては、話もなにもできやしませんから」

そういうと、れいの尤もらしい口調になって、

「では、こういたそうではありませんか。ともかくこの方に、じぶんはもう死んだのだという自覚を与えていただきましょう。お説のとおり、本来、霊に痛覚などあるはずはないので、肉体を持っていたと

きの記憶……アフター・イメージですか、まあそういった架空の肉体の苦患（くげん）を、あるかのごとくに悩んでいるわけなのですから、お前は死んだのだと、はっきりわからせておあげになれば、それで、サラリと解脱することがおできになるのです」

「それを私がいうんですか」

「さよう、霊が信頼していられる方が言われるのがいちばんいいので……霊ご当人は、死んだなどとは思っていないのだから、なかには、怒りだす霊もあります……そこを、強くおしつける。そうしていると、霊のほうでも、はてな、ということになってですね、自分自体を見なおすと、なるほど肉体がない。おどろいて、私はどうしたんでしょうと聞きかえしてきますから、すかさず、お前は死んだのだと、いくども言う……たいていの霊は、そこで泣きだします。それを、しずかに慰める。それがまたたいへんで、相当クタクタになりますが、そのうちに、だんだんあきらめの境地に達して、生前の交誼（こうぎ）を謝したり、じぶんのいる世界のようすを、ポツポツと話しだすようになる……そうなったら、もうしめたもので、おだやかに話ができるようになりましょう」

腑におちないが、そう聞くと、そういうこともあるのかと思い、

「香世子さん、白川です。わかりますか」

と声をかけてみると、霊媒は急に唸るのをやめて、トホンとしたようすになり、

「あゝ、白川さん」

と縋（すが）りつくようにいうと、焦点のきまらないへんな眼つきで、ウロウロと白川のいるあたりをながめまわした。

「どこにいらっしゃるの」

「あなたの前にいます。わかりませんか」

「声は聞えるんですけど、なにも見えないわ。どうして、こんなに暗いのかしら。明るくしていただけないかしら」

と、あわれな声をだした。

「お気の毒だが、ぼくの力ではだめらしい。香世子さん、自覚していないらしいが、あなたはもう死んだんですよ」

「あたしが？　へえ、どうして」

「クリスマス・イヴに、酔っぱらって車をすっ飛ばしたでしょう。あのとき、尾張町の安全地帯にぶっつけて死んだんです」

「でも、現在、こうしているじゃありませんか」

「そこにいるのは、あなたの霊なんです」

「霊って、なんのこと？」

白川がグッと詰まると、主事がすり寄ってきて、

「負けないで、負けないで……弱っちまっちゃいけません。どうしても言い負かしてしまわなけれゃ」

と耳もとでささやいた。

香世子に、お前はもう死んだのだと納得させるのに、白川はえらい骨を折った。この押問答に三晩かかったが、三日目になると、さすがの主事も呆れて、

「こんなわからない霊も、すくないです。生前、どういう方だったのでしょう」

と肩を落して嘆息した。

「この方は邪心のあられた性格とみえまして、だいたいが、ひどくひねくれていらっしゃる。こういう霊は、いちどこじれだすと、誰の手にも負(お)えぬようになるものでして、自然に心がとけるまで、お待ちになるほかはない……霊媒さんも、このところ、だいぶ疲労されたように見受けますから、この辺で、すこしお休みをねがって……」

と投げだしにかかった。

霊の友会の霊媒は、さる資産家の夫人で、道楽にそんなことをやっているということだったが、肉置(ししお)きのいい、ゆったりとした感じで、身の振りも大きく、卑しげなところはなかった。

白川が行きはじめたころは、主事の指導がないと無我の境に入ることができなかったが、しばらくすると、白川が手を握っているだけで、ひとりでやれるようになり、霊の来かたも、ずっと早くなった。

白川と香世子の対談は、いつも二時間以上もかかるので、一番あとにまわされて、夜の十時ごろからはじまる。霊媒は無我の境に没入しているので、意識はなく、香世子と二人だけの世界だから、遠慮も気兼ねもない。他人には聞きかねるようなことまでさらけだして、しんみりと語りあう。

香世子の霊も、だんだん対談のコツをおぼえてきて、自由にものをいうようになり、白川が忘れているような細かいことを思いだしては、懐しがったり、笑ったりし、話の途中で昂奮してくると、身もだえをしながら、

「あたし、どうしようかしら」

と白川の胸に倒れかかってくるようなこともある。

霊に肉体がないなどと、誰が言う。借りものとはいえ、体温の通った完全な五体をそなえているのだから、愛の接触に事を欠くことはない。押せば押しかえし、手を握れば、すぐ握りかえしてくるという濶達さで、その辺の機微は、霊の交遊の経験のない連中には、思いも及ばぬことであった。白川は霊界に足をとられて、抜きも差しもならなくなり、一年ほどの間、夢中低徊のおもむきで、根気よく現世と死後の世界を往復していたが、霊愛の修業も、霊の友会の解散で、はかなくも終幕となった。

白川が霊の友会に行きはじめたころ、玄関脇の待合でいろいろなひとの経験を聞いたが、なにかの折、ある男が、

「妻はですね、このごろ、もうひと時も私を離したくないふうでして、なぜ、はやくこちらの世へ来てくれないのかと、そればかり言います。妻の霊を呼びだして、救ってやったつもりでしたが、かえって苦しませるような結果になってしまいまして、私も責任を感じますので、思いきって、妻のいうようにしてやろうかとも考えております」

と、しみじみと述懐した。

その男が、七つになる女の子を道連れにして、千葉の海岸で投身自殺をした。それが問題になったのらしく、解散したのか、移転したのか、その後、出かけて行ってみると、会はもうなくなっていた。白川は大切な夢を見残したような気持で、当座は、ぼんやりとしていた。

二

チラと人影が動いて、大阪からあいたままになっていた白川の隣りの座席に、二十四五の、ぬうとした娘が移ってきた。

黒一色の着付けで、トーク型の帽子につけた小さな菫の花束が、ただひとつの色彩になっている。座席の肱掛けに手をついて、

「白川さん、しばらく」

と馴れきったふうで笑いかけた。

「やあ」

白川は釣りこまれて、会釈をかえしたが、とんだやつと乗合わせたものだと、ひとりでに顔が顰(しか)んだ。

「お忘れでしょうか。あたし、二宮の鬼っ子ですのよ」

鼻も顎もしゃくれ、唇まで受け口になり、全体に乾反(ひぞ)ってしまったような感じの個性の強い顔で、誰だって、いちど見たら忘れない。お忘れでしょうは、ご挨拶だった。

二宮の先妻の子で、死んだ香世子には継娘にあたるのだが、柚子が美しすぎる継母を憎んでいるように、香世子のほうでも、醜い片意地な娘を好きになれないようで、誰かと柚子の話をするときは、平気な顔で、うちの鬼っ子がという。柚子のほうでは、こわいほど美しいおばさまというような言いかたで、しっぺいがえしをする。香世子が生きているあいだじゅう、ひっぱたく、打ちかえすという野蛮な喧嘩を、日課のようにくりかえしていたが、継母継娘といっても、こんな軋(きし)んだ親子もないものだと、白川

は驚嘆しながらながめたものだった。

「あゝ、柚子さん」

「えゝ、柚子よ。思いだしてくだすって、ありがとう。大阪を飛びだすときから、気がついてくださるかと、期待していたんですけど、だめだったわ」

「もう、五年になりますか。お宅へ伺っていたころは、ディヴァンに寝そべって、漫画の本を読んでいたひとでしょう。ひどく大人くさくなって、むかしの面影なんか、どこにもないから、思いだせといったって、それは無理です」

「むかしの面影って、むかしのあたしを知っているつもり？　うちの香世子にばかり夢中になって、ときたま食堂でなんかお逢いしても、あたしのほうなんか、見たことがなかったじゃ、ありませんか」

「そうだったかね」

「えゝ、そうだったのよ、あなたから眼を離したことがなかったから、あたし、よく知ってる。あのころ、あなたに恋していたんだわ、きっと」

白川の肩を平手でピシャリと叩いて、

「おじゃまでしょうけど、掛けさせていただくわ。お話したいことがあるのよ」

隣りの座席におさまるなり、

「大阪のほうのお仕事は、いかが？　あたしどもは、さんざんなの。ごぞんじでしょうけど、あなたの思い出のある麻布の家も、競売に出ている始末で」

と調子の高い声で話しかけてきた。

うるさいと思うと、白川は相手になる気がなくなった。露骨に嫌な顔を見せて、

「仕事の話はいやだね。なにか、ほかの話をしましょうや」

素っ気なく突っぱねてやると、柚子は座席の背凭(せもたれ)で頭のうしろをグリグリやりながら、眼の隅から白川の顔を見て、

「雲の中ばかり飛んでいて、気のきかない操縦士だわね。ご退屈だろうと思って、お話をしに来てあげたのよ」

「べつに、退屈はしていませんよ。雲を見ていたって、結構、楽しめるから」

柚子は底意のある眼つきになって、

「雲の中に、なにか見えるのかしら。そうだったら、こわいような話ね」

ひとり言のようにつぶやくと、くすっと鼻の先で笑った。

小鳥ほどの脳味噌しか持っていないくせに、とうとうこいつもおれを馬鹿にしだしたかと、白川はムッとして、

「私の心境は澄みきっているので、女っ気(け)はいやだといってるんですよ。男ってものは、そんな気持になることもあるんだから、認めてほしいですね」

と追いたてにかかったが、柚子は、

「伺っています、もっと、おっしゃって」

笑うだけで、動く気色もなかった。

「お気にさわったら、あやまるけど、あたし、これで真面目なのよ」

「真面目でないほうがいいね。むずかしい話なら、聞きたくない」

柚子は眠りにつく子供のようなしずかな顔つきになって、しんと天井を見あげていたが、

「寒いわね。また高度をあげたのよ。すみませんけど、換気孔の口、そっちへむけてくださらない。首筋がスウスウしますから」

と、おぼろな声でいった。

白川は換気孔の口を向けかえようと、そちらへ手を伸しかけたひょうしに、機体が偏揺(かたゆ)れしたので、座席にどすんと尻餅をついた。

柚子は白川のぶざまなようすを見据えたうえで、

「白川さん、あなた招霊問答に凝っていらっしゃるって噂だけど、ほんとうの話なの」

と、だしぬけにそんなことをいった。白川は照れかくしに、煙草をだして火をつけながら、

「そんなこともあった、というところかな。いまは、やっていません」

「あら、そうなの」

柚子は眼のやり場にも困るといったように、うつむいて手で襟飾をいじりながら、クスクスと笑いだした。白川は説いてきかせる調子になって、

「信じられないひとに説明するのは、むずかしいが、霊というものは、たしかにあるんだね。人間の肉体は物質だが、霊魂は」

と、やりかけると、柚子はおっかぶせるように、

「面白そうだわね。どんなふうにしてお逢いになるのか、くわしく伺いたいわ。話ってのは、そのこと

だったの」

「面白いなんてことじゃない。厳粛な問題なんで」

「そうでしょうとも。あたしの友達に、ネクロマンシイとかいう西洋の降霊術に凝っているひとがいるので、いくらか、そのほうの知識があるの。いい霊媒にぶつかるのは、運のようなものだって……心霊研究会では、すぐれた霊媒を自分のほうへひっぱるのが仕事で、映画やプロ野球のように、引抜きをやっているっていう話だけど、ほんとうに、そんなことするの？」

「よく知らないね。どうして、そんなことをきく？」

「ただ、ちょっと……」

そういうと、柚子は急にだまりこんで、窓の外の灰色の世界を、ぼんやりとながめだした。

柚子がしゃべりやむと、まわりがにわかに森閑としたおもむきになった。伸びあがって前後の座席を見てみると、いくらもいない乗客が、申しあわせたようにおなじほうへ顔を向け、死んだようになって眠りこけている。それが、みょうにわびしい風景になっている。

白川は迫るような孤独の感じに耐えられなくなり、柚子の肩を揺って、

「すっかりだまりこんでしまったね。なにを見ている？」

柚子は、ゆっくりと白川のほうへ顔をむけながら、

「もう、十分も前から、こっちの側のプロペラが動かなくなっている。それを見ていたの」

と、しみじみとした口調でいった。

なるほど、偏揺れは、そのせいだったのか。危険なことはあるまいが、そうならそうで、なんとか挨

拶があるべきはずだと思っていると、操縦室からツルリとした優さ男が出てきた。踊るような足どりで白川の座席へやってくると、帽子をとって、

「白川さんですか、桜間です」

と丁寧にお辞儀をした。

桜間一郎なら、三年前のクリスマス・イヴに、香世子の車に乗ったばかりに、頭をどうとかして、死んだとか、バカになったとかいう噂だったが、奇抜なこともあるものだと思って、

「桜間君、君は死んだんじゃなかったのか」

と嫌味をいってやると、桜間は間伸びのした微笑をしながら、

「あゝ、死んだんでしょうね。たいへんなスキャンダルだったから、社会的に、死んだも同然です……それはそうと、ダグラスのことなら、ご心配はいりませんですよ。雲がこっちへばかり、たぐまっちまって、えらくゴタゴタしているから、これから雲の中の道をさがすつもりなんです……空にだって、抜裏もあれば露路もあるってわけで、その辺のところは、心得たものですから、安心していらしてください」

ひとりでしゃべりまくって、操縦室へ帰って行った。柚子は桜間の行ったほうを眼で追いながら、

「あんなひとが出てくるようじゃ、この飛行機は、まず、落ちるときまったわね。あんなバカが操縦士をやっていると知ってたら、日航なんか、乗らなかったわ」

そういうと、いきなり、すり寄ってきて、白川の首に腕を巻きつけた。

「でも、白川さんに絡みついて死ねるなら、本望よ」

白川は柚子の腕を払いのけながら、

「よしてくれえ。女っ気はいやだといったろう。そんなことをすると、ほんとうに飛行機が落ちるぜ」

と手きびしくやりつけた。柚子は照れるようすもなく、

「まあ、ひどい。いくら女を馬鹿にしてるたって、もうすこし、人間らしい扱いをするものよ。あなたに話してあげることがあるんだけど、そんなに邪魔にするなら、いわないことにするわ」

白川は、ふと気あたりがして、愛想よく、折れてでた。

「手荒なことをして悪かったね。あぶない加減の羽目になっているんだ。せめて、話ぐらいしましょうや。それは、どんな話?」

柚子は機嫌をなおして、

「霊媒の話……白川さん、あなた茨木という霊媒をさがしているんでしょう。いま、どこにいるか知ってる?」

「ずうっと、さがしているんだ。どこにいるか知っているなら、おしえてくれたまえ」

「茨木なら、妙義山の一本杉の近くの金洞舎ってところにいるわ」

「へんなことを聞くようだけど、どうして茨木なんか、知ってるんだい」

「それはそうだろうじゃ、ありませんの。お仲間ですもの」

「お仲間って?」

柚子は唇の端をひきさげると、意味ありげな眼づかいをしながら、

「あたし霊媒よ。ごぞんじなかった?」

と白々しい顔でいいかえした。

白川は、へえといったきり、あとの言葉も出ず、マジマジと柚子の顔を見つめた。

柚子が霊媒とは信じられないような話だが、でたらめをいっているようでもない。どこか煤っぽい、乾反(ひぞ)ったような顔を見ていると、霊媒といっても、これ以上、霊媒らしいのはちょっとあるまいと思って、笑いたくなった。

「あなたが知らなかっただけのことでしょう。そんなにびっくりすることないわ。あたしが霊媒だったら、どうだというの」

「ちょっと意外だったもんだから……なるほど、そういえば、あなたの顔は霊性を帯びているよ。あなたなら、やれそうだ。どこでそんな修業をしたんだね」

「須磨のパイパー姉妹のところで……五年ぐらい前から、よその家の玄関に立つと、その家の死んだひとの霊が見えるようになったので、あたしにも霊能があることがわかったの。自覚したのは遅かったけど、子供のときから素質があったわけなのよ」

「パイパー姉妹という二人組の霊媒は、パリにいるということだったが、須磨にもいるの」

「ええもう、それゃ、どこにだって……それでね、おねがいがあるのよ」

「あまりむずかしいことでなかったら」

「東京で研究会をもちたいと思うんだけど、後援してくださらないかしら、茨木なんかおやめにして、あたしにかかったら？　どんな霊でもお望みどおりに出してあげてよ。香世子の霊は好かないけど、香世子の霊にしたって、茨木がやるよりずっときれいに出せるつもり」

「きれいにってのは、どういうことをいうのか知らないが、香世子さんの霊なら、ほかで出すよ。霊同士でひっぱたきあいなんかはじめたら、仲裁するのに骨が折れるから」

「それは、あなたのご自由よ。香世子の霊で思いだしたんだけど、香世子の霊を呼びだして、いったい、どんな話をするんです？」

「細かく言わなくっちゃ、いけないのか。隠しておきたいようなこともあるんだが」

「お二人のことだから、しなだれかかったり、しなだれたり、いろいろに手をつくすんでしょうけど、インチキ霊にひっかかって、いいくらいに欺されているんだったら、悲しいわね。そんなことはないの？」

「香世子の霊は香世子の霊。ほかの霊が出てくるわけはないから」

「眼の病気に、だんだん視野が狭くなるのがあるんですってね。ところで、当人は知らない。いま自分が見ているのが、完全な像だと思っている。そういう病気が現実にあるんです。ごぞんじだった？」

「知らないね。これでも眼は丈夫なほうだ」

柚子は、ぷすっとふくれていたが、そのうちに気をかえて、

「どうしてもあたしに言わせようというのなら、いってあげましょうか……クリスマス・イヴに、香世子はあなたを車に乗せて、どこかへぶっつけて、いっしょに死ぬつもりだったのよ。あの日の午後、メルセデスを持ってお宅へ行ったでしょう。無理にもあなたをひン乗せるつもりだったんだけど、気が変って、桜間のほうへお鉢がまわったというわけ……香世子の霊、こんな話をした？」

あの日の午後、香世子がやってきたのは事実だが、そんな計画があるとは知らなかった。香世子の霊も、それらしいことはなにも言っていない。

「それは初耳だ」

「もし言わなければ、それはインチキ霊なの。どこかの霊に、遊ばれていたのよ……善人だの善意だのってものは、どうしてこう悲しげに見えるのかしら。あなたもその一人よ。しっかりしていただきたいわね」

黙りこんでしまった白川を、柚子は痛快そうに尻眼にかけながら、

「しおれたようなようすをするところをみると、まだ知らないことがありそうね。ついでだから、もうすこし言ってあげましょうか……香世子の味方をするわけじゃないけど、香世子はあなたが殺したようなものなの。あなたを怨んでいるにちがいないわ」

「どういう筋を辿れば、そういうことになるんだ。この際、冗談と言いがかりは、つつしんでほしいね」

「冗談なんかで言えることでしょうか、これが……香世子が二宮と結婚した日、あなたは誓いをたてて、六年も独身をつづけたすえ、あの年の十月に、なんとかいう方と婚約したわね」

「おっしゃるとおりです。すぐ解消しましたが」

「香世子が死んでから？　あたしなんかが、こんなことをいうのはよけいなんだけど、たった六年くらいでおやめにするくらいなら、あんなセンチメンタルな誓いをたてて、香世子に無駄な希望を与えなかったほうがよかったの」

「センチメンタルだと思わない」

「香世子は六年のあいだ、たまりたまった思いを抱えて、精いっぱいの気持で、あなたのところへ飛んで行ったの。あなたの胸にさえ縋りつけばいいのだと思って……香世子にとって、白川さんは神のようなものなんだから、行きさえすれば救われるのだと、すこしも疑わずに……」

「その辺でよかろう。そのことについては、香世子の霊とも、よく話したつもりだ」

「女が苦しんでいるとき、ただひとつの救いは、無限にゆるす男の寛容だけだということを、あなたは知っているかしら？　慰めも、同情も、いたわりも、そんなものはなにもいらない。飛びこんでさえ行けば、朝だろうと夜中だろうと、いつでも門をあけて迎い入れてくれる広い心と胸……つまり、神のようなものね。女の幸福ってのは、そういうものを、たしかに一つ持っているという、ゆるがぬ自信のことなの。香世子がさんざんに悩んだすえ、あそこにさえ行けばと駈けこんで行ったら、会堂だけあって、神さまは居なかったというの。六年はおろか、十年でも十五年でも待っていてくれるものと、安心しきっていたんですから、そのときの失望はたいへんなものだったらしい。じぶんには、もう死ぬほか生きる道はないのだと、思ったというの」

「そこまでのことは、私も知らなかった。それは、あなたが考えだしたことなの。それとも、書き残したものでもあったの」

柚子は伏眼になって、ニヤリと笑って、

「そんなものは、なかったのよ」

急に声の調子が変って、身体ごと伸びあがるような感じで顔をあげると、

「あたしを、誰だと思っていらっしゃるの」

メドをはずしたおぼろげな声で、

「お忘れになったわけじゃないでしょう。あたし香世子よ」

と訴えるようにつぶやいた。

香世子の霊が、なにかいっている。それがうれ、れる、れろ、と聞える。空の高みをそよ風が吹きと

おるように、どこからともなく漂い寄ってくる感じで、かそけくもまたほのかに、白川の耳うらにひびいてくるふうであった。

三

一本杉の金洞舎はすぐわかったが、茨木はこの月のはじめに、白雲山の奥ノ院に移ったということで、妙義町までひきかえして、社(やしろ)のうしろの登り口から、鶯鳴(おうめい)の滝のほうへぶらぶらと上って行った。

東京へ帰るなり、すぐにも妙義町へ出かけて行こうと思ったが、なにかそれを妨げる気分のようなものがあって、勇んで走りだすというふうにならない。

幻視というものは、意識下の固定観念の反射からおこる錯覚の一種にすぎないことを、白川は知っている。柚子に香世子の霊が出たのはわかるが、なんの関心ももっていない桜間のリビドォなどありえるはずはないはずなのだから、あの情景のなかに桜間一郎があらわれたのは、なんとしてもあやしい。

「おれも、どうやらバケモノじみてきた」

香世子との霊愛には、他人の知らぬ楽しさがあるが、うかうかと深入りして、みょうな羽目におちこんでしまったことを、後悔しているふうである。このあいだ、香世子の霊が思いのほか、はげしい出かたをした。千葉の海岸で投身自殺をした男は、妻の霊がはげしい出かたをするときは、かならずあの世へ来てくれないかと泣くので、弱るといっていた。

霊の交遊が深まるにつれて、たがいをへだてる無間(むげん)の距離が鬱陶(うっとう)しくなり、自殺という簡単な方法で、一挙に霊の世界へ飛びこんでやろうというような気も起るのかもしれないが、右から左へ、浮世の執着を断ちきれないのが人生の微妙なところで、こっちへ来いと誘われても、やすやすとついて行けるわけのものではない。といって、尻込みする気配を見せたら、敏感な霊はすぐ感じとって、機嫌を悪くするだろう。

白川は道のうえに枝をのばしている石楠（しゃくなげ）の葉をむしりとって、手のなかで弄（もてあそ）びながら、クヨクヨと考えつめていたが、荒神の滝をすぎて、截（き）りたつような岩の上に奥ノ院の輪郭が見えだしてくると、急に気持が浮き浮きしてきて、ひさしぶりで香世子の霊に逢うということのほか、なにも頭に浮んでこなくなった。

宿房の庫裡（くり）めいたところへ行って、茨木の名をいうと、奥から茨木が小走りに出てきた。

「まあ、白川さんでしたの。こんなところへ、よくおいでくださいました。その後、ごきげんよろしくて」

と微笑を含んだ眼で、なつかしそうに白川を見あげた。

「どうしても、あなたでなくてはいけないわけがあって、東京からやってきました」

「それはどうも。ようこそ……汚れておりますが、どうぞ、おあがり遊ばして」

炉を切った八畳ほどの小間（こま）に白川を案内すると、

「わたくしは、お浄（きよ）めをしてまいりますから、お先にお着きなさいまして」

といって、手洗いに立って行った。

間もなく戻ってきて、十分ほど闇のなかでしずまっていたが、ガバと身体を前に倒すと、もう香世子の霊が出てきた。

「いらっしゃい。お待ちしていたのよ」

白川は、じっとりと脂湿り（あぶらじめり）のする生温い香世子の霊の手を握りながら、

「このあいだは、出てきてくれて、ありがとう」

と礼をいうと、香世子の霊は怨みがましい顔つきになって、

「あたしたちには、行動の規律といったようなものがあって、呼びだした肉体に、入って行かなくてはならないことになっているんですけど、柚子の物質を借りることは、もう、やめていただきたいの。あたしと柚子のつづきあいを、よく知っていらっしゃるはずなのに。お怨みしたわ」

白川は霊の膝のほうへ擦りよって行って、

「柚子が霊媒になっていようなんて、夢にも知らないことだったんだ。たぶん、腹をたてているのだろうと思って、今日はあやまるつもりできた」

「それで柚子は？　まさか、あなたのところに置いてあるんじゃ、ないでしょうね」

「柚子とはターミナルで別れたきり、いちども逢っていない」

香世子の霊は眉をひそめて、

「あやしいもんだわ」

というと、案外な力で白川の胸を突いた。

「そう疑い深くてもこまるな。雪隠（せっちん）に隠れて饅頭を食うような、卑しい真似はしない。柚子なんて娘は、おれの趣味じゃないよ」

「でも、柚子に抱きつかれて、デレデレしていたじゃ、ありませんか。あなたって、あんなこともするひとなのね」

香世子の霊は下眼にうつむいて、なにか考えているふうだったが、伸びあがるように背筋を立てると、あらたまった口調になって、

「今日は折入ってお話したいことがあるの。そちらにいた十年の間、あたしはあなたから来る空気だけで生きていたようなものだったわ。潜水夫に空気を送るゴムの管があるでしょう。ああいった管で、しっかりとあなたに結びついていたの。あたしが潜水夫で、空気を送るポンプはあなたなの……なにもごぞんじなかったでしょうが、その長い間、あたしは、暗い、ひっそりとした、孤独な海の底で、あなたがくださる空気だけをたよりに、浮いたり沈んだりしながら、あわれな恰好で生きていたんです」

「いまのところは、ちょうど反対になってしまったようだね」

香世子の霊はうれしそうにうなずいて、

「そうなのよ。よくわかってくださったわね……あたしは風の吹きとおる、広々としたところにいるのに、あなたは、暗い、じめじめしたところに、虫のようにうごめいていらっしゃる……お返しといっちゃ、悪いけど、あたしが修練をつんで、もっと自由に動けるようになったら、あなたの影身に添って、お助けをしようと思っていたんですけど、あなたのなさることを見ていると、なんだか、あぶなっかしくて、それまで待っていられないような気がしてきたの」

「そうなったら、どんなにいいだろうと、おれも思うよ」

「望んでくだすっても、それはだめなの。柚子がなにもかもぶちまけてしまったから、隠さずにいいま

すが、あたしね、あなたといっしょに死ぬつもりだったのよ。お伺いしたとき、あまり機嫌がいいので、気の毒になって、やめてしまったけど、いまになって思うと、やはりあのときいっしょにお連れすればよかったと、悔んでいるんです。そうしていたら、調和のとれた、こんなにもおだやかな世界で、楽しく二人でやっていけたのにと思って……思いきって、こちらへいらしたら？　そんなつまらないところに、未練なんかあるわけはないでしょう」

白川はタジタジになって、

「行けるものなら、すぐにも行きたいくらいだが、ちょっと、そこのところが、どうも」

と逃げだしにかかった。

香世子の霊は、怨みの滲みとおった陰気な口調で、

「こちらの世界のことを知らないから、そんなことをおっしゃるのよ。考えこんでいるようだけど、なにを、そんなに考えることがあるんです？　女のあたしがやったくらいのことを、あなたがやれないことはないでしょう」

と迫ってきた。

「お返事を聞かせていただきたいわ」

「そう突き詰めないで、二三日、考えさせてもらいたいね。行くにしたって、いろんな方法があるんだから、そのほうも研究してみなくっちゃならないし」

香世子の霊は、なにもかも見透した顔で、

「あなたのお気持、よくわかるけど、思いきって来ていただきたいのよ。きっと感謝なさると思うわ。

なんだったら、お手伝いしましょうか」

「やろうと思えば、おれだってやれるさ。手伝ってもらうほどのことはないが、あなたのやったときは、どんなふうだった。参考のために、聞かせてくれませんか」

「お話するようなことでもないけど、一点でも自殺らしいところを残すと、行為が悲惨であればあるほど、いよいよ茶番めいたものになるでしょう。それでは助からないから、どうしても事故としか見えないように、綿密に計画したわ。あたしかあなたか、どちらかが生き残るようなバカなことにならないように、やろうと思った場所の現場(げんじょう)関係と車の持って行きかたを、ひと月ほどかけて研究しました……あなたは、どんなふうになさるつもり？」

「まだ、そこまでのことは考えていない」

「急ぐことはないから、ゆっくりお考えになるといいわ」

香世子の霊はそれで帰ったのだとみえ、茨木が覚醒してハッキリした声をだした。

「おすみになりましたようですね。今夜の心霊のごようすは、いかがでした」

「ありがとうございました。はっきりと、よく話せました」

「東京へお帰りになりますか」

「今日は妙義町の菱屋という家に泊ります」

「では、その辺までお送りいたしましょう。ちょっとお待ちを」

茨木はつづきの部屋へ入ると、ワンピースに着換えて出てきた。

「道が楽でございますから、裏山道からまいりましょう」

そういうと、白川の手をひいて石の洞門のあるほうへ歩きだした。

しばらく行くと、霧のなかから滝の音が聞えてきた。おりるといったが、下っているようには思えない。朦朧（もうろう）とあらわれだしては、すぐまた霧のなかへ沈みこむ、さまざまなかたちの岩を左右にみながら、ぶらぶら歩いているうちに、石の柱をおしたてたような台地の上に出た。

雲と霧の名所だけのことはあって、深い谷底から、たえ間もなく雲が噴きあがってきて、大旆（たいはい）のように吹きなびいては、空に消えてゆく。

白川は四方から来る雲に巻かれ、眠いような、うっとりとした気持で煙草を喫（す）っていると、うしろにいた茨木が、

「むこうに見えるのが、菱屋でございます。この雲の道をつたっておいでになればよろしいでしょう」

と、へんなことをいった。

ここまで追いつめた以上、逃がすことはあるまい。香世子の霊が、お手伝いすることもできるといったのは、このことだったのだろう。絶体絶命だ。おれは死にたくないのだ、助けてくれと叫んだところで、ふっと現実にたちかえった。

旅客機はまだ雲の中にいて、脇窓の外には、乳白色の溷濁（こんだく）したものが、薄い陽の光を漉（こ）しながら模糊と漂っていた。

夢だったのだろうが、どうしても夢だとは思えない。白川は気あたりがして、上着のポケットに手を入れてみると、指先にツルリとした石楠（しゃくなげ）の葉がさわった。

【解説】愛の残酷、或いは劇的な虚無の精神

長山靖生

久生十蘭の小説は残酷だ。残酷で、豪奢で、劇的である。そして底知れず怖ろしい。残酷と書いてすぐに重ねて怖ろしいというからには、その怖ろしさが、残酷描写の凄惨さや不条理な設定といったものだけでないことは分かるだろう。濃厚な修辞と悪趣味なばかりの衒学の絢爛豪華さは誰の目にも明らかだが、では残酷はどこから来るのかといえば、物語に充満する死や冷酷や策謀といった次元に留まらず、作中人物が醸す、感情移入の困難な不気味さと、にもかかわらずリアルであることの衝撃に由来するだろう。

十蘭は背景や情景はくどいばかりに描写するが、心理の核心は直接的な言葉で示さないことが多い。そうしたものはおのずから浮かび上がるように怜悧に計算されていて、その計算の精緻さが「巧い」と思うのだが、それ以上に「怖い」と感じられてならないのだ。

十蘭の構築性と怖さはギリシャ悲劇を思わせる。そして十蘭においては、残酷はしばしば純愛と結びついている。ひとつの極限が臨界を超えると反転してしまうかのように、常人には理解しがたい形で、変幻自在だった感情が結晶のように頑なになり、時に宝石のようにも刃のようにも煌めく。

久生十蘭（本名・阿部正雄）は明治三五（一九〇二）年四月六日、父小林善之助、母カン（戸籍名はカンだが鑑と表記することが多い）の長男として生まれた。母は回漕業を営む阿部家の次女で、父は番頭頭だったが、正雄が二歳の時に離婚し、以降、正雄は祖父阿部新之助の下で養育された。母は北海道庁立函館高等女学校で教員を務めた。

明治三九年、函館区立寶小学校高等科を卒業すると北海道庁立函館中学校に進んだが間もなく中退し、東京の聖学院中学に編入したものの、同校も八月に中退している。函館中学時代の同級生に水谷準がいた。その後、長谷川清が社長を務める函館新聞社に入社した。清は楽天や世民などの号でも知られる著名なジャーナリストで、その息子にはやがて林不忘・牧逸馬・谷譲次の三つのペンネームで活躍することになる長谷川海太郎がいた。海太郎は函館中学の先輩だった。

函館新聞社で文芸欄の編集に従事するようになった十蘭は、大正一一（一九二二）年に演劇集団「素劇会」に参加したり、新聞記者仲間や短歌団体「海峡詩社」の人々と共に同人結社「生社」をはじめ、同人誌『生』に詩や小説を発表した。最初の戯曲「九郎兵衛の最後」を書いたのは大正一三（一九二四）年のことだった。

そんな十蘭は記事だけでなく、文芸欄に自身の創作作品を載せるようになっていく。明治期には新聞小説を社員か特約した小説記者が執筆することが多かったが、その伝統は大正期にも続いていた。特約した小説記者は、雑誌はさておき新聞小説は契約した新聞のみに執筆するもので、夏目漱石が朝日新聞の小説記者を、芥川龍之介が毎日新聞の小説記者を務めた時期があることはよく知られている。日勤の仕事をしながら紙面に創作を書く社員も、地方紙や業界紙では珍しくなく、同時期の『九州日報』では夢野久作が創作童話を頻りに発表していた。日本列島の北と南でのちの久生十蘭と夢野久作が、奇しくも同じような生活をしていたわけだ。

「アヴオグルの夢」（『函館新聞』昭和二年二月二八日）、「典雅なる自殺者」（『函館新聞』昭和二年三月七日）は、そんな十蘭の新聞記者時代の作品である。静謐で典雅な文体とは裏腹の、凄惨ともいえるような掛け違いの悲劇が描かれていて、私が怖いと感じる十蘭作品の怜悧な計算がすでにしっかりと効いている。

十蘭作品に神はいないが、運命は存在する。たとえどんな人生でも、出来事でも、訪れたそれが運命なのだという意味において。

本格的に演劇を志した十蘭は、昭和三（一九二八）年に上京すると岸田國士に師事し、岸田が主宰する雑誌『悲劇喜劇』の編集に従事。以降、岸田を師と仰ぐ態度は生涯変わらなかった。昭和四（一九二九）年からフランスに遊学し、パリ物理学校でレンズ工学を二年、パリ市立技芸学校で演劇を二年学び、シャルル・デュランに師事した。デュランは俳優兼劇作家で、当時はアトリエ座を中心に活動していた。この留学ではフランスの文化風土や個人主義の気風、それにおそらく意外に野蛮で差別的な側面も、しっかりと胸に刻んだことだろう。それでも当時は戦間期で自由で開放的な雰囲気が漂っており、日本からも多くの若い芸術家が訪れていた。佐伯祐三はすでに亡くなっていたが、藤田嗣治、岡本太郎、東郷青児、岡鹿之助、小磯良平らがパリにおり、詩人の竹中郁もいた。竹中は絵もうまく、パリ遊学時代にサロン・ドートンヌに入選したりもしていた。母の鑑も函館高等女学校を退職すると昭和六年に息子を追って渡仏し、モンパルナスの有名花屋アンドレ・ボーマンのショーウィンドーに生花を飾ったのがきっかけでパリの新聞に「花の芸術家」として紹介されたり、挿花展を開いたりしたという。エコール・ド・パリ末期を彩る逸話のひとつだ。

十蘭は昭和八（一九三三）年春にフランスを離れるが、戦後の長編作品『十字街』（昭和二七年）のモデルとなる巨額証券詐欺のスタヴィスキー事件が露見するのはこの年の暮れのことだった。一方、帰国した十蘭は新築地劇団演出部に入っている。これは小山内薫の没後、土方與志や丸山定夫、薄田研二、山本安英、細川ちか子、久保栄らが創設した劇団で、日本が大陸での泥沼の事変から太平洋戦争へと傾斜していく昭和一五（一九四〇）年まで続いた。戦後に千田是也らが創設する俳優座はこの系譜を継いでいる。十蘭は昭和八年に行われた築地小劇場改築竣成記念公演『ハムレット』（坪内逍遥訳・久米正雄演出）などで舞台監督を務めた。ほどなく退団したといわれるが、当時の新劇界は演劇思想や左翼思想、さらに人間関係の複雑な軋轢があった。翌九年には岸田國士が主唱した新劇界の連合組織・日本新劇倶楽部が創設されると参加、築地座の第二五回公演ではクルトリーヌ『大変な心配』『バダンの欠勤』など四演目すべての舞台監督、さらに一〇年にもいくつかの公演で舞台監督を務め、岸田の推薦で明治大学文芸科で演出論の講師をしたり、昭和一二（一九三七）年の文学座結成に参加するなど、演劇への情念は継続していた。大陸での戦闘が泥沼化した昭和一五年には劇団冬青座を主催して農村地域の慰問公演を行なったり、アマチュア演劇を指導したりしている。

一方、文筆も帰国した昭和八年の末から本格化した。函館中学の後輩だった水谷準と再会したのだが、水谷は『新青年』の編集長となっており、同誌昭和八年一二月号にトリスタン・ベルナアルの「天啓」「夜の遠征」「犯罪の家」を訳出、以降、同誌で翻訳や創作、インタビュー記事などを執筆するようになったのである。

十蘭はスタイリッシュな構成や文体の技巧に揉捏を発揮する作家だったが、記事やインタビューでは意外に柔軟性があり、創作でも誌面の傾向や長さに合わせてスタイル選びを楽しむバランス感覚も当然ながらすぐれていた。「つめる」（『新青年』昭和九年九月）は、モダニズム期の文芸誌によく見られた掌編で、〈きたん・くらぶ〉と題された欄に「怪談会で順に語られた話」の第一作目の作という扱いで発表された。二作以降の作者と題名は片桐千春「肉弾鼠」、青木二郎「一歩」、吉岡竜「眼を売る男」だった。

なお昭和九（一九三四）年には『新青年』一月号からパリ滞在時の経験を生かした連作「八人の小悪魔」を八月号まで連載、これは後に『ノンシャラン道中記』と改題された。なお久生十蘭という筆名を使用するようになるのは昭和一〇年の『黄金遁走曲』（『新青年』七月号〜一二月号）からで、それまでは概ね本名を用いていた。

初期の傑作短編のひとつに「黒い手帳」（『新青年』昭和一二年一月）がある。パリの安アパルトマンの屋根裏部屋にこもってルーレットの研究に没頭し、確率論によって偶然を統御する確定的予測を導き出そうという情熱に駆られる男と、彼の妄想でしかないであろうルーレット理論の秘密を盗んで一獲千金を得ようと目論む経済破綻寸前の夫婦という、それぞれに自己の妄想に固執して暴走する人間の劇的で滑稽なすがたを描いて象徴的だ。トランプやルーレットをめぐる確率論は一部の数学者の関心事らしく、ニュートンも試みたし、バルザック『絶対の探求』の主人公が抱いている情熱も似たようなものだった。いうなれば数学を用いた錬金術であり、自然科学揺籃期の中世的原型といえるのかもしれない。それにしても意図的に外そうとするたびに逆に当たってしまうルーレットは、人間如きが支配理論を導けると思っている傲慢に対する運命の復讐のように感じられもする。

同年には『新青年』別冊付録としてレオン・サヂイ『ジゴマ』やマルセル・アラン『ファントマ』、ガストン・ルルウ『ルレタビーユ』を次々と翻案・翻訳し、ほどなく単行本化された。また『新青年』同年一〇月号から翌一三年一〇月号まで『魔都』を連載している。二・二六事件前後の帝都を舞台に、都市の光と影を背景に、国際的陰謀や様々な政治的思惑が交錯する物語で、悪趣味なまでに饒舌濃密な文体は、よくも悪くも注目を集めた。ミステリ界では夢野久作『ドグラ・マグラ』、小栗虫太郎『黒死館殺人事件』に中井英夫『虚無への供物』を合わせて三大奇書と呼ばれているが、ここは時代が近い『魔都』をこそ入れるべきだと私は思っている。『虚無への供物』も傑作だが、戦後作品であり、別の文脈で称揚するのがふさわしいのではないか。

昭和一四年には「海豹島」(『大陸』二月号)、「妖翳記」(『オール読物』五月号)、「墓地展望亭」(『モダン日本』七月号)、「昆虫図」(『ユーモアクラブ』八月号)などの傑作短編に加え、六戸部力名義で『顎十郎捕物帳』(『奇譚』一月号〜翌一五年七月号)、活動的な女性が登場する『キャラコさん』を『新青年』一月号から一二月号に連載、第一回新青年読者賞を受賞した。この間、「地底獣国」も『新青年』八月号に載せているが、これは阿部正雄名義だった。『キャラコさん』連載中のため同じ名前での同時掲載を避けたためかと思われる。戯曲は阿部正雄、探偵小説やモダン小説は久生十蘭、捕物帳には六戸部力か谷川早と、おおむね筆名の使い分けがあった。

大陸での戦火が泥沼化し、国家総動員法が敷かれると、探偵小説の執筆も難しくなり、谷川早名義での『平賀源内捕物帳』や『顎十郎評判捕物帳』、十蘭名義でも時代小説、冒険小説へと主な舞台が移っていく。

そして昭和一五年、国防文芸連盟が結成されると常任委員兼評議員となり、大政翼賛会では文化部嘱託に就いた。これは大政翼賛会文化部長になった岸田國士との関係による。十蘭は翼賛会宣伝部で「村の飛行兵」を執筆したり、前述の慰問演劇を行なった。

昭和一六年には『新青年』編集部の要請で中国戦線への従軍取材に出、上海、漢口を経て湖北省随県の守備隊に滞在、それらの経験は対談や随筆で紹介されたほか、戦場を舞台にした作品などに生かされることになる。

この頃の『新青年』に掲載された作品に「日本水雷艇」（昭和一六年三月号）、「蜘蛛」（同年三月号）、「生霊」（同年八月号）、「花賊魚（ホアツァイユイ）」（昭和一七年四月号）、「巴奈馬」（同年七月号）、「国風」（同年一二月号）などがある

戦争が激化した昭和一八年には、海軍報道班員として二月から翌年二月まで南方戦線に派遣され、台湾やフィリピンを経由して、インドネシアやニューギニアに赴いた。当時、国内では捷報ばかりが喧伝されていたが、現実には敗色が濃くなっており、占領地の制空権も危うく、一一月には一時、十蘭の消息不明が伝えられたこともあった。帰国後は「爆風」「海軍歩兵」「第〇特務隊」「酒保」「内地へよろしく」などの戦地報告的、国策協力的作品を執筆する一方、「新残酷物語」（『文藝春秋』昭和一九年一一月号）を発表している。

本土空襲が常態化するなか、かねて義姉のいる千葉県銚子市に疎開していた十蘭は、さらに福島県会津若松市に再疎開。その移動には三日もかかったうえに郡山近辺で空襲にあって田んぼの中を逃げ惑う災難にも見舞われた。まもなく戦争は終わったものの、食糧事情のこともあって会津若松にとどまり、昭和二一年秋に銚子の義姉宅に転じた。

戦前作品にも怪異や超自然は様々な作品に取り入れられていたが、戦後になると、十蘭は死者との交霊の可能性を織り込んだ作品を数多く書くようになる。「黄泉から」（『オール讀物』昭和二一年一二月）

は死者の魂に呼びかけようという心霊主義的願望を絡めて愛の秘跡を（あるいは愛を秘跡のように神聖視したい気持ちへの冷笑を）語っている。「雲の小径」（『別冊小説新潮』昭和三一年一月）もまた、現世の愛の不確かさに失望し厭世の気持ちを抱いているものに、死後の世界からの誘惑が訪れる。

欧州の心霊術ブームは一九世紀末から一九三〇年代まで、多くの戦没者を出した第一次世界大戦をはさんで断続的に続いており、それはコナン・ドイルやアガサ・クリスティのミステリにも反映されているが、人が望むままに使者と交信し得るという願望と甘さは、詐術の温床でもあったろう。死に別れ生き別れの悲劇が絶えなかった敗戦後の日本で降霊術への関心がひそかに高まっていたのは当然かもしれない。術者側のうさん臭さは、作品冒頭で語られる画商の遣り手ぶりとも照応しているだろう。

昭和二二年一二月、戦後の混乱も次第に落ち着いてきたこともあり、十蘭夫妻は大佛次郎の勧めもあって神奈川県鎌倉市材木座に転居した。その引っ越しを吉行淳之介や澁澤龍彥が手伝っている。二人は当時、新太陽社の『モダン日本』編集部におり、十蘭は同誌昭和二二年一月号から二三年八月号に『だいこん』を断続的に連載中で、新太陽社から『金狼』や『魔都』を出版していた。澁澤は戦後から晩年にかけての十蘭について〈当時二十歳そこそこの雑誌編集者たる私にも、一癖ありげな人物だということはすぐ分かった。痩身で、薄くすぼめられた唇に特徴があり、眼には刺すような鋭さがあったが、死ぬ少し前、鎌倉の街でばったり出遭うと、体軀はやや肥満し、色も黒くなって何やら悪憎めいた風貌になっているので、驚いた記憶がある。／孤独で我がままな人だったと思うが、一種の稚気があって、ミスティフィカトゥールめいた雰囲気をいつも周囲にただよわせていた。〉（「スタイリスト十蘭」）と回想している。

「予言」（『苦楽』昭和二二年八月）は「黄泉から」同様、戦前日本と欧州文化、人物の交流といった、やや新劇の書割的な〝国際性〟を漂わせており、戦時の文化的抑圧からの解放と共に、戦後の米軍統治下のアメリカナイズへの抵抗をも秘めていただろう。物語自体は、逆恨みめいた嫉妬による復讐心によって架空の未来を幻視する神秘譚（ないし「黄泉から」同様に心霊術や催眠術のトリック劇）だが、登場人物たちの独りよがりすれすれの自己本位ぶりが興味深い。その根底にあるのは達観なのか絶望なのか。冒頭の、没落華族の老母が、あまり頼りない息子の取りあえずの受爵に「喜んで死んだ」という表現には冷徹なリアリティがあり、最初に読んだ際にはその場面の痛ましいイメージが脳裏から離れず、読み進めることができずに、いったん本を閉じたほどの無惨さを感じた。

死者を扱いながらも即物的なのは「骨仏」（『小説と読物』昭和二三年二月）だ。またこの作品も表面的な穏やかさの底で、いくつもの不穏を抱えている。戦時中は米軍の戦闘機から機銃掃射を受けるのは珍しいことではなかったし、白磁はカオリン粘土や長石を原料とするが、骨灰を混ぜたボーンチャイナがあるのは事実で、カオリンを焼成した白磁が青白いのに対して、ボーンチャイナは乳白色で透光性が高いといわれている。ただし使用されるのは牛の骨灰が本来で、人骨が使われているわけではない。だが、もし人骨を用いたらどんな仕上がりになるだろう……というのは、陶芸家なら恩讐とは関係なくともふと想像してしまうかもしれない。むしろ愛憎抜きに骨を欲しがったら、そのほうが怖い気もする。

「西林図」（原題「鶴鍋」、『オール読物』昭和二一年七月）は、戦後の食糧難を考え合わせると、なかなかに人の悪いとぼけた会話ではじまるが、次第にシリアスな心理劇へと転換していく。戦中戦後の混乱を背景に、一人の女の身の置き所をめぐって、秘めた核心を迂回しながら言葉を尽くして渡り合う、愛と意地、本心と見識が交錯する会話劇は、みごとな一幕物の舞台を見る思いがする。

十蘭は時代物でも秀筆を奮ったが、平安王朝の秩序が駘蕩爛熟の果てに頽廃し朽ち崩れつつあった院政期に材を取った「無月物語」(『オール読物』昭和二五年一〇月)では、猜疑心や加虐嗜好に凝り固まって悪逆非道の限りを尽くすひとり男の生き様を通して、力を持て余すようにして立ち現れてきた「個」の脆さや無惨を描いている。また江戸時代を舞台にした「無惨やな」(『オール読物』昭和三一年二月)では、武家社会の冷ややかな秩序を背景に、人間性というものが極限まで刈り取られた社会の姿を淡々と描いている。なお十蘭は「鈴木主水」(『オール読物』昭和二六年一一月号)で第二六回直木賞を受賞した。

「女の四季」(『小説の泉』昭和二五年八月号)は戦後混乱期に、人生を変転させていく若い娘の折々の姿を描いたもので、主題も情景もこの時代の風俗小説によく見られたものだが、ふつうは旧支配層や良家の娘の転落が描かれるのに対して、ここでは成金娘のそれであり、しかも目撃する側が、敗戦でいくらか財産は減らしたかもしれないが一定の資産や影響力は保持しているアンシャンレジウムの超然階級に属する美男子な辺りが、ユーモアを漂わせつつも冷酷である。

変転といえば、「母子像」(『読売新聞』昭和二九年三月二六日~二八日)は題名から連想される聖母子像とは真逆な、卑俗な不良世界の出来事だが、やはりその底には聖なる愛が流れている。

歪んだ形で母を慕い助けようとする健気な息子も、アプレゲールの世相に乗って奔放ぶりを発揮する母も、玉砕を強いられたサイパン島という極限状態の生き残りだった。残酷非道の日々を生き、死を強いられたホモ・サクレである彼らは、昔風の言葉でいえば「死に損ない」の半存在であり、心が壊れていたのかもしれない。極限状態に晒された結果、世の公序良俗の薄っぺらさや法規範の無意味を体感してしまったものは、その後も心の奥底にぽっかりと穴が空いてしまっているのである。

その意味で戦争の悲惨を間接的に示した作品ともいえる。なお本作は吉田健一の英訳を経て『ニューヨーク・ヘラルド・トリビューン』紙の第二回国際短編コンクール第一席を獲得している。

十蘭の妻幸子によると、著者が最も愛していた自作は「母子像」と「予言」だったという。たぶんこれは意図的ではないと思うのだが、一方は老母が「喜んで死んだ」とはじまり、もう一方は母を慕う息子の死で終わる物語であり、そんなところにも十蘭らしいスタイリッシュな構成が感じられる。

戦争といえば「手紙」（『小説と読物』昭和二四年一月号）は大東亜戦争で日本が占領したオランダ領インドネシアの住民が、日本語を教えてくれた日本人の遺族に書いた手紙の形をとって、東亜からオーストラリア領海にかけての採貝労働などを描いている。ちなみに日本軍がアンボンを占領したのは昭和一七年一月三一日のことで、十蘭は従軍記者として一八年八月四日からしばらく同地に滞在していた。ここに記されたのは実際に十蘭が見聞したものなのか、印象深かったらしく、戦中にも「弔辞」（『大洋』昭和二〇年一月号）でほぼ同じ漂流譚を書いていた。両作品を読み比べると、日本語教師の正体が、戦後の「手紙」で明かされているのが興味深い。当時、日本軍の宣撫活動について十蘭はどの程度察していたのだろうか。

人間の本性を見定めたい、表現したいということなのか、十蘭にはどちらか一方しか助からない、あるいは相手を助けようとしたら共倒れになる危険が高いという極限状態を描いた作品が少なからず存在する。「川波」（『別冊文藝春秋』昭和三一年四月）はその傾向の代表作だ。第二次世界大戦敗戦前夜にドイツで暮らしていた日本人男女の脱出劇だが、これに似た体験をしたことのある日本人は、南方や大陸からの撤退者、ことにソヴィエト侵攻を受けた人々など、決して少なくなかったろう。本作の二人の間に愛があるのかどうかは分からない。表立った関係は無いのだろう。だが強い連帯感が生まれていたのは確かだ。力尽きた女が、静かに沈んでいく場面からは、秘められた強い精神的愛が感じられる。

一方、同じく男女一組の遭難劇である「白雪姫」（『オール讀物』昭和二六年七月号）では、愛憎交々に別れ難い二人が最後まで醜い側面をあらわにして覚悟するところがない。そのどちらも十蘭が考える、人間の自然な姿なのであろう。

「人魚」（『花椿』昭和二九年三月〜八月）は戦後日本に初めて就航したフランス客船のレセプション会場という、精いっぱいの華やかな場を舞台に、美しすぎる継母と誤解を抱えた娘の確執を描いているが、両者の誤解の原因となっているのは、「川波」とよく似たドイツからスイスへの渡川での件だった。これらの作品を並べてみると、ヴァリアントというよりパラレルワールドのように見えてくる。

「一の倉沢」（『文藝春秋』昭和三一年八月）は一種の山岳小説で、井上靖『氷壁』と似た題材を扱っているが、ここにあるのは緊急避難の例としてしばしば引かれるカルネアデスの板とは異なり、自分自身を試すような挑戦と諦観が描かれている。あるいは冷淡に見えた父の心にあったのは、外に表せないほどの悲嘆であったのかもしれない。

「雲の小径」もまた愛の極限を追っている。現世の愛の不確かさに失望し厭世の気持ちを抱いているものに、死後の世界からの誘惑が訪れるのだが、十蘭作品にはしばしば霊媒や降霊術、心霊主義が描かれているものの、けっきょくは冷めた距離感を保っていたように見える。

晩年の十蘭は、昭和三二年六月一八日になってようやく幸子夫人との婚姻届を出したが、その二日後の六月二〇日に食道癌の疑いで東京の癌研究所に入院している。かねてより不調があり、覚悟するところあっての入籍だったろう。すでに亢進していて食べるのが困難となり、七月に胃瘻の手術を受け、八月からは週三回の放射線治療を受けたが、そんな状態でも病院を抜け出して映画を観に行くなどした。いよいよ衰弱が露わとなるなか、病院から鎌倉市材木座の自宅にもどり、一〇月六日に息を引き取った。自宅で死にたいという希望を通した形だった。最期まで自己決定を貫く、あっぱれな徹底ぶりといえるだろう。

久生十蘭は作品も人物も外連味が強くて一癖も二癖もある、狷介な質だとみられている。確かに十蘭作品には技巧も凝らされていれば作為もあり、現実にはあり得ないとまではいえないにせよ、いくつもの偶然や奇貨がなければたどり着かないような地点へと読者を導いていく。だがその誘導は時に運命のように自然で、結末にはギリシャ悲劇のような峻厳な象徴性が漂う。十蘭が描き出した世界観は、不道徳とか反社会性といった次元のものではなく、いわばユダヤ＝キリスト教的戒律や儒教的規範などをはなから相手にしていないかのようにして、冷徹なる「自然」の探求に貫かれていた。人間そのものには悪辣や卑賤や強欲や姑息といった暗部が備わっているのなら、自然とはそれらすべてをも含めたものの総体なのであり、その事実を見詰めることなく誤りと決めつけるような表層的な思想も制度も、心理には程遠い空論にすぎない。愚昧でも悪逆でも、赤裸々なる「自然」から目を背けず、その真髄を写し取りたい。おそらくそれが久生十蘭の「自然」であり「自由」だった。

収録作品について

各作品は、『定本　久生十蘭全集』（国書刊行会、二〇〇八年〜二〇一三年）などを底本に、適宜初出誌等を参照しました。初出は長山靖生氏の「解説」の通りです。なお、本書収録にあたり、可読性を鑑み、旧仮名を新仮名に、旧字を新字に改め、ルビも適宜振ってあります。また、改行に準じて字下げを施してあります。

本文中には今日的観点に立つと不適切と思われる表現があるかと思いますが、執筆あるいは発表された当時の時代背景、作品のもつ歴史的な意味や文学的価値を考慮してあります。

なお、長山靖生氏の解説は書き下ろしです。

【編集部】

【著者】
久生 十蘭
（ひさお・じゅうらん）

1902（明治35）年～1957（昭和32）年、小説家、演出家。北海道函館区出身。

1920年、函館新聞社に勤務。1922年に演劇集団「素劇会」に参加。

1923年に石川正雄、竹内清、高橋掬太郎らと同人グループ「生社」を結成。

詩、小説、戯曲などを発表した。

1928年に上京し、岸田國士に師事。『悲劇喜劇』の編集に従事する。

1929年から1933年までフランスに遊学、レンズ工学や演劇を学ぶ。

1936年より久生十蘭名義および様々な筆名を使って作品を発表。

同年には明治大学文芸科講師を務める。1937年、岸田が結成した文学座に参加。

1939年『キャラコさん』で第1回新青年読者賞受賞、
1952年『鈴木主水』で第26回直木賞受賞。

1957年、食道癌のため逝去。

【編者】
長山 靖生
（ながやま・やすお）

評論家。1962年茨城県生まれ。鶴見大学歯学部卒業。歯学博士。

文芸評論から思想史、若者論、家族論など幅広く執筆。

1996年『偽史冒険世界』（筑摩書房）で大衆文学研究賞、
2010年『日本ＳＦ精神史　幕末・明治から戦後まで』（河出書房新社）で日本ＳＦ大賞、
星雲賞を受賞。

2019年『日本SF精神史【完全版】』で日本推理作家協会賞受賞。

2020年『モダニズム・ミステリの時代』で第20回本格ミステリ大賞【評論・研究部門】受賞。

ほかの著書に『鷗外のオカルト、漱石の科学』（新潮社）、

『吾輩は猫であるの謎』（文春新書）、『日露戦争』（新潮新書）、『千里眼事件』（平凡社新書）、

『奇異譚とユートピア』（中央公論新社）、『三木清 戦間期時事論集』（同）など多数。

久生十蘭(ひさおじゅうらん)　玲瓏無惨傑作小説集(れいろうむざんけっさくしょうせつしゅう)

アヴオグルの夢(ゆめ)

2024年11月20日　第1刷発行

【著者】
久生 十蘭
【編者】
長山 靖生

発行者：高梨 治

発行所：株式会社小鳥遊書房(たかなししょぼう)
〒102-0071　東京都千代田区富士見 1-7-6-5F
電話 03 (6265) 4910（代表）／FAX　03 (6265) 4902
http://www.tkns-shobou.co.jp

装画・装幀　YOUCHAN（トゴルアートワークス）
印刷・製本　モリモト印刷株式会社

ISBN978-4-86780-060-7　C0093